西藏岁月 系列丛书

守望

马殿文 著

大连出版社
DALIAN PUBLISHING HOUSE

图书在版编目(CIP)数据

守望 / 马殿文著. —大连:大连出版社，2014.1
(西藏岁月系列丛书)
ISBN 978-7-5505-0555-1

I. ①守… II. ①马… III. ①纪实文学－中国－当代
IV. ①I25

中国版本图书馆CIP数据核字(2013)第182022号

丛书题字:策墨林 · 单增赤列（藏文）
汪象华（汉文）
总 策 划:德吉措姆 张彦丽
出 版 人:刘明辉
策划编辑:张 波
责任编辑:李 萤
封面设计:樊志国 吴尚夫
版式设计:张 波
责任校对:尚 杰 杨 钟
责任印制:徐丽红

出版发行者:大连出版社
地址:大连市西岗区长白街10号
邮编:116011
电话:(0411)83620442/83621075
传真:(0411)83610391
网址:http://www.dlmpm.com
E-mail:zdlszhangbo@163.com
印 刷 者:山东鸿杰印务集团有限公司
经 销 者:各地新华书店

幅面尺寸:170 mm×230 mm
印 张:18
字 数:285千字
出版时间:2014年1月第1版
印刷时间:2014年1月第1次印刷
书 号:ISBN 978-7-5505-0555-1
定 价:30.00元

《西藏岁月系列丛书》编委会

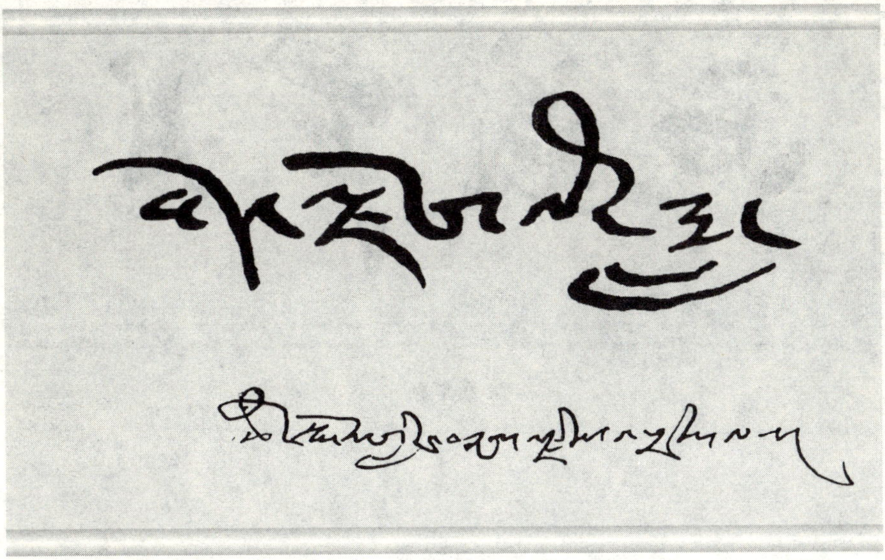

西藏岁月——策墨林·单增赤列题字

策墨林·单增赤列，男，藏族，1950年9月生，西藏拉萨人，无党派人士，1956年10月参加工作。现任政协第十届西藏自治区委员会副主席，第七届、八届、九届、十届全国政协委员。

汪象华题字

汪象华，少将，博士，1959年5月生于湖北黄冈，中国书法家协会会员，中国书法家协会维权鉴定委员会副主任，武警部队首任书画研究院院长，西藏书法家协会名誉主席。曾任武警广东省总队政治部副主任，武警宁夏总队政治部主任，武装警察部队政治部宣传部部长，现任武警部队西藏自治区总队政委。

《人民日报》、《解放军报》、《光明日报》、《中国文化报》、《中国书画报》、《解放军生活》等数十家报纸杂志曾多次刊登汪象华将军的书法作品。2011年10月，荣宝斋出版社出版发行了《汪象华书法作品集》。汪象华将军的作品曾获全国第十四届群星奖书法金奖，并多次获全国、全军书法作品展大奖，被多家机构和个人收藏，还被作为国礼送往日本、美国等国家和地区。

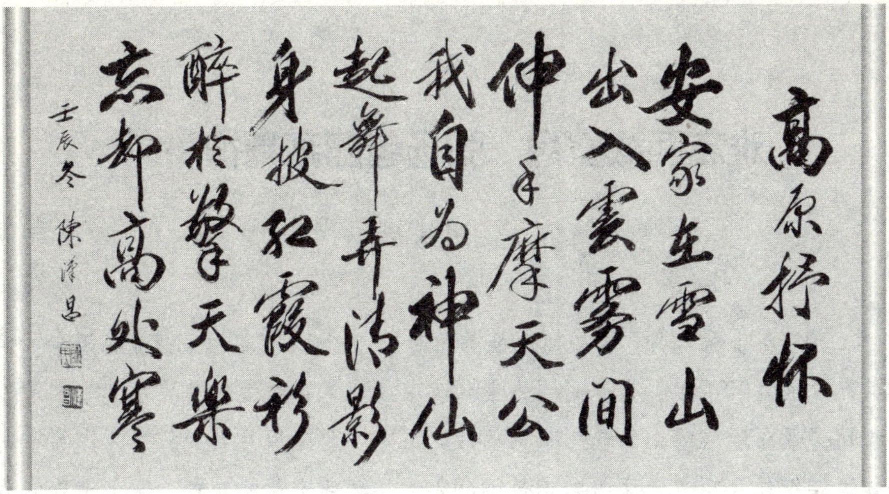

陈汉昌，1939年10月生，重庆市荣昌县人。政协第七届西藏自治区委员会副主席。西藏党校、西藏大学名誉教授。1994年受聘任全国思想政治工作科学专业委员会特邀研究员、常务理事。所写文章先后入编《中国社会科学文库》、《邓小平理论研究文库》等丛书，《谈谈我区精神文明建设的若干问题》获自治区优秀论文奖。主持编辑的《汉藏小伙伴手拉手，相约在二十一世纪》获得全国“五个一工程”奖。现为中国书法家协会理事，西藏书法家协会名誉主席。作品曾入选“中国名家书法作品邀请展”、“第二届国际书画家艺术交流大展”，先后入编《中国书法选集》、《世界书画家名录》，并先后荣获金奖艺术家、世界书画艺术名人、当代百名优秀文艺家等称号。出版有《中国当代著名书画家系列丛书·陈汉昌书法作品集》。

总序

难忘西藏岁月　弘扬老西藏精神（序一）

阴法唐

2010年金秋九月，雪域高原最美的时节，为纪念西藏和平解放60周年、中国共产党成立90周年，张彦丽同志来到我家，将筹备成立西藏岁月文学艺术工作者协会及出版《雪山的眷恋系列丛书》（即《西藏岁月系列丛书》）等事向我作了详细的介绍。张彦丽同志是1976年大学毕业进藏的知青，这个满族的后代和那些热血青年一样，在祖国挑选他们的时候，胸怀壮志，自愿报名去西藏当农民，后来又当教师、当干部，在西藏一干就是37年，是在西藏工作时间比较长的"老西藏"。介绍起他们在拉萨、成都召开《雪山的眷恋系列丛书》座谈会的情形，她特别激动。那些健在的十八军老同志，怀着极大的热情参加了座谈会，甚至有些人带病到会。他们谈到当年进藏时的情景，好多人热泪盈眶，感慨难抑。座谈会上，有的还拿出自己多年积累的文稿，希望通过西藏岁月文学艺术工作者协会这个平台，回忆建设西藏历史，弘扬"老西藏精神"，抒发他们对西藏的眷恋和关怀。

谈起一些老战士、老作家、老记者的现状，听到那些耳熟能详的名字时，我感慨良多。60多年前我们在进军西藏和雪山筑路时，战士们都是20来岁的小伙子，十七八岁的小姑娘。他们不但要完成长途跋涉、开山修路那些超强度劳动，还要承受高山缺氧、交通不畅、供给不足等原因造成的常人无法想象的困难，不少人提前结束了他们宝贵的年轻生命，有幸活下来的人也大多疾病缠身，但他们毫无怨言，青春无悔。作为进军西藏主力部队的一位领导成员，作为上世纪80年代的西藏自治区党委第一书记，我为这些老战士骄傲。他们当年听从党的指挥，进军祖国大陆最后一块未解放、条件艰苦的领土，为把西藏改造为人民民主的西藏，为西藏人民流血流汗，一不怕苦、二不怕死，与西藏人民一起长期建藏，努力奋斗，无私奉献。今天看到这些充满革命激情的战友们还像当年一样，心里始终想着西藏，爱着西藏，并为宣传西藏、为弘扬“老西藏精神”笔耕不辍，仍然在继续努力奋斗，我从心里往外高兴。张彦丽同志向我介绍完情况后，我建议她在协会成立后，要尽量多抽出时间去各地走访一下当年的老十八军战士，尽早地将老同志们的文集与采访记录搜集上来，她答应了。我也表示，为了这些老战士，为了蓬勃发展的西藏事业，我愿意为西藏岁月文学艺术工作者协会做顾问，我老伴、首批进藏女兵李国柱同志也愿意多参与协会的一些工作，共同组织回到内地的“老西藏”们继续为建设西藏、为西藏人民贡献余热。

2010年9月20日，我和夫人李国柱应邀参加了在北京召开的丛书座谈会。会上，在京30位老同志为丛书编撰提出了很好的建议和意见。时隔三年之后的2013年5月，张彦丽同志带着样书设计稿再一次来到我家，兴致勃勃地告诉我，西藏岁月文学艺术工作者协会正式成立了，并特别提到在原自治区党委常委、自治区政协副主席德吉措姆同志大力支持和积极协调下，得到了北京市政府的援助，期待已久的系列丛书可以面世了。虽然我已91岁高龄，但听到这个消息仍精神振奋，心里如同炎热的酷暑，热情洋溢、豪气顿增。协会尽管在经费困难、人手有限的情况下做了大量工作，可还是有许多同志没采访到，他们深表遗憾。但我相信，有这么多热心同志的支持与关注，尤其是藏族同胞的高度重视，西藏岁月文学艺术工作者协会这个平台，一定会为弘扬“老西藏精神”，为热爱西藏、宣传西藏、服务西藏做出更多、更有意义的事情。

一想到西藏的岁月，我的心里热乎乎的，这个序我不能不作，战友们的心愿我应该满足。

回忆起1950年进军西藏时，我是十八军五十二师副政委。在解放西藏昌都的战斗中，我们十八军五十二师分左中右三路进攻、迂回、包围昌都，我和师参谋长带着五十二师一个步兵团（一五四团）、两个直属连及青海一军骑兵支队，横跨四川、青海、西藏三个省区，15天在海拔四五千米的风雪高原上急行军1500华里。那个艰苦想起来就心颤。毛主席说“进军西藏不吃地方”，为此，我们进攻、迂回、包围昌都的各路战士，除了背上武器，还要背上春夏秋冬的衣服、半个月的食品、帐篷及些许烧火的燃料或代用品，每人负重70斤，高原反应，几步一喘。部队断粮后几天吃不上东西，战士们被迫吃累死饿死的牛马，喝牛马血，吃生肉，最后吃兽皮，甚至连骨头和角都烧成灰烬填进肚里。因冻、累、病、饿等多种原因，许多战士痛苦之状难以描述，不少同志遗尸高原，活下来的也是九死一生。差不多有一半战士患上雪盲，短时间失明，无法看路，他们便把绑腿连起来互相牵着走；过河时，冰块在湍急的水流中划破皮肉，血流不断；有的战士腿伤化脓坏死，被迫锯断腿肢。一五四团和青海骑兵支队有不少是非战斗减员，骑兵支队的马死了一半多，骑兵变步兵。那真是冰山雪峰掩忠骨，马革未能裹尸还。但全师将士心里都明白：只要堵住敌军后撤拉萨的路口就是胜利。10月18日，我们100余名骑兵和100余名步兵比敌人早4个多小时抢先到达昌都以西的恩达，切断了敌军的西退之路，奠定了和平解放西藏的基础。我们终于取得了解放祖国大陆最后一片领土的全面胜利。

翻书阅卷，历史风云一幕幕闪过。60年一甲子，岁月洗去了多少人世铅华，但“老西藏”们忠于祖国，热爱共产党，热爱西藏人民，长期建藏、边疆为家，一不怕苦、二不怕死，自觉遵纪守法，自力更生、艰苦创业（简称“长期建藏，两不怕；艰苦创业，守法纪”），加上以后中央提出的“五个特别”的“老西藏精神”，却代代相传，生生不息。先烈回眸应笑慰，擎旗自有后来人。

理念和实践说明，“长期建藏”的“老西藏精神”，不仅适用于外地去西藏的同志，也适用于西藏本地区的同志。去西藏的同志，无论是解放西藏去的，或是调进西藏去的，还是支边去的，援藏去的，都统称是进藏干部吧。“长期建藏”除本地区多数同志外，不是一定要干一辈子，一定要死在西藏，是根据党和人民的需要，由组织决定的，时间有长有短。但无论在藏多久，都不要抱临时观点，应付差事，混日子，当一天和尚撞一天钟；都要从热爱祖国、热爱西藏出发，在思想上长期着眼、长期打算，行动上老老实实、兢兢业业，艰苦奋斗，无私奉献。

我第二次调离西藏后，虽然还在解放军第二炮兵、全国人大常委会工作和执行中央领导机关交办临时任务共一二十年，但仍和那些“老西藏”一样，念念不忘西藏。并想在有生之年，在可能的情况下，继续为西藏做点事，首先对几件遗留问题要设法解决。其中最重要的是要求和呼吁给西藏修一条铁路。这是从在西藏任自治区党委第一书记时起就呼吁的。没有铁路，西藏便没有发展，就“大富”不起来。在党中央的英明决策和筑路大军的努力下，在全国各地特别是西藏人民的支持下，这个愿望实现了，也圆了我几十年来想坐着火车回西藏，看望西藏父老乡亲的梦。二是从自己做起，调动各方力量不断支持西藏教育事业发展，目标是为追赶先进地区的教育事业尽微薄之力。文化教育是民族文明和民族素质的基本要素，西藏发展缺少的是本民族的科学文化人才。为此，我从自己家做起，多方筹措资金成立“阴法唐西藏教育基金会”，我们的家庭也继续在这方面再做贡献。

第三件事，就是我们这些进藏时间早，经历过进军西藏、解放西藏、建设西藏、巩固国防甚至以后阶段的实践者，很想把自身亲历、耳闻目睹及手中掌握的或能查到的资料，筛选、整理成文，作为出版物献给读者，使更多人了解那段真实的历史，并解疑释惑。2008年，在中央党史研究室和西藏自治区党委等领导机关、领导同志支持下，由中共党史出版社出版了《解放西藏史》一书。这部著作已先后三次获得中央和国家机关大奖。现在，我和其他同志，愿意继续为党和西藏人民做贡献，我在这里借用进藏先遣连党代表李狄三的话，以表达我的心声：“我们活下来的人，只有更好地活着，至少是要争取活得更久一些，才能完成他未竟的事业。活着，已不是为了别的，而是为了完成我们共同肩负的使命。”

祝愿《西藏岁月系列丛书》能够鼓舞更多的人，不忘革命前辈，弘扬“老西藏精神”，希望同志们继续组织编写出更多记录那些令人追忆、感人肺腑、具有震撼力的征程的优秀作品来。

2013年8月于北京

阴法唐，1922年7月生于山东省肥城市桃园镇张里庄，中共党员。1955年被授予上校军衔，并荣获二级独立自由勋章、二级解放勋章。1962年晋升大校军衔。1988年被中央军委授予中将军衔，并荣获独立功勋荣誉章。曾任中共西藏自治区党委第一书记，同时被军委任命为成都军区副政委兼西藏军区第一政委。在此期间被选为西藏军区党委第一书记、西藏第三届政协主席。中共第十二、十三届代表大会代表，第十二届中央委员，第五、第六、第七、第八届全国人大代表，第七、八届全国人大常委会委员。原中国人民解放军第二炮兵副政委。

带家人牵头，多方筹措资金成立“阴法唐西藏教育基金会”，为西藏教育事业再做贡献；2008年，在中共党史研究室和西藏自治区党委等领导机关、领导同志支持下，牵头组织编写的由中共党史出版社出版的《解放西藏史》，先后获得中央和国家机关三次大奖。

总序

圆　梦（序二）

张跃平

2010年，阳光明媚的4月，我收到《雪山不会忘记系列丛书》编委会的丛书策划案送审文件。详细看过之后，心情非常激动，当时就签署了支持意见。后来，在书稿的编撰过程中，《雪山不会忘记系列丛书》改名为《西藏岁月系列丛书》更符合选题内容。

一晃就是三年。今年4月，《西藏岁月系列丛书》编辑委员会邀约我为丛书写序。欣喜是自然的，担心亦在情理之中。我深知这绝非一般意义上的工作，因为，不论是作者还是编辑委员会的工作者，大多已退休离开了工作岗位，此次又重新走到一起，在西藏自治区党委、人大、政府、政协领导的高度重视和相关部门的大力支持下，用他们的真诚和热情，用他们的智慧和能力，组建了西藏岁月文学艺术工作者协会，协会组建的同时，丛书编撰工作也正式启动。为倾诉一生都无法割舍的西藏情缘，为报答西藏高天厚土给予的养育之恩，为实现大家共同的夙愿和高原梦，他们依旧那么执着，那么敬业，那么坚定，就像高山上的雪莲花，默默地绽放着永恒的绚丽。

我知道，他们约我写序，并非因为我的职务，而是因为我与丛书作者们有着同样的西藏情结，有着同样的高原梦。这份情谊，这份默契，这份梦缘，没有西藏生活经历的人永远无法想象、无法理解。

但，我懂他们。

丛书中所记录的西藏岁月，是英雄们的战斗史，是前辈们的奋斗史，是西藏文明的发展史。作者们都是“老西藏”和“老西藏”的接班人，每一位我都似曾相识，每一段述说我都非常熟悉。因为，37年前，我和这些热血青年一样，身背行囊，怀揣理想，义无反顾地踏上了这片土地，成为继十八军之后支援西藏社会主义建设大军中的一员。那时，我们很年轻，就像籽粒饱满的青稞，耐受着高寒缺氧的环境，执着地生长；就像苍劲的雄鹰，迎着风霜雨雪，勇敢地飞翔；就像健壮的牦牛，承载着重负与寂寞，倔强地前行。在我三十余载的西藏岁月中，半生青春一生爱，半生血汗一生情，我已无法分清藏族与汉族的界限，无法分清藏地与故乡的区别，如同无法分割的血脉一样。在《西藏岁月系列丛书》中，我看到了自己，又回到了那个年代。

工作之余，我酷爱摄影，特别享受按动快门的瞬间带给精神上那种欣慰的满足，特别渴望所有的经历都能成为永恒。我希望以这样一种方式，纪念我的西藏岁月，纪念我人生旅程中最有意义的时刻，纪念西藏翻天覆地的变化，纪念西藏各族人民团结奋斗、建设美丽家乡的辉煌成就。

心有多大，梦就有多大，照片和文字是一样的，不论是现在还是将来，都在向人们讲述着一个永恒的主题——圆梦。

与“老西藏”们相比，我们是幸运的，因为，我们是沿着他们以“老西藏精神”开创的那条“天路”走进高原的，我们是“特别能吃苦，特别能战斗，特别能忍耐，特别能团结，特别能奉献”的“老西藏精神”的传承者，所以，我们自豪，我们自信，我们自强。

光阴荏苒，一代又一代西藏人，览尽风雨苦亦甜；岁月如梭，一代又一代西藏人，于岁月的车轮里一刻也没有停歇；青稞酒的甘甜，酥油茶的醇香，锅庄舞的厚重，把我们的西藏岁月，永远镌刻在人生的长河里。今天，《西藏岁月系列丛书》为我们再现了这一切。其中记录的，不仅仅是作者自己的生活和经历，更宝贵的是记录了西藏和平解放中勇敢而无畏的人们，西藏建设中坚强而无私的人们，西藏发展中勤劳而智慧的人们。不论是谁读懂了其中的情感，感受了其中的真诚，领略了其中的风采，都会被感染，被触动，被洗礼，被震撼，而后，也会有一种冲动，那种背起行囊上路的冲动。

这就是《西藏岁月系列丛书》给予我们的启迪，这就是“老西藏精神”给予我们的力量。

忍不住，抬头仰望《喜马拉雅丰碑》上镌刻的《高原的记忆》，深切感受着不朽的《高原魂》；以真诚和执着《守望》着《我们的西藏岁月》、《源》，领略《墨竹河》及《雪绒藏布》的斑斓与阳光相聚，汇成《彩霞东来》的绮丽风光，用我们的青春，骄傲地展示着《雪域风华》，用我们的双手，创造着高原奇迹，在鲜花、掌声和《金质的哈达》涌向我们的时候，我们没有停下，坚强与自信深深地刻在前行的脚印上。因为，我们是“老西藏”们的接班人！

人生如船，梦想是帆，每个人都有一个只属于自己的梦，因为我们同属一个国家，所以我们的梦与国家民族的兴衰荣辱紧密相连。我们只有继续保持激情、坚持科学发展，中国梦才够美丽；我们只有不断完善和谐稳定、民生改善、民族团结的新局面，中国梦才够坚实。

我们的梦在西藏。

西藏的梦是繁荣昌盛，在西藏的奋斗圆了我们的梦，党的领导和各民族大团结圆了西藏梦。如今，中华民族正在用自己的勤劳与智慧圆一个梦，那就是坚定共产主义远大理想的信仰，忠实于有中国特色的社会主义共同理想的实践，实现国家富强、民族复兴、人民幸福的“中国梦”。

《西藏岁月系列丛书》正是从梦开始的地方讲起，还将继续沿着梦的思绪，在雪域高原，圆一个团结、民主、富裕、文明、和谐的社会主义新西藏梦。

2013年4月30日

张跃平，1950年5月生，辽宁北票人，中共党员。历任西藏军区生产建设师彭波农科所技术员，西藏自治区农垦厅生产技术处副处长，西藏自治区政府办公厅秘书一处处长，西藏自治区“一江两河”开发建委办综合处处长，西藏自治区拉萨市委常委、组织部部长，西藏自治区纪委副书记（正厅级），西藏自治区监察厅厅长，西藏自治区人大常委会党组副书记、常委会副主任。

序　三

德吉措姆

正当全国各族人民托起中国梦，为实现中华民族伟大复兴而奋力拼搏之际，《西藏岁月系列丛书》应运而生了。这不仅是系列丛书的作者们渴望已久的大事喜事，也是为丛书出版工作而奔波不停的工作人员十分高兴的事情，对于广大读者来说，无疑也是一次共享"老西藏精神"的丰硕成果，进一步了解真实西藏的难得机会。

为《西藏岁月系列丛书》写序，我一方面感到很荣幸，另一方面心理压力比较大，担心写不好。因为丛书的作者中有我十分熟悉的、十分敬重的"老西藏"、老领导，加上作者们每个人的作品分量很重，不仅承载着凝重的历史轨迹和社会责任，而且真实反映了那个年代广大指战员保卫祖国边疆、维护祖国统一的坚定信念，真实反映了新西藏的发展变化，处处闪耀着"老西藏精神"的光辉。

我想从以下三个方面，简单谈谈对系列丛书（11本）的初步认识，与读者共勉。一是系列丛书体现的五个基本特点；二是作者当年进军西藏时的历史概述；三是"老西藏精神"是我党我军光荣传统和优良作风的继承与发展。

一、系列丛书体现的五个基本特点

一是作者们晚年笔耕不辍，给后代留下了宝贵的精神财富。整整11本书，洋洋300多万字，字字都是作者们用心血和汗水写成的。其间所遇到的困难和问题，他们从不叫苦，从不给组织和领导找麻烦，处处以"老西藏精神"严格要求自己。他们的作品，无论是报告文学、纪实文学、诗词集或文集，还是长篇小说，都凝聚了对党对祖国的无限热爱，凝聚了对西藏人民的深情厚谊，凝聚了对生活、对西藏这片高天厚土、美丽风光的无限眷恋，骨子里透着浓浓的"西藏情结"。这是"老西藏"晚年献给党、献给西藏人民、献给新一代的又一份厚礼！

二是丛书的作者们，是一生奉献边疆的“老西藏”。

摆在读者面前的11本书的作者，大多数已是年过七旬的老革命、老前辈、老领导、老作家，还有当年参军时年龄不满15岁的女战士。虽然他们现在已退休多年，却坚持做到了老有所乐、老有所养、老有所学、老有所为，退休不褪色。他们不仅把自己一生最美好的青春时光献给了西藏，献给了西藏人民，而且到了晚年仍然在默默无闻地奉献着。西藏人民永远不会忘记“老西藏”为捍卫祖国边疆，为西藏人民的翻身解放和幸福生活而做出的牺牲和奉献。

三是作品内涵深刻，意义深远。

作者们从不同角度，用不同形式，深刻描绘了西藏和平解放、进军西藏、解放西藏、建设西藏的重大历史变革，以及改革开放、现代化建设时期，中央如何继续关心西藏、全国无私支援西藏，使西藏飞速发展变化的可喜局面。其强烈的时代感和社会责任感，必将使广大读者深入了解那个年代的沧桑巨变和那个年代造就的英雄人物，了解今天的幸福生活是无数英雄用生命和鲜血换来的，从而更加激发爱国热情，更加珍惜今天的幸福生活，更加发奋图强，努力建设家乡，自觉维护祖国统一。

四是作者深入调研、充实内容，保证作品质量。

多年来，丛书的作者们有的不顾年老体弱、疾病缠身，有的不顾家庭生活条件不够宽裕，年复一年、日复一日坚持创作，有的不顾路途遥远，交通不便，坚持走出家门访亲问友，有的结伴到离家很远的地方和城市，采访健在的英雄，寻找英雄的足迹，采集英雄的事迹。他们这种对作品负责、精益求精的态度，这种对党负责、对社会负责、对英雄负责，也对读者负责的精神，不仅让我们敬佩，更值得我们学习和发扬。

五是作品客观翔实，文风朴实无华。

丛书的作者们，无论作品反映的是哪个历史阶段，哪个具体事件，都认真坚持文化传承和文化信仰的深刻内涵，每一本书字里行间折射出的崇高境界、理想信念，让正能量传达得更鲜明、更可信、更有效。书中虽然没有更多华丽的辞藻，但娓娓道来的每一个故事、每一个人物、每一个事件，都弘扬了时代主旋律，都是为子孙后代留下的宝贵的精神财富和力量源泉。一本本耐人寻味的厚书，一段段真实可靠的经历陈述，对当代西藏进一步筑牢反对分裂、维护稳定的思想，巩固和发展民族团结，繁荣边疆地区文化建设都将产生积极而深远的影响。

二、作者当年进军西藏时的历史概述

1959年之前，也就是民主改革前的旧西藏，是一个又落后又黑暗的封建农奴制社会。在那时的社会里，广大农奴没有自己的土地和牲畜，没有人身自由，却要遭受残酷的压迫和剥削，终年挣扎在贫困、饥饿的死亡线上。党中央毛主席对西藏情况早已明察秋毫，在1949年10月1日中华人民共和国成立前后，针对国外敌对势力与西藏地方政府中的分裂主义分子加紧勾结从事分裂活动的严峻形势，做出了进军西藏的英明决定。同时，把进军西藏、经营西藏的任务具体落实给了以十八军为主力的进藏部队。另一方面，党中央毛主席从西藏特殊情况出发，制定了争取和平解放西藏的方针，说服西藏地方政府派代表赴京，促使地方政府坐下来谈判。1951年5月23日，中央人民政府和西藏地方政府在北京签订了具有历史意义的《中央人民政府与西藏地方政府关于和平解放西藏办法的协议》，简称“十七条协议”。从此，西藏人民摆脱了帝国主义的侵略和压迫，西藏和平解放，西藏历史翻开了新的篇章。1951年5月25日，毛主席发布了人民解放军进军西藏的命令。十八军等各路进藏部队，分别从西康、云南、新疆、青海向西藏进发，经过一年多的千辛万苦、英勇奋斗，终于完成了党中央毛主席交给的光荣的历史任务。西藏人民也从此开始认识了解放军，认识了共产党。

1959年3月，西藏上层反动集团悍然撕毁“十七条协议”，发动了全面的武装叛乱。人民解放军坚决平息了叛乱，西藏实行了民主改革，彻底废除了封建农奴制度，百万农奴翻身得解放，当家做了主人。1965年9月西藏自治区正式成立，宪法赋予的民族区域自治权利得到了实现，有力推动了西藏的社会进步和经济发展。改革开放和现代化建设时期，党中央又制定了新时期西藏工作的一系列方针政策和发展措施，安排部署了全国支援西藏的重大决策，使西藏很快实现了经济发展、社会稳定、民族团结、边防巩固、向全面建设小康社会目标前进的美好前景。60多年的实践证明：只有在党的领导下，只有在祖国的怀抱中，只有走中国特色西藏特点的社会主义道路，西藏才会有光明的前途和幸福的未来。

三、“老西藏精神”是我党我军光荣传统和优良作风的继承与发展

“老西藏精神”是上世纪50年代进军西藏的广大指战员和领导干部、工作人员及后来的驻藏解放军和地方各族干部在极其艰苦、极其特殊的环境下，以大无畏的英雄气概共同创造的高原之魂。也就是当年江泽民总书记在中央召开

的第四次西藏工作座谈会上提出的“特别能吃苦，特别能战斗，特别能忍耐，特别能团结，特别能奉献”的精神，就是长期建藏、一不怕苦二不怕死、艰苦创业、认真执行政策、守纪律的高尚品格。“老西藏精神”是我党我军光荣革命传统的重要组成部分，有力地继承和丰富了中华民族传统美德和精神财富。

回顾当年进藏部队广大指战员和工作人员所遇到的艰难险阻和特殊复杂的困难局面，想到他们最终如何把五星红旗插上喜马拉雅山时，人们不得不相信“老西藏”们就是一群特殊材料制成的人！“老西藏精神”就是他们用鲜血和生命铸就的不朽丰碑！

他们热爱党，忠于祖国，一切听从党安排。这是战胜一切困难，最终夺取胜利的根本保证。例如，中华人民共和国刚成立不久，十八军在成都的战役也结束了，上级已任命张国华军长、谭冠三政委等领导到地方工作，官兵们好不容易从长期的战争环境中走出来，准备接受相对稳定的地方工作时，突然接到上级命令，进军西藏，并明确以第十八军为进藏主力。当时部队内部的思想波动可想而知，但是，经过战争锻炼的英雄部队经受住了严峻的考验，在张国华军长和谭冠三政委“舍小家顾大家，要把忠骨埋西藏”精神鼓舞下，部队统一思想，提高认识，增强信心，决心坚决完成党中央交给的任务。只要党需要，一声令下，打起背包就出发。“到边疆去！”“到祖国最需要的地方去！”这就是进藏部队勇往直前的英雄本色，充分体现了大局意识、服务意识和高度的政策纪律观念，充分体现了革命军人崇高的理想信念。

他们进军西藏遇到的艰难险阻，是今天的人们无法想象的。无论是十八军各部队，还是新疆骑兵独立师先遣连等进藏部队，都经历了同样的高寒缺氧、风雪交加、忍饥挨饿、缺医少药、物资供应缺乏等困难考验。但他们靠双脚走出了雪山、草地，战胜了自然环境的无情磨难和反动势力的阻挠破坏。如果没有“让高山低头，让河水让路”的英雄气概，没有“以苦为荣，以苦为乐”的艰苦奋斗、无私奉献精神，没有“长期建藏，边疆为家”的长远计划，就不会有“老西藏精神”独特的优良品质和高尚情操。

他们严格执行党的民族政策和宗教政策，赢得了广大僧俗群众的衷心拥护。“十七条协议”签订后，毛主席对张国华军长特别叮嘱：“你们在西藏考虑任何问题，首先要想到民族和宗教这两件大事，一切工作必须慎重稳进。”毛主席一针见血地指出了民族、宗教、统战工作在西藏整个工作中的重要性，给部队各项工作指明了方向。在当时那种条件艰苦、情况十分复杂的形势下，张经武、张国华、谭冠三等领导模范地贯彻执行了毛主席关于民族、宗教等一系列方针政策，并且制定了许多切实可行的具体措施。如把关于尊重宗教信仰、尊重藏族风俗习惯也作为一项重要准则写进了守则等。总之，上世纪五六十年代，西藏民族团结、军民团结、军政团结，出现了前所未有的可喜局面。

经过60多年的沧桑巨变，“老西藏精神”已成为高原各族儿女团结友爱、拼搏进取、全心全意为人民服务、加快西藏发展的力量源泉。新时期新阶段，在“老西藏精神”激励下，一茬茬高原官兵、一茬茬进藏干部和一批批援藏干部中，涌现出了许许多多优秀代表。如张经武、张国华、谭冠三、天宝、幕生忠、李狄三、布德、蒋英、仁增旺杰、孔繁森、陈金水、轮祖、洛松朗加、祁爱群、李素芝等英雄模范人物。继续理解并弘扬“老西藏精神”，对高举中国特色社会主义伟大旗帜，维护祖国统一，维护民族团结，反对分裂，确保西藏经济跨越式发展和社会长治久安，全面建设小康社会，具有重大的现实意义和深远的历史意义。

《西藏岁月系列丛书》经过三年的努力终于和广大读者见面了。借此机会，我以西藏岁月文学艺术工作者协会主席、《西藏岁月系列丛书》编辑委员会主任的身份，首先向北京市政协党组书记、主席，市政法委书记吉林同志表示衷心感谢！向北京市表示衷心感谢！如果没有吉林同志的热情支持，没有北京市的慷慨解囊，没有北京市援藏拉萨指挥中心的具体协助，此次丛书的出版工作不可能顺利完成。同时，也要感谢为丛书出版辛勤工作的封面设计、责任编辑等工作人员！还要感谢大连市委组织部、宣传部及大连市援藏干部的大力支持！

2013年6月1日

德吉措姆，藏族，1947年11月生，西藏拉萨人，中共党员。中央党校研究生学历。历任西藏农牧学院附中副校长、学院教务处副处长，西藏自治区党委宣传部教育处处长，西藏自治区山南地委宣传部部长，西藏自治区党委副秘书长，西藏自治区文化厅党组书记、厅长，西藏自治区党委常委，西藏自治区政协党组副书记、政协副主席。是西藏第一位藏族女作家。1977年发表处女作《骏马飞奔》。1980年发表代表作《漫漫转经路》，获西藏自治区优秀作品创作奖。1986年发表《采蘑菇的少女》等等，是军民鱼水情深之歌，一时传为美谈。

序

宋善云

2007年7月，受辽宁省委、省政府和省委组织部的选派，马殿文同志光荣地成为大连市第五批援藏干部的一员，赴西藏自治区那曲地区索县担任教体局局长。三年援藏生活，成为了包括他在内的援藏干部人生的重要经历和难忘回忆，也是他们以实际行动接受组织考验、履行党员承诺的不悔选择。

常人看西藏，神秘而圣洁，空灵而唯美。湛蓝的天、洁白的云、纯净的水、皑皑的雪、转动的经筒，飘舞的经幡……这些意象的叠加，令人不免心驰神往。而大连援藏干部的雪域经历却并不被外人所知，他们离妻别母，万里援藏，长时间生活在高寒缺氧的环境中，又肩负着一方发展稳定的重责，他们无暇享受美景，每天面对的是难以想象的艰辛和苦涩。心想干事，脚却迈不开步伐；脑想开窍，思维却经常短路；寂寞想家，家却遥不可及；祈求平安，路却总是曲折坎坷甚至险象环生……尽管困难、挑战煎熬着他们的身心、考验着他们的意志，但每一位援藏干部却始终牢记人民的重托，不辱使命，奋然前行。从美丽富饶的海滨大连到雪域高原的世界之巅，十六年来大连儿女用他们辛勤的汗水为和谐西藏的建设筑就了一座座不朽的丰碑……

西藏地区政治环境特殊，民族问题、宗教问题比较复杂，需要援藏干部具有崇高的政治觉悟。这一点他们做到了。三年里，他们经历了“3·14”动乱、北京奥运会等重大历史事件，广大援藏干部始终把反对民族分裂、维护祖国统一当作头等重要的政治任务。在接受民族观、宗教观、文化观教育的同时，他们以先进的政治思想和观念、务实低调的工作作风扎根基层，广泛团结藏族同胞，以实际行动赢得了当地干部群众的赞誉，并与其结下了深厚的情谊，坚定不移地维护了祖国统一和社会局势的稳定。

长期以来，由于受自然条件和传统思维习惯的影响，西藏地区人们的生活、生产处于比较落后的状态，需要援藏干部具有较强的施政能力和过硬的业务本领。这一点他们做到了。三年里，他们继承了前几批援藏干部的优良传统，在各自岗位上勤于钻研，肯于吃苦，乐于奉献，矢志不渝地投身于西藏地区的经济社会建设。他们大胆引进东部沿海地区先进的生产观念、生产方法、管理经验，推行新的经济发展战略，影响和改变着高原的每一天。截至2010年年底，大连市共向索县提供援助资金近6000万元，援助项目四十五个，援建了一大批教育、医疗、安居等民生项目，解难事、办实事，倾心尽力造福第二故乡。除了积极引进一个又一个项目之外，他们更多的是把目光投在了改变当地人的观念和理念上，力争使西藏同胞早日彻底摆脱贫苦。

西藏地区气候恶劣，条件艰苦，需要援藏干部具有强健的体魄、坚定的意志、无私的奉献精神。这一点他们也做到了。三年里，他们在寂寞孤独中学习，在艰苦条件中工作，在承受人体生理极限的同时坚持锻炼身体，在枯燥的环境中享受生活的美好。他们舍弃家庭，远离亲人，面对一次次家庭变故而毫不动摇援藏决心。他们始终坚持以岗为家，以廉洁的党风、勤奋的学风、正派的作风，树立了援藏干部“政治坚定、服务人民、艰苦奋斗、团结协作、廉洁自律”的良好形象。每一个援藏干部看似是一个点，他们的身后实际上却是大连600万人民的关注和问候，他们就像一条条纽带，使西藏与内地的联系更加紧密，沟通更加顺畅，感情更加浓厚。

援藏事业崇高而艰巨，需要各地区、各级党委、政府的始终支持与配合。我们将继续按照中央和省、市各级党委、政府关于援藏工作的要求，充分认识做好新形势下援藏工作的重大意义，增强责任感和使命感，选拔优秀干部充实到援藏队伍中来，统筹安排好各项援藏工作，将干部援藏与经济援藏、教育援藏、技术援藏等工作紧密结合、有序开展，圆满完成好援藏工作任务，为西藏地区经济社会发展做出更大贡献。

（作者系中共大连市委副书记）

目　录

感悟心灵

初入西藏

报名援藏

2007年5月16日16时，飞机在大连上空盘旋一圈，稳稳地降落在周水子国际机场，我的心也随之安稳了下来。这次带领全区高中校长到青岛考察课改的任务终于完成了。青岛之行使我收获颇丰，对指导我区的高中教学有了更多的思考，我们的工作可以在原有的基础上争取有一个新的突破。这一路上我都在不停地考虑两地的优势和差异，互补的东西很多，值得借鉴的东西也很多。

刚一进家门，就接到区教育局贾连军书记的电话，贾书记寒暄了几句便直奔主题："小马，立即到单位来一趟，有重要事情和你谈。"肯定是非常重要而紧急的事情，要不然书记不会这么急让我回局里。来不及喘一口气，我就匆匆赶回局里了。

"小马，今天我到市里开会，组织部通报了关于动员优秀青年干部援藏的事宜，这件事情在你带队到青岛考察期间已经下发到基层。教育口需要一名干部到西藏对口支援，考虑到你的实际情况比较符合要求，特别通知你并征求你个人的意见。"贾书记开门见山地说。从大连范围看我是最为合适的人选，有多年的校长工作经历，具有较为丰富的基层经验，并且对机关工作也较为了解，能够承担起更为重要的任务，是援藏的最佳人选。但是首先要征求个人和家庭的意见，毕竟西藏非常艰苦，高寒缺氧，时间长达三年，还可能有生命危险。

这个消息实在是太突然了，我一点儿心理准备都没有。对于西藏，我曾有过一次邂逅，但那仅仅是几天的停留，除了缺氧、睡不着觉、环境艰苦，再没有更多更深的印象。听同事庞萍多次讲过我们旅顺口区第一批援藏干部郭旗在西藏工作和生活的经历，感慨颇多，但是对于西藏的了解更多的是通过电视等媒体的介绍，一览而过，一知半解。郭旗援藏回来后曾经给机关的同志们作过报告，汇报过西藏的交通、气候、饮食和工作情况，据说曾经感动过很多人。尤其是那里艰险的交通状况和缺氧的环境，可能会让很多人吃不消、坚持不住。据说当地的经济基础还很薄弱，很多地方还处于比较荒凉和原始的状态，当地的民居都是土坯房，县城只有一部电话和一辆吉普车，马是最常用的交通工具。他们经过艰苦的工作，建校舍、修土路、建商业街等等，据说现在已经有了学校、医院、商店、粮店、饭店、理发店，一个高原小城镇已经初现雏形。但是由于距离大城市远，路况差，季节性通车，导致县城还十分闭塞，购物十分不便，援藏干部生活所需物品几乎都要自己从家中携带，据说袜子和短裤都要带很多条以备更换。贾连军书记说，这是一次难得的考验和锻炼的机会，如果时间倒退十年，他会毫不犹豫地给自己一次机会。尽管条件艰苦，但是艰苦的地方更需要干部，也更能培养和锻炼干部。作为一个优秀青年干部，要珍惜这样的机会，勇敢地接受选拔和挑战。组织上给我一个晚上的考虑时间，要我征求一下爱人和父母的意见，毕竟对于家庭和个人，都是一次重要选择。

一个小时后，带着复杂的心情我回到了家中。妻子正等着我吃晚饭，看我没吃几口饭，爱人说："怎么了？单位有事情？"我不知道该怎样开口，我也不知道自己该如何选择，想努力一次但是又不知道家庭该怎么办。但是必须要征求他们娘俩的意见，所以犹豫了半天，我还是把援藏的事情说了。爱人听后沉默了好半天，没说一句话。在单位和贾书记交流了不长时间，没有来得及看文件内容，贾书记把文件交给我，让我回家自己好好看看，我发现其中的一条要求是必须已婚并且有小孩。不言而喻，长期在高寒缺氧的环境中生活，会对身体造成巨大的损伤。早就听说有几位援藏干部回来后身体留下了多种疾病。难道就因为那里的环境艰苦、可能会带来身体的损害，我就拒绝组织的要求？对于一个党龄比工龄还长的老党员来说，面对这么点考验就要退缩下来，岂不愧对组织多年的培养。可是若去，家中孩子才上一年级，妻子在高中教学，又是班主任，早上和晚上都经常要上课，谁来照顾孩子？爸爸还瘫痪在床，尽管自己不能天天照顾，但毕竟每过一两个月还可以回去看看，一年年不能回家，又怎么能放心得下？老丈人进入糖尿病晚期，并发症导致双目失明，靠透析维持生命，随时都会出现意外。人到中年，两方父母年岁都大了，身体不好，都处在艰难期，都需要我们照顾，若一去西藏三年，把一切家庭负担全都压在一个女人身上，实在是太艰难了，这么做也不公平。若不去呢？失去一次很好的锻炼机会不说，也会令组织失望。想去，可家中怎么办？谁来照顾八旬的父母，谁来接孩子上学放学，安全问题怎么保证？这一连串的问题不由得我不犹豫。孩子已经睡着了，但是我们俩完全没有睡意，我知道妻子比我更矛盾。但还是她的话鼓励了我："作为妻子，没有任何一个人愿意把自己的丈夫送走，特别是到西藏，会有很多危险甚至是生命的考验。但是好男儿志在四方，有机会出去闯一闯还是要珍惜机会。再说，如果在组织需要的时候退缩了，大家会怎么看，组织会怎么看？面对这么点儿考验就退缩了，还怎么能承担更为复杂的工作？谁还敢信任你呢？至于家庭，每家都有难念的经，你在家也整天早出晚归，没有帮上什么忙。没有克服不了的困难，大不了我调离原单位，找一个不上早晚课的学校，这样家庭压力也许就减缓了很多。家里不用你操心，有我！至于去还是不去，你自己拿主意！"

我还能说什么呢！家庭的负担如果能够放下，我会义无反顾地接受这份挑战。"组织的需要就是我的选择！"这是十五年前入党时写下的诺言，我知道今天是到了我兑现诺言的时候了。

申请书交到了贾书记的手中，并且郑重表态：经过和家人认真地商量，我决定申请援藏。书记问我征求了父母的意见没有，我摇摇头走开了。我怎么敢和他们说，爸爸已经八十四岁了，常年瘫痪在床，听到这个消息是鼓励我还是阻止我。一旦父母坚决不同意，着急上火加重病情怎么办。最后我决定不征求任何一方父母的意见，等他们知道后再作解释，说不定我身体检查会有什么问题，还没有去西藏的机会呢。其实，我心里很明白，自己的身体很好，不会有什么意外，再说生老病死乃人之常情，何必那么患得患失呢？

全市共推荐三十四名干部参加大连市委组织的身体检查，将从中选出六名身体合格的人员赴藏。教育部门共有七人参加体检，也就是说我是七名候选人之一。体检结束后，市委组织部的领导说让大家回去等消息，同时做好进藏的身体调养和准备。经过五天紧张不安的等待，到六月五日，得到了确切的通知，我成为了第五批援藏干部中的一员，六月末就要集体奔赴西藏，组织要求我们尽快结束手中的工作，同时做好进藏前的各项准备工作。

未来的三年就要在西藏度过了，不知西藏的教育情况怎么样，具体的任务都有哪些，工作好不好开展；也不知道能不能学会说藏语，当地人的汉语水平如何，交流起来会不会有困难。朋友们听说了这个消息，纷纷和我联系，向我传授了各种"道听途说"来的关于西藏生活和工作的经验，爱人也开始为我准备进藏的各种生活用品，一时间周围的人都忙活了起来。面对着朋友和家人的爱，我心中不禁涌起深深的感动和就要离别的不舍。

我在默默等待着，等待着那即将到来的一切。“因为信任，组织才会交给我这份艰巨的任务，我一定要尽自己最大的努力把工作做好，再艰难我都要咬紧牙，坚持下来！”我默默地给自己打气儿。因为知道自己是去做教育工作，所以利用这一段时间，既做好局里相关工作的扫尾和交接工作，也开始大量收集资料。旅顺口区正在迎接“双高普九”工作，我手中有大量的材料，有很多都是完成了一半的，因此一连几天都忙到半夜，我想给自己的工作做一个总结。同时也加强关于少数民族特殊政策和教育法规的学习，民族区域自治制度不能仅仅停留在口头上，现在自己马上要深入进去，了解政策是第一要务，同时也把自己十几年来的工作心得整理一下，为即将接手的工作做一些必要的准备。我相信，三年的工作肯定很艰苦，但是也一定会有很大的收获。

组建团队

2007年6月26日，在大连市委组织部会议室，大连市援藏工作领导小组副组长、组织部长宋善云同志宣布组建大连市第五批援藏工作队，并公布工作队干部名单。

领　队：任　力　任索县县委书记

副领队：刘志林　任索县县委常委、常务副县长

成　员：乔文新　任索县县委常委、县委办公室主任

时　进　任索县发改委主任

马殿文　任索县教体局局长

王　利　任索县卫生服务中心主任兼援藏团队保健医生

兄弟六人初次见面，可能是因为即将要共同面对艰巨的任务吧，心中涌起了一种亲切感。未来的三年，我们将生活在一起、战斗在一起，必然会建立一种深厚的友谊，这也注定是援藏工作和生活的另一种收获。

宋部长作了详尽的工作部署，从生活到工作，从注意事项到家庭安排，

组织都考虑得很细致、很周到，这让我们心里很感动，同时也很放心。市委副书记、大连市援藏工作领导小组组长里景瑞同志参加会议并作了重要讲话，要求大家高度认识援藏工作的重大意义，落实好党中央国务院的重大战略任务，不辜负辽宁省委、省政府的嘱托，不辜负大连市600万人民的殷切希望，向当地的干部学习，向前四批援藏干部学习，克服困难，带去先进的理念和务实的干劲，树立大连援藏干部的良好形象；适度锻炼，及早适应高原的环境，尤其是高原的气候；搞好团结，尊重藏族的风俗习惯，与当地的藏族、汉族干部打成一片，学会尊重和爱护他们，结交朋友，传递友谊；注意安全，团队安全去归。谆谆教导，情真意切，就像家长嘱咐孩子一样不厌其烦，样样都考虑得很周全，这增添了大家的信心，大家一致表示要牢记在心，踏实工作，不负使命，为家乡争光。

为了保证大家有一个科学的认识，正确地面对高原缺氧环境，市委专门为我们六人安排了高原知识培训，医学专家给我们讲授了高原气候的特点及出现高原病该如何应对等。缺氧的环境是每个人都要面对的，心理的作用有时候很重要，要正确地认识，科学地对待，适度地锻炼，不能盲目地运动，增加身体的负担。

赴藏当天与市委领导合影留念

东北民族学院的毛教授还专门为我们介绍了应当注意尊重的藏族风俗习惯，尤其是婚嫁丧礼和民族信仰等方面，都和内地有着明显区别。语言不同又给我们的交流带来了困难，所以如何更好地和少数民族干部融合在一起是我们除尽快适应高寒缺氧环境外所面临的第一个难题。赢得当地干部群众的信任和拥戴，我们就能够站住脚，顺利地开展工作。否则，就很难在当地站住脚，更不要说很好地开展工作，完成援藏使命了。但是我们自信我们能行，既然向组织作出了承诺就要全力以赴，不能因为个人的疏忽或是胆怯影响到整个团队的工作，影响到中央的援藏任务。

当天，大连市第四批、第五批援藏队员在市委举行交接仪式，这也是大连市第四批和第五批援藏干部的第一次见面会。第四批援藏六兄弟征尘未洗，还带着满身疲倦和明显的高原反应，说起话来反应有些迟钝，脸色黝黑，很多人都是花白的头发，不知道是少白头还是高原白。原来自己想会是在高原交接，然后在拉萨告别。但是事实与我想象的正好相反，他们在离任前已经在当地进行了告别，今天的交接只是一种感情的传递和老大哥对小兄弟的要点指导，是市委领导给我们精心安排的一堂培训课。西藏对于他们已经装在了心中，而对于我们则是空白，他们的指导对于即将赴藏工作的我们来说是万分宝贵的，可以让我们尽可能多地了解自己所要承担的工作，了解西藏的民族风俗、工作方式、生活习惯等等，可以让我们少走很多的弯路。尽管之前大家并不相识，但是大家的心是相同的，西藏的情缘也注定会让我们成为一生的朋友。第四批援藏干部领队倪金飞书记作了工作汇报，全面地介绍了西藏的风土人情、援藏干部的工作和生活环境、三年来援藏工作的感受以及在西藏工作要注意的问题等等，非常详尽。哥儿六个如饥似渴地记录着，唯恐把重要的信息遗漏，当然由于时间有限，我们的了解即便十分有限，但也感到非常过瘾和满足了。毕竟对我们而言那是十分陌生的地方，想靠半个小时的介绍就能深入了解是完全不现实的，更多的需要我们自己去亲身体验。

倪金飞书记详尽地介绍了大连市第四批援藏项目的建设情况和对于今后项目援助的建议。大连市第四批援助项目资金投入1100万元，重点向民生工程倾斜，对当地民生改善起到了重要的推动作用。其中投资255万元的索县大连广播电视中心投入使用，帮助千家万户实现了看电视的梦想，据说还创设了索县电视台。而投资348万元的索县商业中心、200万元的索县职工住宅楼、索县大连小学教学楼和农牧民安居工程，都深受当地百姓的欢迎，也切实把温暖送到了老百姓身边，让他们感受到大连人民的深情厚谊。

第四批援藏干部、教体局局长、首位教育援藏局长马振凯同志详尽地介绍了那曲索县的教育现状，我听后既兴奋又倍感沉重。索县教育基础设施落后，乡下学生由于上学路途遥远，学生的入学率还很低，尽管已经实现了“普六”的目标，但是初中学生仍然十分有限，学生辍学率反弹的现象还十分普遍，影响着教育的快速发展。大连早就实现了“普九”任务，现在正在进行的是“双高普九”，是高水平高质量的“普九”，我不能想象刚刚实现“普六”任务的教育是什么样子。据马局长说，教育部门大部分时间要下乡招生劝学，但是恶劣的交通状况时刻威胁着师生的安全，有时候招来学生不长时间又流失了。“这已经发生很大的好转了，我们刚到那里时比现在要差得多，到了那里你们就知道了。”这是他们反复对我们说的话，这句话一定包含了他们对西藏三年的种种艰难困苦、酸甜苦辣的感悟和留恋吧。但是有一点是肯定的，尽管索县的基础设施依然落后，环境依然恶劣，和北京、上海、大连等经济发达地区相比肯定还是有着巨大的落差，但是和以前的索县相比，已经发生了巨大的变化，要比第一批肖怀柱书记他们那个时候要好得多。我们不能用内地的眼光和思维看待高原，东西部的发展差距原本就很大，更何况交通、气候状况更为复杂的西藏。我们更要看到的是那里发生的翻天覆地的变化，看到他们飞速发展的今天和与内地相比差距日渐缩小的变化。六位援藏干部都用到了一个词——日新月异，我想这是他们亲眼看到亲身经历的历史，想到这些便感到浑身充满了力量。这些天来，身边的人都说西藏非常苦，都担心我这样瘦弱的身体能否坚持下来。是啊，不足内地60%的氧气含量，语言不通，饮食不适，困难想都能想得出来，但十二年来，四批援藏干部没有一个人因为困难跑回来，他们都坚持了下来。作为先行者，他们肯定比我们要艰苦得多，所面临的问题也一定会比现在复杂得多。他们给我们树立了很好的榜样，给了大连人民一个满意的交代，我相信第五批的我们也一定会接好这个接力棒，因为我们是沿着他们走过的道路去继续进行援藏事业的。传好接力棒，不辱使命，如期归来，成为我们默默的誓言。

善意的谎言

二十六日会议通知，后天也就是二十八日市委为我们举行送别仪式，要求单位领导和家属参加，因为当天大连的团队要赶到沈阳与辽宁省援藏团队会合，参加省委的欢送仪式，七月一日奔赴西藏。从事情定下来到真正动身也就这么几天，总感觉时间太紧了，很多事情都没有收尾，该准备的也没有准备，有一种说不出的难受。最近这些日子，都是在一种期待、不安和莫名其妙的煎熬中度过的，兴奋、紧张、焦虑……“双高普九”正是筹备的关键时期，为了不给接替自己的领导添麻烦，要尽快结束自己手中的工作，给自己在教育局的工作一个圆满的结束，尽量不留下工作尾巴。所以在准备赴藏的同时，我也在加班加点地工作，因此感觉格外疲惫。行期定下来了，离出发也就那么几天了。参加区委、区政府组织的欢送会，参加教育局组织的送别晚会，参加朋友们组织的告别会……更多的是电话问候，但除非是组织上的安排，其余的我尽可能地都婉言谢绝了，因为我想留点时间给孩子，这一去不知道多久能回来，也许孩子都长得很高很大了。很多朋友听说我要去援藏，都说我勇敢，也替我担心，好意的提示一次又一次，也给了我很多鼓励！每每静静地坐下来时，心里就感到暖融融的，有这么多双手在支持我，有这么多人在祝福我，我一定会战胜困难，圆满地完成组织赋予我的使命，如期地回来。

看见我忙这忙那，孩子跟在屁股后面跑来跑去，有时跳跃，有时发呆，有时候天真地问我：“爸爸你为什么要去那么远？几天能回来？”“爸爸，你不去不行吗？我想你怎么办？”“你走了，家里就我一个男人，来坏人怎么办？”“爸爸，我跟你一起去吧，你说得西藏那么美，我也想去看看。”……他说起来没完，我有时候要耐心地解释，有时候也真的不知道怎样去应付。骁骁七岁了，尽管不完全明白我的选择，也无法理解我的选择，但他对我跟他谈的很多事情都懂，这让我很高兴，感觉孩子长大了。但一会儿又似懂非懂，不完全理解。他正是懵懂的年龄，也正是急需教化的时候，心中有很多的不舍，也有种种酸楚的感觉。这段时间骁骁表现得非常乖，非常听话，不再恋床了，闹钟一响立即就起床，不用我再去督促，竟然说是给我做个样子。看妻子帮着准备行囊，就跑来跑去地帮着拿东西，有些自己没有想到的东西，被孩子提醒着都装入了包包中。说他懂事，可净说些天真的话；说不懂事，他的话又经常让你动容，让你流泪。看到我流泪，孩子也会跟着流泪，边流泪边给我擦眼泪，安慰我，鼓励我，给我加油！

大连是一个美丽的海滨城市，冬暖夏凉、四季分明。最冷的时候也不低于零下20度，基本上不用穿太厚的衣物，更不用棉袄棉裤。但是到西藏必须要准备好过冬的衣物，尤其是厚羽绒服和皮靴。在好益家购物中心，告诉售货员我要买最厚的羽绒棉袄、羽绒棉裤、羽绒马甲。大夏天的，穿短衣短袖还出汗，全部试穿一遍棉衣，捂得大汗淋漓，如此“夏买棉衣”也引起了过往购物者的注意，一些熟人也凑过来打招呼，看着我穿衣服就笑。起初，售货员还以为我是因为反季有折扣才来买的，就不时介绍说哪几款冬季要多少多少钱，现在买多么划算，希望我能淘点便宜货。我们只是点头应和，只找厚的不看便宜的。单位同事来购物，看见我和妻子在买冬装就过来帮忙，无意中说出了我要动身援藏的事情，售货员惊奇地看着我：“你是要去援藏啊！你这样的身体行吗？”当她知道我真的就要出发，现在买衣服就是到那边穿时，说“等等”，就跑了。过一会儿从库房里抱出一大堆厚厚的羽绒服来让我随便挑，并且说给我最低价。一席温暖的话语让我感动了一天！对于羽绒服外罩，爱人要专门买红颜色的。她说在西藏漫天冰雪的地方红色会更鲜艳、更好看、更浪漫。我知道她是想一旦遇到意外，在冰天雪地里，鲜红的颜色也许会增加获救的机会。其实她并不知道，在杳无人烟的雪山下，再红的衣服有何用，就是扛着旗子又有谁能够看得到呢？但是我也喜欢红颜色，再说又何必把她的心思说破呢，看着她专心地帮我挑选，知道她心里不舍，同时也感受到她特别地坚强。鞋帽、短裤、袜子、牙刷、毛巾、化妆品……妻子为我装了满满两个皮箱，却感觉还差很多。三年哪！需要多少东西，不知道拉萨有没有，所以尽可能地多带些。

骁骁从小就一个人睡，已经养成了独立的习惯，平时想在他的床上打个盹都难，但是临行前几天，懂事的孩子特邀我和他一起睡。我们父子俩也在床上交流了很多，有时候就在谈话中进入了梦乡。醒来后发觉孩子紧紧地抱着我，像个小袋鼠一样。他知道我就要远行了，不知道啥时候能回到家来，非常珍惜我在家中难得的几天。睡不着觉，盘算着天明的日子，想着还有哪些事情没有做，水、电设备已经配备了双套，备用的东西也都进行了妥善的归拢，并且和身边的朋友进行了交代，委托他们不时过来照看一下，毕竟一个女人带着不懂事的孩子，生活中难免会遇到磕磕碰碰，他们娘俩儿干不了的活太多了。

六月二十七日下午，我趁着家中就我一个人的时候悄悄地写好了遗书。听第一批援藏的郭旗主任说，在西藏随时有生命危险，尤其是那曲恶劣的交通状况，经常会看见车辆翻进深谷。县城干部下乡大都是骑马。我想经过十五年的发展了，那里的条件肯定会好许多，尽管那曲到索县的国道仍是土路，但是毕竟现在车子已经多了起来，条件也有了很大的改善。常言道“吉人自有天助”，我相信我们都会平安无事。但是为了以防万一，还是对不测的情况有个交代。遗书是写好了，放在哪里好呢？家中？肯定不行，妻子爱干净，每周都把家翻个遍，一收拾家肯定露馅，还不把他们吓死！随身带着？那是给自己增加负担。最后我决定还是把它放在单位，留在行李包里，那是我午休时用的，我不在没有人会打开它，如果出了事会发现的，但是我期待着一生也不打开它。今天由我把它放置在那里，三年后仍由我亲手把它销毁。这件事做得很谨慎，我知道这样的事情越谨慎越好，以免让家人看见了担心。

父母都已经年迈，爸爸还瘫痪在床，这一去天高路遥，一年一个来回，真的很难照看他们了。给父母打了个电话，没敢告诉他们实情，只是说上级要派我到外地学习锻炼，要半年的时间，不敢说去西藏而说去上海，就怕引起他们的担心。好在父母生活在农村，而且年岁已经很大，平常不看书不读报，也不经常看电视，什么都不知道。偶尔看看新闻也不会巧到在电视上看到我。为了封锁消息，哥哥姐姐也不敢告诉，免得他们说走了嘴让父母知道，倘若他们知道，担惊受怕的，上个火有个病什么的，我真是没法动身了。尽管这件事是瞒不住的，但我还是决定慢慢地让家人知道，到时候已经是既成事实了，看到我在西藏很平安也就不会再担心了。父母很好骗，和他们聊了很长时间才愧疚地放下电话，忍不住还是流起了眼泪，哭起了鼻子，真担心爸妈会在电话中听出异样来。事实上这种担心是多余的，和他们讲话要喊，正常的说话他们是听不到的，相信这个谎言他们一时半会不会察觉。这个谎必须要撒，免得老人家过于担心而出现意外，毕竟他们都是八十多岁的老人了，出不得半点意外。

妻子请了假，早早地回家陪我收拾东西，一件件、一包包的，总感觉还有很多东西没处放。组织部要求我们每个人只能带两个旅行包，不能多带，免得上飞机麻烦。这不是出差呀，三五天就回来了。不知道那边商店里都有什么，没有什么，所以必需品一定要带足，否则靠邮寄该有多麻烦呀！还不知道县城有没有邮局，邮包能不能收到。所以我们俩是收拾一遍又一遍，东西拿出来又放进去，打好包又翻出来，最后弄得我们自己都烦躁了。我决定只带随行的东西，拉萨是省会城市，估计日用品都不会缺，一定能够买到，再说还要回来嘛，不足的东西可以下次再带回去，好在今年在西藏的时间也不会太长。

告别故乡

六月二十七日清晨，一夜的大雨把城市洗刷得干干净净。天明了，尽管雨停了，但天依然是阴沉沉的。昨天区委、区政府领导为我援藏举行了一个隆重的欢送仪式，千叮咛万嘱咐，让我很是感动。有人说送别酒往往是令人伤感的，可是又觉得有一种莫名的冲动，已经没有了当初选择时的犹豫和担心，更多的是对未来的憧憬和向往。既然选择了就要勇敢地去面对，坚强而坦然地接受挑战，所以感到浑身充满了力量，我相信我能行！

区委组织部张淑萍部长、李军副区长、教育局唐斌局长、贾连军书记、董克伟副局长等家乡领导亲自将我们送到市里，尽管已经说好了领导不再相送，可是区领导、局领导还是冒雨相送，坚持送到大连。尤其让我没有想到的是辽宁师范大学的恩师，现任辽师大化工学院的书记卢万成也专程赶往市委送别，他特意赶来送别，对今天启程赴藏的我们更是一种鼓励和祝福。一晃离开母校十二年了，老师还记得他的学生，关注学生的每一天，这种关怀和鼓励胜似千言万语，这种培育之恩令人感动、难忘。

由于是启程离别的日子，家属和单位的领导都早早地赶到了市委，这也是我们第五批援藏干部的第二次见面，妻子和孩子们头一次见面。在我们这批干部中，孩子最大的是任力书记和乔文新主任的孩子，已经上初中了，最小的是刘志林副县长的孩子，才三岁。他们的孩子都是女孩，只有我儿子一个男孩，在这里倒显得孤单了。几个女孩子很快就走在了一起，只有骁骁静静地靠在妈妈身边，怯怯地看别的孩子玩耍，我劝他过去和姐妹们打个招呼，可能是他心情不太好，噘个小嘴嘟嘟着脸说什么也不肯。更多的是一家人在一起，该说的都已经说过了，再没有什么牵挂，默默地等待着出发的时刻。

九点钟，市委举行了简单而隆重的送别仪式，大家拍照合影留念。今天要赶赴沈阳，市委组织部马辉副部长代表欢送团领导送我们到那曲，我们要在沈阳和第五批辽宁省援藏团会合，参加省委省政府的欢送仪式。尽管时间很紧，宋部长还是微笑着让我们和家人告个别，给我们十分钟时间。十分钟，心中有很多话要说，可是又觉得什么都是多余的，一家人聚在墙角，你看着我我看着你，不由得眼圈红了……爱人和孩子都很坚强，微笑着挥手告别，原想给孩子一个拥抱，可是他却躲得远远的，估计是妈妈的主意，怕是控制不住自己的感情吧，这样倒好，心情也平静。就在我上车的一刹那，我看见儿子抱住了他的妈妈……

中巴车在沈大高速公路上疾驰，沿路的风景迅速向身后滑去，只有苍茫的天空一路相守。想到此去天高路远，归期遥遥，心中不觉怅然。车厢中安静极了，只有刮雨器在来回不停地刮动，把雨水刮落到两旁，刮进了每个人的心中。可能是司机感觉到气氛太沉闷了，打开了音乐……

六月二十八日下午，省委省政府举行隆重的欢送仪式。省委副书记洛琳等领导为每一位援藏干部佩戴鲜花和绶带，并作了重要讲话，鼓励援藏干部珍惜机会，牢记使命，顺利完成任务，早日平安归来。省委组织部赵战鼓副部长代表第四批援藏干部作了工作汇报和相关培训，特别提出多向当地的

辽宁省委、省政府举行隆重的第五批援藏干部欢送仪式

壮行会

飞越高原雪山

藏族干部学习，向在藏的汉族干部学习。赵部长通过亲身体验给大家上了一堂生动的实践课，发自肺腑，感人至深。第五批援藏总领队刘自康同志代表三十六名援藏干部发言，表示要坚决响应党中央号召，继承前四批援藏干部的光荣传统，发扬缺氧不缺精神、艰苦不怕吃苦的“老西藏精神”，牢记使命，以建设美好西藏为荣，为家乡父老争光。

短暂的培训工作很快结束了，在一片祝福声中，我们登上了飞往成都的飞机。西藏自治区安排我们先下榻成都拉萨饭店，过往的拉萨干部都要在这里缓冲，这里也是前往拉萨的第一站。先期到达的自治区迎接团在这里等待着我们的到来。一踏入酒店，便立刻感受到浓郁的西藏风情，从建筑风格到房间摆设，从饮食的安排到服务员的服饰，一切都是西藏的风格。从每个房间的欢迎词到进入高原应该注意的事项，从服务的安排到特色的饮食，处处都显示出主人的细心和周到。周到的服务给我们带来了家的温馨，让人不禁对入藏神往了起来。

辽宁省援藏团在成都进行短暂停留，主要是为了进藏前培训。这一次是西藏的领导给我们培训，内容更加具体，涉及到入藏的方方面面，尤其对应对高原反应、尊重地方风俗方面培训得很详尽，大家都做到了心中有数。这一路行走一路培训的做法很受欢迎，直接、具体、高效，效果非常好，我有时恍惚觉得自己现在已经是一个老西藏了。第二天上午抵达拉萨，天气格外地晴朗，只有不多的几朵白云飘在头顶上。贡嘎机场到处都是欢迎的人群，大家载歌载舞，手捧着哈达，几个少女端着丰收的切玛和青稞酒迎接远道而来的我们。按照藏族的礼节，大家相互问候，互祝平安。仪式隆重而热烈，高原那特有的礼节一下子送到你的怀抱，让你一下子融入了西藏。

踏上西藏的土地

小学三年级时学过一篇文章，名字叫《小马过河》：小马要过一条很宽的河，松鼠跑过来说河水很深，蹚水会淹死的。老牛说河水很浅，不用担心。小马很为难，不知道该听谁的，就跑回去问妈妈。妈妈让他自己试试看，小马自己蹚过河，结果发现河水既没有老牛说的那样浅，也没有松鼠说的那样深。一个简短的小故事，却让我刚踏上拉萨就一下子回想起来。入藏前经过了一级级的培训，听取了援藏干部的介绍，收集了大量关于西藏风土人情的信息，自认为已经是一个西藏通了。可是一踏入西藏的土地，在贡嘎机场，就忽然感觉一切都不一样了，既不像有些人说的那样可怕，也不像培训时介绍的那样轻松。

车一进拉萨市区，真真切切的西藏就迎面而来了——街道横平竖直，两旁店铺林立，路上车流如梭，极富民族特色的建筑，摇着转经筒念着经文的阿爸阿妈，还有巍峨雄伟的布达拉宫，浪漫的人力车，都与介绍的大不一样。

在拉萨的第一张合影。与时进（左），王利（右）

经过几代人的努力，西藏已经发生了翻天覆地的变化。如果不是由于缺氧导致的头晕，你很难想象你脚下的土地就是西藏。尽管这里没有内地城市发达，但也绝不是人们传说的那样荒芜和落后。到处都是欣欣向荣的繁忙景象，到处都是车水马龙，高原古城已经换了新颜。拉萨很热，没有高寒的感觉，可能是夏季的原因吧，人在外面走一会儿就感觉受不了了，干燥、刺眼、皮肤灼痛。这里的紫外线辐射很强，涂抹很厚的防晒霜还是觉得火辣辣的。有比较强烈的头晕感，昏昏欲睡，但是还能坚持住。在高原，身体瘦弱的耗氧量少，可能适应得更快些，同行的几个人都比我反应重。

自治区政府考虑得很周到，在机场举行了隆重而简洁的欢迎仪式后就直接送往酒店缓冲，晚上也是便饭，主要是给大家一个缓冲的时间。各队的领队开会传达了在拉萨的主要培训内容和时间安排、在拉萨期间的注意事项等等。除培训时间外，我们都在房间里休息，基本不出去，吃饭也很简单，就像坐月子的女人一样小心。但是还是感觉很难受，培训的效果也不好，好在都是一些常规性的培训。在培训期间，西藏自治区常委、宣传部长崔玉英，自治区人大常委会副主任土登才旺，自治区副主席尼玛次仁，自治区政协副主席乔元忠等领导到驻地看望并盛情宴请了全体成员。

刚进入宾馆的时候，沈阳团队的一位医生晕倒在电梯里，被紧急送往了医院。紧接着，浙江的医生也晕倒在走廊上，我和另外两个人赶忙把他抬到医务室，吸上氧气。两个医务人员的晕倒，给这支团队带来了不小的骚动，他们就倒在我的身边，但是我没敢和大家交流，怕引起连锁反应。我不知道

马辉副部长（中）与倪金飞书记（左）、任力书记（右）在拉萨

三支队伍同批抵达

为什么最先倒下的是医生，他们应该比我们更知道如何自救呀。让他们给我们当保健医生，现在我们还没有出现问题，医生倒是先倒下了。我想可能是他们更了解这种状况的后果，所以比我们更为紧张的缘故吧。但消息还是很快就流传开了，大家都很担心还会有人陆续倒下。果然辽宁和浙江两省陆续有人倒下了，打起了吊瓶，而更多人是躺在床上戴着吸氧器。一些年岁大的、身体肥胖的、过度紧张的都纷纷倒了下去，有个别反应特别严重的甚至培训会都没有参加上。一种不安的情绪在酒店里悄悄地弥漫，刚入酒店那种兴奋被严重的高原反应抛到了九霄云外。

大连团队的人表现得很好，这也源于马辉副部长带病入藏相送给我们带来的激励。我觉得大家都很勇敢，尤其是任力书记，他的高原反应很严重，嘴唇都已经发紫了，但还是在坚持。我倒没有什么明显的症状，头有些痛，迷迷糊糊的像是喝醉了酒，就想躺下来好好地睡一觉。躺在床上很快就进入了梦乡，可是不久还是被憋醒了，我知道我也要经历这段难熬的缺氧期了。入藏的最初感觉很重要，坚持不住就要被退回去。有的人反应很重，真的坚持不了也没有办法，毕竟不能用生命去抗争。但是我不想走到这里再退回去，已经走到高原，无论如何也要坚持住。坚持吸氧，克服恐惧，我相信很快这种症状就会消失。在拉萨有这么多的内地人，他们都能坚持，有的人一

区情培训

生都奉献给了高原，我怎么就不能坚持呢？我不断地给自己打气，觉得很好用，这样想来想去，感觉高原反应减轻了许多。

可能是太疲劳了，我又昏沉沉地睡了过去。但是好景不长，睡不多久又醒来了，喉咙发痒，鼻子喷火。后半夜病情终于发作了，鼻子流血不止，头痛欲裂。赶紧吸氧，难受的是鼻子流血，吸管不能插进去，所以只好擦一下鼻血然后赶紧吸一下氧气。鼻子里有吸管还有卫生纸，一呼一吸血就顺着管子流进去了，就像一个输液管。反复折腾了多次，天终于亮了——这里的夜真的好漫长。我不习惯挪地方睡觉，所以一向不愿意出差，一旦不在自己的房间睡觉就睡不好，并且好几天不上厕所，特别难受。第一晚就这样在吸氧中煎熬了半夜，看来未来的日子要更难受了。早晨起来洗漱，我自己都感觉可笑——红红的眼睛，发紫的嘴唇，肿胀的鼻子，还有那不服从管理硬要撅起的头发——这，还是我吗？

尽管高原反应强烈，但是我们都非常珍惜在拉萨的培训机会。马上就要步入岗位了，多学习一些免得工作时出现失误。所以，尽管辽浙两省的援藏弟兄很多人反应都很严重，但是大家还是咬着牙坚持了三天。通过这次培训，我对西藏有了较为全面的了解，因为一路走一路培训，所见、所闻、所讲都是西藏，我们也觉得自己已经是西藏人了。这次培训也增添了我们的信心和干劲，让我们为西藏的快速发展而欣喜，为各省的援藏工作给西藏带来的巨大变化而鼓舞。在这里我们认识了不一样的西藏，在这里更加感受到援藏事业的光荣和艰巨。两天的缓冲，尽管身体还有很多不适，但比刚到拉萨时有了明显的好转。尤其是听完西藏政府领导的动员，更是感觉浑身是劲儿，有一种尽快奔赴岗位、实地看看的渴望。

不一样的西藏

一次西藏行，一生西藏情。

西藏是一个神秘的地方，走一次高原，你就会爱上她，终生离不开她。

据介绍，拉萨是一座高原城市，这里的海拔平均在3700米，是整个西藏地区地势比较低的地区。它属于典型的高原温带半干旱季风气候区，年日照时数3000小时以上，故有“日光城”的美称。这里空气稀薄，气温低，昼夜温差大，冬春干燥，多大风。在内地六月飞雪是十分罕见的，但是这里经常六月飘雪，看来创作《窦娥冤》的关汉卿老先生肯定没有来过西藏，否则也不会认为六月飞雪就一定有冤情了。

拉萨是世界上最具特色、最富魅力的城市之一。人们把这里称为地球的第三极，这不仅是因为海拔3700米的高度令初来者感到晕眩，也不仅是1300年的历史留下的无数的文化遗迹和浓重的宗教氛围给予人们梦游历史般的感觉，而是在现代化城市林立的今天，它以特有的古典与纯朴所透露出的田园般的宁静赠予人们快慰与欢愉，深深地吸引着世界各地的人们。

拉萨是藏文化的发祥地之一，也是藏传佛教的圣地，是每一个信教徒想要到达的最圣洁的地方。在市内的布达拉宫、大昭寺，在近郊的哲蚌寺、

巍峨的布达拉宫

高原之宝

色拉寺和甘丹寺……到处都能听到声声佛号，到处都可以看到不同肤色的旅行者。走在拉萨的大街小巷，任何一栋建筑，任何一片人群，都会给人带来无尽的遐思。

在藏文中，拉萨为“圣地”或“佛地”之意，长期以来就是西藏政治、经济、文化、宗教的中心。史书记载，早在公元7世纪，松赞干布兼并邻近部落、统一西藏后，就从雅隆迁都逻娑(今拉萨)，建立了吐蕃王朝。到过西藏的人都会问，为什么每座寺庙顶部都有两头金羊呢？原来拉萨古称 “惹萨”，藏语就是“山羊”的意思。史载，公元7世纪唐朝文成公主嫁到吐蕃时，这里还是一片荒草沙滩，后来为建造大昭寺和小昭寺，用山羊背土填卧塘，寺庙建好后，传教僧人和前来朝佛的人增多，围绕大昭寺周围便先后建起了不少旅店和居民房屋，形成了以大昭寺为中心的旧城区雏形。同时，松赞干布又在红山扩建宫室(即今布达拉宫)，于是，拉萨河谷平原上宫殿陆续兴建，显赫中外的高原名城从此形成。“惹萨”也逐渐变成了人们心中的“圣地”。

高原古城以其湛蓝的天空、清澈的河水、新鲜的空气和令人赏心悦目的环境给八方来客留下了美好的印象。拉萨的水质和大气非常干净，是中国污染最少、环境最好的城市，当然也是世界上空气最稀薄、海拔最高的城市。由于高寒缺氧、交通不便，所以也有了“出国容易进藏难”的说法，都说“不到高原来，感受不到祖国的辽阔；不去阿里，体会不到道路的遥远”。培训的领导说，远在阿里，险在昌都，苦在那曲。不知道我们即将奔赴的那曲到底会苦到什么程度。到楼下的商店买东西，和他们聊到那曲，店家都摇头，说路特别差，海拔也高，在藏十多年了，就没有去过那曲。在拉萨人的眼里，那曲是神秘的地方，也是非常遥远的地方，很多当地的藏族同胞也不常去，所以外人很难看到它的真面目。

1951年5月23日，西藏和平解放，拉萨进入了新的历史时期。1960年，国务院正式批准拉萨为地级市，1982年又将其定为国家首批公布的二十四座历史文化名城之一。随着青藏铁路的开通，西藏向世人张开了臂膀，每天迎接着来自世界各地的人们。

克服高原病

在拉萨培训的一周，大家尽管有一些高原反应，但都还能够坚持住。但是一到那曲，情况发生了很大变化，确实感受到了藏北高原不一般的气候环境。4600米的海拔，比拉萨整整高出1000米，氧气含量明显下降，给我们的身体带来了更大的考验。由于海拔升高，这里的气温也明显低了下来，正值七月盛夏，在这里还可以随处看到身穿毛衣的行人。

那曲的夜总是清冷而又漫长，尽管给足了时间睡觉，但是由于气息不足，身体明显不适，长长的夜晚倒显得是一种累赘。来时穿的短袖衫在这里已经没有了市场，大家都是一路走一路添衣服。衬衣和西服都穿上了，个别的援藏干部已经披上了羽绒服。白天艳阳高照，晚上冷风飕飕，不时还有些雪花飘落，给高原的蓝天增添了丝丝凉意。

藏北的天空

在地委和行署举行的联欢会上，乔文新主任代表大连团队唱了一首《朋友》，结识新朋友、共唱高原情，只是唱几句就唱不出来了，音调提不上去，氧气不够，满脸通红——这里的氧气含量比拉萨低很多，呼吸感觉明显的艰难，说话气也不够。在拉萨时我们吸烟很畅快，没有什么明显的感觉。在那曲明显发生了变化，吸烟很费劲，需要使劲往里面吸，一支烟吸下来，憋得满脸通红。普通的火柴和打火机在这里打不着火，需要用专用火机。火柴是长柴杆的那种，就是内地结婚时新娘子给客人点烟时用的火柴。由于头迷迷糊糊的，所以我烟也很少吸了。也许能够把烟戒掉呢，若是如此，那可太好了！

带队的任力书记从到拉萨开始高原反应就非常强烈，勉强参加完培训，一直靠吸氧坚持。到那曲海拔继续提升，氧气含量再次下降，任书记到底还是没有坚持住，倒下了，欢迎宴会没有参加，我们把饭给他送到房间，可是他一口没吃。他脸色灰暗、精神萎靡、呼吸困难，比在拉萨可怕得多。躺在床上不停地吸氧，也没见有什么起色。一连三天，任书记一直处于极其危险的高原反应中，发紫的脸部、痛苦的表情，压得大家的心沉甸甸的。马上就要去索县了，这样的身体状况怎么行？大家都在祈祷，祈祷书记能够尽快恢复起来，祈祷我们即将面临的是一个艳阳天。

几天来，任书记的身体一直没有明显好转，让我们忧心如焚。可是也没

马辉部长(中)与第五批援藏干部在那曲

与胡明昊局长(中)、魏长征局长(右)在那曲

有什么好办法，只能靠毅力来坚持，好在大家都在一起，彼此照应，所以并不孤单。在那曲生理反应格外明显，睡觉难受，不睡觉更难受。和内地两个小时的时差，生物钟也完全打乱了，晚上很晚入睡，早晨九点起床，十几个小时躺在床上无所事事。在内地的时候总是觉得觉不够睡，如果能多给自己一个小时的睡眠时间那该是多么幸福和惬意的事情，但是如果多给你几个小时睡眠时间可是却不让你睡觉，又是多么痛苦。大连气候湿润，而这里十分干燥，呼吸困难，口干舌燥的，感觉空气中都带着火，烤得人发躁。在那曲这几天，几乎就没有真正睡过觉，但是说没睡觉也不对，一天有十几个小时躺在床上呀，就这么一天到晚都是迷迷糊糊的，培训什么也记不住。鼻子天天在流血，在培训会上血也会不知不觉滴到笔记本上。头两天感觉头很痛，后来就没有什么感觉了，迷迷糊糊的。索县的地势比这里低，据说气候比这里好很多，我盼望着明天就离开这里去县城。

辽宁省援藏团分为四个部分——省直机关在那曲，沈阳援藏队在安多，大连援藏队在索县，鞍山援藏队在巴青。由于省直机关援藏干部工作地点就在那曲行署，所以一到那曲，他们就都住进了地委大院的援藏公寓。在那曲我抽空拜访了他们。辽宁省本次有三位援藏教育干部，省教育厅的胡明昊局长，任地区教体局副局长；鞍山市的魏长征局长，任巴青县教体局局长。三人相见分外高兴，未来的三年我们就要在一起并肩战斗了。胡明昊局长的反应也很重，他的体型略胖，在高原格外吃亏，因为体型胖心脏负担就重，呼吸就更为困难。到西藏工作，就我这样的身体可能更合适，尽管也有反应，但是和他们相比，我还要好一些，这也许就是瘦人的好处吧。

任力书记在经过艰难的缓冲后总算有了很大的好转，四天后可以活动一下身子了，饭量也明显地增加了。尽管始终没感到饥饿，但是大家还是努力多吃一些东西。这几天吃成为最重要的政治任务，所以尽管身体极度不适，但是任书记还是努力带头吃饭。我们也都很明白，只有努力吃饭才能补充体力，才能克服高原反应，否则如果坚持不住，就可能会被退回内地去。

奔赴索县

在那曲的培训很快结束了。索县高巴松县长带队的迎接小组早已在那曲等待，任力书记身体略有好转我们就向索县进发了。大家分乘五辆大吉普车，我和王利主任乘一辆车，其余人各乘一辆车。从那曲到索县二百三十公里，都是土路，有的地方山高路险、沟壑纵横，最近又连续下雨，十分难走。县领导和大家商量早晨八点钟就出发，希望赶在日落之前到达索县。

夜半的一场大雨给藏北高原带来了勃勃的生机。高原的草场就像刚被犁过一般，齐刷刷绿得醉人。空气不再那么干燥了，吸入鼻子也要舒服得多。忽然有一种想家的感觉，可能是闻到了家乡那种潮湿温润的空气吧。雨完全没有停歇的意思，砸在车窗上发出“啪！啪！”的声响，显然是赶上风暴天气了。由于所有的行程都已经安排好，大家只好冒雨上路。满以为那曲地区是个很大的地方，虽说是高原，但是毕竟是个地区呀，可是没有想到车子走

青藏阳光

不到五分钟就已经出境——离开城市，步入土路了。坑坑洼洼的土路十分难走，车胎甩出的泥浆喷得车子前后都是泥，原本想打开车厢透透气，见状也只好作罢。两侧的山峦时而清晰可见，时而雨雾迷蒙。经过四个小时颠簸后，车队通过夏曲卡，司机扎西说已走了一半路。这时天空下起了冰雹，“噼！啪！”地砸在车顶上，分外瘆人。过夏曲卡不久就进入了大山，两山之间的距离越来越窄，不久就进入了峡谷地带。这时天气居然开始晴朗了起来，湿润的空气使人分外舒服。车队在一个名叫虫草沟的地方停了下来，我们在草坝子上吃了顿野餐——把从那曲带的馒头、饼、凉菜，往塑料布上一放，大家就吃了起来。这是我平生第一次在一堆堆的牛粪旁边吃饭，竟然没有恶心的感觉，但是还是感觉有些不舒服。高巴松县长开玩笑说，如果没有了牛粪，这顿饭就吃得没有风味了。简单地吃过饭，我们继续赶路，天已经放晴了。雨后的天空格外清新，两侧的山峦分外美丽——近处草色青青，牛羊成群，远处就是白皑皑的雪山，时有时无，时断时续，总是不停地吊你的胃口。几十、上百头牦牛就在路边吃草，甚至踱到公路上，车子来了也不让道，依然悠闲自在地或站着，或走着，这个世界是它们的。在西藏，车给动物让道是常见的事情。如果赶上牦牛过马路，后面会有大量的车子停下来给牦牛让路。大家都是头一次看见牦牛，尤其是这么近地看牦牛，很兴奋，纷纷举起了手中的相机，旅途的劳累一下子被这迷人的景色赶到一边去了。

在藏地的第一顿野餐

车进扎拉沟，道路突然变得险峻起来了。一侧是悬崖，另一侧就是深深的峡谷，轰鸣的水声响彻山谷。有的地方几乎没有路，司机就寻路而行，遇到被冲垮的地方就绕道小心通过。几乎没有干爽的泥浆路，特别难行。我乘坐的车子出现了点儿小故障，被车队丢在了后面。我和扎西已经混熟了，因为他就是我将来的司机。看到自己被车队甩在后面，扎西很着急，可是越急

我们的新家

越慢，后来终于抛锚了。经过反复检查，终于找到了毛病，是小沙子进入刹车片中，引起了异常响声。在峡谷地带，刹车出现故障无疑是要命的事情，不能有任何微小的问题，否则就可能会出现大问题。通信信号不好，和车队联系不上，我们只好单独行进，两小时后我们赶上了车队——他们见我们没有跟上，正在路边焦急地等我们呢。

下午六点钟，浑身是泥的我们终于赶到了索县。算起来，区区二百三十公里的国道我们居然整整走了九个小时！县级干部带领的迎接车队迎接出来十多公里，见到他们特别高兴，我们终于到家了。洁白的哈达，手捧切玛的姑娘，大大银碗中的青稞酒，显示了藏北人的豪迈与热情。听他们说，县机关的同志们、学校的师生们还有老百姓已经冒雨等待两个多小时了，这让大家特别地感动，也倍感亲切。

县城到了，公路两侧都是手举哈达的人们，给寂静的藏北高原带来了节

迷人的夏季牧场

日般的欢乐。令我兴奋的是居然还有学生的鼓号队！我们在县政府几位领导的带领下，一路走一路向欢迎的群众挥手致意。这个小小的县城已经是全城出动了，他们用最为纯朴和最为诚挚的方式迎接我们的到来，可见老百姓对援藏干部的期盼，期盼着我们能给他们带来福音，期盼着一个新的春天的来临。相信我们吧，我们一定不辜负党中央、国务院的嘱托，一定不辜负藏族同胞的深情厚爱，踏实工作，用自己的努力和汗水，用高原人特有的干劲和韧劲去努力工作，去建设第二故乡！

“热烈欢迎大连市第五批援藏干部！”

一幢和当地建筑迥异的欧式独楼和欢迎横幅都在告诉我们，公寓到了。早就安排好了的房间，清扫干净的楼宇，还有摆着水果挂着欢迎字条的卧室，一切都显示出政府对于迎接工作的重视和细心。不奢华，甚至有些寒酸，但是一切都显得自然体贴，让大家的心里暖融融的，有一种到家的感觉。事实上我们确实到家了，经过半个月的跋涉，终于到家了！

索县教体局

近年来在政府的大力扶持下，索县教育事业发生了很大的变化，尽管基础还十分薄弱，但是已经走过了最为艰难的阶段，步入了快速发展的历史时期。全县有教师400人，有幼儿园、中小学、职业技术学校等各级各类学校三十多所。根据人口聚居情况，乡村开设教学点。全日制在校生享受国家“三包”政策，并可以通过考试选拔参加西藏内地班学习。索县于2004年、2006年陆续完成“普六”、“扫盲”教育工作。2007年要迎接自治区的“普九”验收，2010年要迎接国家的验收。

有过多种不同的设想，我即将投入工作的单位是个什么样子呢？除了三位汉族干部外，藏族干部能不能听得懂汉语呢？上一届援藏干部马振凯已经给我做了一些介绍，但只是一个大概，很多东西对我来说还都是陌生的。对于未来的工作和生活，我心中充满了希望和迷茫，也有些许的担心和困惑。

七月十二日，到索县的第二天，组织部格列达瓦部长往受援单位送干部。知道我今天要报到，所以把办公室清理得很干净。整个局有四间办公

鲜有绿色的政府大院

室，局长室一间，办公室一间，财务室一间。一共十八个人，大家挤在一起办公。单位没有自来水，没有室内厕所，也没有单独的办公室，这样很好，都在一起办公，省得孤单。给我印象最深的是每个房间都有一个大铁炉子，是烧牛粪的，取暖、烧水都可以。尽管现在是夏季，但是也没有辙，设备有限，很多办公用品都摆在了上面。因为炉筒都是方形的，很粗，不像内地的圆形炉筒，所以不取暖时炉筒临时充当办公桌。尽管环境比较艰苦，但这些都在预想之中，来之前也有所了解，有了一定的心理准备，总体上看与内地相差很大，但是比设想的好。七月正是雨季，房屋漏水，看来是一件比较麻烦的事情，破旧的房舍已经没有维修的必要，搬迁还没有计划，现在正等我这个新到的局长来解决呢。

罗布仁青、扎西塔杰、阿珠三位副局长，办公室主任陈开科，这些人已经提前认识了。办公室还有一个叫索朗卓嘎的女同志，不小心问了人家的岁数，刚一问完，就知道自己犯错误了，女人的年龄是不能随便问的。看面相，我以为她已经四十多岁了，哪知道才二十八岁，还没有对象呢。由于高原紫外线强烈，所以高原藏族同胞男女的皮肤都不怎么好，黑而透红，也就是人们常说的“高原红”了，所以实际的年龄与面相差距很大。今后再也不能随便询问别人的年龄了，无论男女，以免刺伤人家的自尊心。这样看来，在内地的女人真是太幸福了，在这里紫外线如此强烈，风沙也大，想漂亮起来也困难呀。令我欣慰的是，大家对我的态度都很好，尤其是语言的相通，打消了我的顾虑。尽管有个别同志汉语表达得不太流畅，但是不影响交流，我相信今后工作交流都不会有障碍。

由于人手有限，所以没有具体分工作科室，仅有的几个人都是一人身兼数职，就是教研员也要兼职“两基办”工作人员。据负责“两基”档案工作的张越宇说，别的县都有专职“两基办”人员，而这里都是兼职，所以工作量非常大。刚报到，小张就向我要人和设备，看来他们的难处不少，否则不会新领导一到就急着提困难。在大连工作时，教育局机关有很多个科室，如基础教育课、人事科、学前科、成教科、督导室、安体卫科、计财科、办公室、党委办公室、招生办等等，大家各司其职，工作协调起来非常方便。而这里几乎所有的事情都要局长管，局长就是干事。我的职务也由一个增为三个——局长、党支部书记、进修学校校长。这里没有进修学校，培训的任务由教体局代管，有六个教研员，但是目前就位的仅有三人，并且都是兼职。

由于没有合适的办公地点，我们先暂时在青少年活动中心办公，大部分设施设备都在原来的房子内，只有办公急需的设备如电脑、打印机、书柜、档案柜等搬了过来。和政府主要领导进行了汇报，吾金县长建议我们搬到机关大楼中去，给我们三间房间。大楼内的每个房间能放三张桌子，十几个人三间房间根本不够用，这不是长久的办法，考虑再三不能搬进去，暂时还是

教体局机关全体人员在坝子上的合影

借地方办公。后来在我的努力下，教体局机关先暂时挪到由大连援建的孤儿院办公，再慢慢想办法进行协调。好在孤儿院正在准备之中，什么时候能够真正开门办学，还有待于进一步研究落实，我估计新生招上来时我们的新办公地点也会有眉目了。教体局终于有了一个相对稳定的办公场所，也算是安置了一个新家。当然我们还要搬走，尽快地找到新家，才能不再过这种搬家的日子。如何给大家营造一个稳定而又相对舒适的办公环境，成为我到任后面临的一个大问题，一直是压在我心头的一块心病。

“两基”攻坚

首次下乡

到索县一周了，走访了县城的中小学，感觉很不乐观。问题比较大的是县中学，当天在校生不多，而统计的适龄学生是2150人，九月份要迎接自治区的“普九”验收，尽管是放假刚结束，还有学生正在陆续返回中，但是会有多少学生能够如期归校还是个未知数。想要短时间内把这么多学生召回校园，肯定是一件艰难的事情。县完小的情况不错，基本上都到齐了，有个别年级还比原来的多一些，主要是从邻近的乡镇转过来的。由于和基层的校长们都不熟悉乡镇小学和村小的情况，我们是从几位局长口中了解的，学生到位情况都不是很理想。必须赶紧到乡镇看一看，顺便进行调研，看看整个教育的基本情况，也好为下一步的工作打一个铺垫。考虑到刚到索县，身体尚未适应，又担心在路上出现意外，大家让陈开科主任陪我先到荣布镇去。荣布镇是仅次于县城的第二大乡镇，尽管离县城较远，但是路况相对其他乡镇来说还是要好得多，基本上没有大的沟壑山岭。我是六弟兄中第一个下乡调研的，大家非常重视，也非常担心安全。任书记召开了首次公寓内部会议，提出了具体措施，要求多带人手，及时汇报情况，路况不行就回来，不

西昌小学一角

注入怒江的索河

嘎木乡检查归来

要勉强。晚上公寓加餐，特意包了饺子，祝福首次下乡平安、顺利。第二天早晨七点，天还没有完全放亮，我就和局里一班人出发了，我想早去早归，免得大家惦记。由于高原和内地有两个小时的时差，在内地已经是艳阳高照了，但是在这里，天才微微放亮。本不想惊动大家，可能是我来回走动的动静大了些，还没等我走出屋子，哥儿几个都起来了。书记带领大家早早起来相送，大家相拥而别，互道保重。这让我很感动，三年里我们就要在一起奋斗了，也不知道我们能不能安全地回家。其实大家彼此都有同感，这里的气候、这里的交通不是来时所想象的那样，不知道会出现什么情况，换句话说，在这里什么事情都可能发生，但是谁也没有说出口。其实又何必说出来呢？“风萧萧兮易水寒，壮士一去兮不复还”，不知道为什么，我忽然就想起了这句话。怕影响到大家的情绪，也怕给自己的头一次下乡带来不快，今

与加勤乡领导、教师在一起

后下乡的次数指不定有多少呢，这种心态怎么行？我赶紧压下了这种情绪，高兴地和大家挥手告别。由于要在乡镇住宿，所以头一次下乡带了好多东西，包括行李和很多方便面。司机扎西还带了一个暖水壶，一堆风干牛肉。由于路况较差，再加上刚刚下过一场大雨，很多地方的路都冲垮了，不得不绕行。一路上我们走走停停，停停走走，一直到下午三点多才赶到西昌。简单地看了看学校，和乡镇的领导交流了一下意见，我们又赶往荣布镇，连午饭都是在车上吃的，饭是自己带的馒头和生牛肉，方便简单，不误行程。我们一行于傍晚时分赶到了荣布镇。小学校长西热罗布在等待我们，我们听取工作汇报，参观学校各个地方，包括食堂和宿舍。看到漏水的食堂和学生宿舍，感觉很破旧，我很担心，必须尽快进行维修改造。后来和教师们举行了简单座谈，感觉教师们的素质比较高，敬业精神也比较强，比我想象的要好得多。

晚上在食堂吃饭，一碗面条，两个菜：一个是土豆炒牛肉，一个是鸡蛋青椒。可能是饿了，吃得很香。一碗酥油茶代表了他们的真诚，很想喝一杯青稞酒，由于一路的颠簸感到很累，还是忍住没有动。乡镇的条件有限，没有旅馆，我就住在西热校长的家中。我和办公室的老陈住在一起，我在里屋，老陈住在隔壁，西热到副校长贡夏家暂住。由于没有电，所以睡得很

学生们跳起欢快的锅庄舞

早，可能是很累的缘故，我很快就进入了梦乡。不知什么时候感觉被窝中湿漉漉的，一摸凉凉的，还以为是自己尿了床。赶紧爬起来，喊醒了老陈，点燃蜡烛才发现外面下雨了。雨不大但一直淅淅沥沥的，顺着屋顶正在不断地往下滴，正好全滴在我的被子上。好在不太多，可以挪一个地方继续睡觉。

和教学点的孩子们在一起

因为时差的关系，所以早晨起床也很晚，九点才吃早饭。大概是食堂的食物不洁净，所以坏肚子了，一上午跑了好几趟厕所。都说西藏不坏肚子，没有细菌，看来不是真的。

回来的时候顺便看看几个教学点，看了几个牧民帐篷。看到牧民的孩子很可怜，随身的钱都送给了几个小朋友，没有想到要花钱，身上的钱带得不够，还欠下老陈一点儿债务。从荣布镇回县城的时候没有了来时的恐惧感，因为扎西技术熟练，又是一个非常稳重细心的司机，道路状况差，他开车慢而稳，感觉很安全。不如意的是车太陈旧，坏在了半路上。这里没有修理厂，没有拖车，甚至连手机信号也没有，好在扎西随身带着一些常用的备用件，自己鼓捣了三个小时终于修好了。当天回到县城已近午夜，书记他们还在等我呢，见我这么晚还没有回来，也没有电话可以联系，大家都吓坏了，担心出现了意外，我赶紧道歉，第一次下乡就如此晚归，真是让兄弟们担惊受怕了。以后要尽量避免。

“两基”攻坚会议

七月二十日上午，在索县政府办公楼二楼会议室召开了“两基”攻坚领导小组会议。参加这次会议的有县四大班子所有在家的县级领导，“两基”攻坚成员单位领导，县中学、完小校长、书记，“两基”攻坚办公室人员，共计三十二人。会议由县委副书记、人大主任周秀琳同志主持，政府副县

现场办公会议

长吾金才塔同志传达了自治区“两基”督导文件，“两基”成员单位部分领导发言，交流了对于即将到来的自治区“普九“验收的意见，“两基”办公室副主任罗布仁青同志对近期“普九”工作做了周密、细致的安排。由于刚到索县不到一周，仅仅走完六所学校，对教育的整体情况还不清楚，所以我没有发言。通过对六所学校的走访，我知道即将面临的工作是多么繁重，压力是多么巨大。在如此艰难的局面下，大家没有抱怨，都在认真应对，提意见，想办法，这些值得我学习。我必须在短时间内尽快拿出自己的意见，因为距自治区进行验收的时间不到两个月了，而现在所有工作都没有什么明显的进展。会议决定成立10个工作组，由联系乡镇的县级干部带队，联系乡镇的县直单位领导参加，每个工作组有两名教体局派人员参加。

工作组主要任务是：检查乡镇学校的学生到位情况、教师到位情况、教材到位情况，学校的管理情况；督促乡镇政府做好小学流失学生的劝学工作，特别是中学的劝学工作；检查乡镇政府“两基”攻坚工作开展情况，“两基”攻坚领导小组是否调整充实，各种档案材料是否准备齐全；督促乡镇政府尽快上报去年出生人员花名册、死亡人员花名册；督促乡镇政府继续做好脱盲工作的巩固提高工作，对去年的剩余文盲要加紧扫盲；做好“普九”的宣传工作；督促乡镇政府尽快更新“两基”办公室的有关数据；督促乡镇政府做好在外就读学生证明工作，残疾人要开残疾证明。

从上面布置内容看，尚有大量的工作要做。县乡“两基办”的数据不统一，每个学校应该有多少学生，现在达到多少，有多少在外就读和残疾人员。这些工作，任何一项在交通不便、通信不畅的情况下都不是轻易能够办到的，都需要牵涉很多人、花费大量的时间来完成。而乡镇主要领导对教育工作不熟悉，下乡招生工作任务又很重，这些都不是一两次会议就能够解决的，恐怕需要多次反复。我真有些担心，这么多的任务压在一起，都需要尽快来完成，时间真是太少了，顿时感觉身上的担子分外重。所以尽快下乡了解情况，争取尽早摸清全县教育工作开展情况的底数，及时召开干部培训大会。对面临的问题有一个总体的部署是非常关键的，如果没有时间限定，恐怕这件事要拖很长时间，必然会影响整体的推进和“普九”的如期完成。

督导“普九”工作

根据八月一日县四大班子听取“普九”进展情况汇报会议的精神，为了深入贯彻落实好这次会议精神，进一步做好“普九”验收的前期准备工作，索县“普九”督导工作组成立了，并于八月三日至八月十日深入全县十个乡镇及学校，就劝学和招生、小学五年级统考等工作进行督导，举办乡镇职教班可行性工作调研，学生、教师到位情况检查等几项主要工作进行了认真的布置和检查。

八月三日早晨，我们统一从县城出发，四位局长各带一队，各负责一片，到乡镇学校进行蹲点指导。到达乡镇后，大家顾不上休息，立即投入到工作中去。本次我负责嘎美、加勤、江达三所学校，首先向乡镇在家的领导汇报了这次下乡要做的主要工作，就招生工作、劝学工作、学校管理工作、举办乡镇职教班等工作与乡镇领导广泛交换了意见，向乡镇发放了需劝学学生名单。深入学校逐班、逐人统计了学生在校情况，检查了教师到位情况，深入课堂、教师办公室、学生宿舍、寝室，检查了学校的管理情况，召开了学生家长座谈会，听取了家长对学校工作、中学管理工作、教育行政部门工作的建议和意见。

检查乡镇学校的管理档案

通过统计，我发现各学校学生到位率都很

低，乡镇已经开始了招生和劝学工作，听说招生工作非常困难，我决定深入到各村中去，了解一下招生和劝学情况。到乡镇政府的道路应该说都还可以，至少可以通车，但是到村组和农牧民家中去确实不容易。很多地方车子不通，当地的老百姓以前靠马驮牛背，现在主要是靠摩托车了，窄窄的蜿蜒小道也可以飞快地出行，但是，对于不熟悉地形和车技不佳的我们来说，仍非常危险。我们一天才跑了几户人家，家中的大人，有的在山上放牧，有的在田间干活，家中几乎没有人，看来到村子里招生劝学还真不是一件容易的事情，把学生集中起来送到上百公里外的学校更不容易。

深入到农牧民家中去走一天，使我改变了对乡镇和学校的看法，一直以来我总认为乡镇党委、政府对教育重视不够，“分级管理、分级办学”的制度没有落到实处，可深入到最偏远的农村看一看才知道，在我们内地很简单的问题，一个电话就可以搞定的事情在这里却不容易解决。例如送学生的问题，说好了今天九点钟在乡政府集合，可是九点多了还有几个孩子没有到位，家长也没来，通讯不畅只好等，这一等三个小时过去了，今天就不能走了，因为当天赶不到县城，只好安排这些学生在小学或亲戚家借宿，学生少还行，超过二十个人就很难安排了。有一次乡镇送学生到县城，我们从下午五点就在学校等待，到十点他们才到。没有大客车，就用牧民的卡车送学生，到巴青县政府附近时就被当地的交管部门扣了，因为卡车是不允许载人的，一旦出现交通事故就是大事情，可是用大客车我们没有这个条件呀。吃饭时间

堵车了

下乡归来

到了，没有地方吃饭，老师就给学生买一些面包和火腿肠。待学校安排好住宿已经深夜了。这些都是由于交通不畅和经济落后所导致。因此，在这个地方工作要求你必须仔细再仔细，不能有任何的马虎，也许你的不小心就会出

索县各乡镇学生到位情况调查表（2007年7月20日）

乡镇	应到人数	实到人数	到校率(%)	小学整班移交情况（人）		需劝学人数
				应送	实送	
亚拉	1243	1046	84.2	191	50	146
荣布	495	342	69.1	79	36	66
热瓦	161	91	56.5	40	34	28
加勤	416	218	52.4	137	22	159
嘎木	203	80	39.4	17	1	30
西昌	237	82	34.6	49	37	80
若达	235	72	30.6	34	0	66
嘎美	450	102	22.7	169	42	151
赤多	263	48	18.3	37	19	24
江达	321	55	17.1	59	9	110
合计	4024	2136	53.1	812	250	860

现大问题。各乡镇党委、政府高度认识“普九”工作的艰巨性、紧迫性和严峻性，正不惜一切代价，动员一切积极因素，举全乡镇之力，打好“普九”攻坚战。但困难是存在的，只有克服万千之难，下大功夫、苦功夫，全力做好“控辍保学”、中小学招生和劝学工作，才可能确保学生能够招得进来、吃得好、学得好、住得安全。

奋力攻坚

八月二十三日的一场中雪导致高原的气温急剧下降，漫天飞雪早早地给这里披上了白色的纱衣，去往噶木、若达乡的道路已经封闭了。一个月中先后换上了不同的衣服，感觉西服没穿上一周就换成棉衣了。来索县两个月了，还是上次去那曲开会时在地区洗过一次澡，总感觉浑身不舒服，实在忍不住冲了个凉水澡，结果感冒了。感冒在这里可不是闹着玩的，一旦患上肺水肿送往拉萨赶都来不及，弄不好会出人命。恰好这天县城停电，没有了供暖，感觉就像掉进了冰窖，我把能穿上的衣服全部装备到身上了，棉袄、棉裤外加厚厚的羽绒服，终于感觉可以应付了。劝学招生工作一直没有停，通过近两个月的努力，很多流失在外的学生被陆续送到了学校，招生工作取得了重大进展。

十月二十一日，天气寒冷，县城又飘了半夜的雪花，到上午依然没有停歇，大家都说冬天已经来了。上午十时，任力书记、高巴松县长驱车来到县中学，慰问在一线的教师，给学校送来一车牛粪，同时检查了中学的“普九”准备情况。

书记、县长一行简要听取了县中学关于“普九”验收准备情况的汇报，了解学生的到位情况，深入学生教室、宿舍、食堂实际检查，对吃、住、学到安全管理等方面进行全面的调研。他们边走边询问，包括校园卫生和周边的安全管理都询问得非常仔细。经过三个多月的整改，学校的面貌已经焕然一新，书记非常满意。他要求，中学要全力以赴做好各项准备工作，加大对薄弱环节的整改力度，加强学校的安全管理，特别是对新劝学回校的学生的关爱和管理，必须坚持做到二十四小时有人管，各个宿舍有人值班，防止管理上出现漏洞，严防打架、逃学等安全事故发生，确保师生平安，确保“普九”

验收顺利通过。

听取热瓦一村的村长汇报教育情况

由于学生基础很差，有的几乎没有上过几天初中，来补习是乡镇和家长的要求，个别学生自己也没有这个想法，他们随时准备离开学校，这给学校的管理带来了很大的问题。基础不一，上课很难做到因材施教，必须对这部分学生进行编班，根据学生基础的差异性进行文化课补习。个别的学生要手把手地教。没有合适的教材，教师们就自己编写校本课程。由于充分考虑到学生的基础，所以补习的起点定得比较低，学生也能够听得懂，原来打算听不懂课要回家的学生看到了自己的希望，都主动留了下来，成为班级的骨干力量。补课取得了较好的效果。把辍学的学生劝返回来，还要让他们在学校学有进步，这方面就要发挥学校和老师的聪明才智，需要老师们的付出和关爱。很多学生就是这样一点点地爱上了学校，而他们一旦情绪稳定了下来，学习都是格外努力，进步非常快的。有些学生通过两个月的补习，很快把上学期的课程补了回来，跟上了平行班的教学步伐。学生离开了学校一段时间，在家自由散漫惯了，很难一下子收心，还会不时地犯些小错误，这就要求老师要有耐心，要细心观察学生的情绪变化，及时做好思想引导工作。同时也要加大教育宣传的力度，加强对县城治安的管理，尤其是对网吧和台球厅的管理。公安局派出警力，加大了对校园周边的巡逻力度，防止社会闲散人员到校园滋事。通过各种努力，保证了学校良好的教学秩序，学校的各项工作逐步进入了正轨。

为了大力营造“普九”氛围，形成人人了解“普九”、人人参与“普九”、人人关心“普九”、人人支持“普九”的工作氛围，进一步形成合力攻坚的良好工作态势，我们特意组织工作人员在317国道旁边书写宣传标语，制作宣传广告牌，通过家长会等多种途径进行宣传，让更多的家长转变育人观念。同时还组织人力书写了大量的藏汉文字的宣传标语，下发到各乡镇、各学校，为“普九”工作营造浓郁的舆论氛围。书记、县长在检查乡镇归来时，看到教育宣传情况，看到大街上规范的标语、高大的宣传横幅，看到街头老百姓的议论，看到我们的工作得到了家长的支持，非常高兴，夸奖我们说，这是把工作做到了家，老百姓满意才是真正的成绩。

书记、县长在百忙中，多次利用休息时间亲临一线检查“普九”工作，给我们的工作带来了巨大的鞭策。这也充分体现了县委、县政府对“普九”工作的高度重视，同时也带来了县委、县政府对全体教育工作者的关心和厚爱，鼓舞了士气，增强了大家做好“普九”工作的决心和信心，对即将到来的“普九”验收具有重要的督促作用。

强化管理

经过三个月的努力，流失在校外的学生，凡是在索县的基本上都劝回了学校。中学生已经达到1300多人，已经是学校能够接纳的极限了。这时出现了教师短缺，教室紧张，食堂也要分批吃饭，学生床铺紧张等许多问题。由于个别学生离开学校时间比较长，基础比较差，到初中一时跟不上教学进度，所以在乡镇举办了一些职教班，部分教师和管理人员被分派到县镇中去了，由于人手有限，乡镇领导和中心校领导也要抽出部分精力参与到学校的管理中去。

最让我担心的是学生安全和课程开设。这都是一时难以得到完全解决的问题，也存在着很大的隐患。在对待学生去留的问题上，大家的意见开始有些分歧。有个别乡镇领导建议检查团走后不愿意留在学校的学生可以回家，原因是离开学校一段时间了，恐怕跟不上课，也给学校的管理带来影响。我提出大家共同努力一下，在课程开设、学校管理方面多做努力，给学生提供一个学习的空间。基础差不要紧，关键是学生能跟着学习，努力就会有进步。要全方位管理，尽量留住学生，而不让成群学生流失，否则我们辛辛苦苦劝回来的学生很短时间内就会流失干净。有困难是现实的，正是因为有困难，说明我们的努力还不够，我们还有努力的方向。正视问题，不回避矛盾，努力创造条件解决问题，就会彻底改变学生流失的问题，这样我们的普及教育才能真正实现。

我决定从四个方面下手：第一是完善职业教育。成立由教体局领导、中学领导、主管教育的副乡长、中心校校长为组长的领导小组，负责学生的日常管理、饮食起居等工作，确保学生在学校里吃得饱、睡得好、学有收获。第二是编制课程。劝学来的学生和正规学生基础差异大，不能在一个教室上课，对正规班级的教学也是一个极大的冲击，这就要求我们必须根据学生基础开设课程，而不能全部按照国家规定的课程进行。经过研究，我们主要开设语文、数学、藏语、政治和专业课。第三是安全管理。正规学生和新招来的学生，年龄大小不一，接受教育的程度不一，有的是刚回家就被劝回来的学生，有的是离开学校一段时间，已经部分社会化的学生。同在一个学校吃、住、学，会不可避免地产生摩擦，管理不好会出现大问题的。为此我多次和公安局的多布吉局长协商，学校成立警务室，派出公安干警进驻校园，加强对校园周边的治安巡逻，严防社会闲散人员到校园滋事。第四，把中学的干部、教师充分地动员起来，全部深入到学校的管理中去。保证与学生同上课、同吃住。和学生们在一起，随时观察学生情绪的变化，及时找学生谈心，给予生活上必要的帮助。要靠真情的付出赢得学生，要靠打造一流的课程文化吸引学生，要通过丰富的活动让学生热爱学校，要通过优质的服务拉近学校与学生之间的距离。

通过多种途径的管理，劝回来的学生很快就进入了正轨。通过和学生的座谈，我了解到学生对学校的管理很满意，愿意在这里学习，甚至有些学生建议开设美术课、音乐课、体育课，这让我非常高兴，学生开始爱上了校园，我们的课程也逐步地配套上去。但是通过日常的检查发现，还是有些学生利用课间时间，跳出校园的围墙跑到网吧去、跑到舞厅去，也出现了为女同学打架的现象，个别男学生把藏刀藏在女同学的包中躲过学校的检查。尽管是极少数现象，但却是一个危险的信号，在加大学校管理的同时，必须采取措施，争取社会力量的支持。我们走访了县城的几个娱乐场所，要求他们不接纳未成年学生入内。加强了班主任队伍的管理，要求班主任课间到班级，吃住与学生在一起。我们的教师队伍不愧是一支具有崇高信念、有强烈责任感的高素质的队伍。面对繁重的教育和管理任务，大家没有一句怨言。有的老师家中孩子小，但是他们依然成月地和学生们吃住在一起，只有在中午学生午睡时悄悄地回家看看襁褓中的婴儿。也许他们没有很高的学历，也许他们没有很高的教学艺术，也许他们还与地方、与城市教师差距很大，但是依然无损于他们的伟大。他们确实是可爱、可敬的人，一生奋斗在这里，跟孩子们在一起，年年岁岁与大山为邻！有些教师自从毕业就没有去过一次拉萨！没有他们的付出，就不会有高原明天的希望。

迎接检查

十月二十六日，自治区“普九”工作组来检查。我忙乎了近三个月，连日记都没时间写。三个月来由于不停地下乡，基本上已经把全县跑遍了。据说这里有很多干部工作多年了还没有跑完全县的乡镇呢。有时候我都佩服自己，能在这么短的时间内跑遍全县三次，真是不容易。这离不开自己多年的工作作风，什么事情都要自己去干，这样心里才踏实。

通过这三个月的努力，学校的面貌发生了很大的变化。原来的档案材料由于不齐全，错误太多，各个乡镇之间的出入较大，格式不一，所以被我废掉了。我对各个学校重新进行了培训，重新规范档案，然后分发到各乡镇中

荣布镇中心小学学生大课间

去，避免了数据不统一、乡镇各自为政的局面。

自治区吴英杰副主席来索县视察工作

人员的问题始终是我们面临的最大压力。我七月十三日到中学视察时只有247人，而实际的统计人数是2150，也就是个零头。这里的基础教育很薄弱，“普九”的压力很大。验收具有一定的突击性质，先把人劝上来再说。由于突击，所以学生来源很复杂，不全是适龄学生，有的本应该在小学，也有的应该上高中了，甚至个别已经是成年人了，但是没有办法，只能先招上来再慢慢理顺，把不符合年龄的退回去。

招生工作从七月一日开始，一直持续到十月上旬，已经劝上来很多了。初中在校生已经达到1120人，还在荣布、西昌、噶木等乡镇开设了绘画班和藏医班，在加勤等乡镇开设了木工班。这种临时开设的职教班尚不规范，学校校舍、住宿、管理、师资包括课程的开设都是在摸索中逐步完善的。但是有就比没有要好，科学发展首先还是要发展，毕竟工作还是要一点点地开展，事情还要一步步解决，不能一口吃一个胖子，也不能期待什么事情一天就解决。记得当初筹划职教班的时候，很多乡镇领导一直摇头说肯定不行，没有学校，没有教师，没有宿舍，没有教材，这可怎么办学呀？乡长当校长，还要住在学校，机关的事情怎么办？但是他们还是欣然接受了任务，并且创造性地完成了任务。现在乡镇职教班已经不再由乡长当校长了，我们的正规大学生已经就位，很多还是职业教育学院的职教专业的毕业生呢！尽管和一所完备的学校还有一定的差距，但是有了一定规模，设施基本齐备，不是今天来明天走的班级，而是长期办下去的学校了。大家在一起开会都说当初想都不敢想，我们竟然办得不错，也成功当了回校长。正所谓万事开头难，不怕做不到就怕想不到。

由于人口统计工作滞后，有的家长还没领结婚证，年龄自然也不是很真实准确，一个家庭对于孩子年龄的说法就不一致，父亲和母亲说的不一样，更不要说生辰年月了，这就给统计工作带来很大的影响，直接影响到学生的入学。我们要进行一次全县的人口统计，把真实情况摸清楚，以免出现这种情况，尽管是偏远乡村的少数情况，但也令整体的工作陷于被动。当然，这是一项大的工程，需要多个部门的通力合作，而不是教育一个部门的事情。教育厅已经下发了通知，要求有条件的县可以进行人口统计，全区要在2009年前完成统计工作，我们的统计工作已经落后了。

“普九”验收

自治区工作组到来了。为了迎接本次检查，我们已经迎接过地委行署和地区教体局的几次先行检查了，对于不规范的地方也进行了整改。本次验收由杜建功副厅长带队，于十月二十六日从昌都地区到达我县。按照惯例，我们到昌都和那曲的交界处迎接，这里距离县城200多公里。由于路途原因，验收团在到达县城前先检查荣布镇、西昌乡的“普九”工作。

十月二十七日上午，召开了索县“两基”工作汇报会，县四大班子领导与“普九”成员单位领导、中小学校长参加了会议。高巴松县长代表政府向工作组详细汇报了我县 “普九”工作的具体情况，随后验收团通报了在我县

“普九”验收汇报会

"普九"验收反馈会

的工作安排。

自治区工作组在县委副书记赤列旦增、政府副县长吾金才塔和我的全程陪同下，深入各乡镇、学校，实际查看、清点学生人数；到县"两基"办公室查阅档案资料，查核有关数据；到县财政、县教体局核查教育经费使用情况；到"普九"的相关单位了解"普九"工作开展的实际情况；对我县的"普九"工作进行全面验收。由于工作繁重，体力不支，我这几天都是吸着氧陪同下乡的，样子很可笑。

二十九日上午，工作组分别召开学生、教师、家长的座谈会，听取他们对教育的看法，反馈教育方面存在的问题和不足。由于涉及的人员多，召集起来十分困难，大家便分头行动，组成三个小组，分别召开会议。十一点钟座谈会才结束。会议结束后，工作组的同志紧急召开碰头会，研究索县"普九"的最后结论。我们则在会议室等待结论。

大家都聚集在我的身边，想探听一下结果，这时候我倒是一身轻松，感觉十分困倦，就想躺下来好好睡一觉，这么长时间的努力，我认为该做的我们都做了，该想到的我们也都想到了，通过自治区的验收是必然的。于是我关起了门在办公室的沙发上睡着了，这一觉睡得很沉很香。到中午吃饭的时间，司机喊我回家，见我在沙发上睡着了，没有打搅我，就在外面等我，想让我睡一个好觉。真得谢谢他的细心，这些日子跟着我翻山越岭，处处照顾我的安全，还要负责为我翻译，照顾饮食。这三个月几乎就没有得到休整，连周六周日也得不到休息，他自己说三年也没有跑过这么多的乡镇，没有一句牢骚话，真是一个仗义的好兄弟。平常他没有多少话，但是多年一起下乡，看到了两届援藏干部的工作作风，看到了教育发生的巨大变化，他自己常说很满足，再苦再累也值得，因为孩子受益。他自己的孩子也顺利地考入了内地西藏班，这在以前想都不敢想。

下午三点，在政府召开总结验收大会，我们两点就开始布置会场。与会的人都提前到会了，大家都用询问的目光看我，想从我这里套出检查的内幕。我心里清楚，我们已经努力了，但能够得到怎样的具体评价还是一头雾水。会议仍然由白玛次仁主任主持，并代表自治区政府作索县"普九"验收工作报告。长达二十四页的验收报告，白玛次仁主任读了很长时间，对照"普九"要求的三十八项指标一一进行说明，有优点，有不足，最关心的一句结论终于到了：自治区评估验收第一小组根据四天的评估验收，经评估验收组集体研究讨论，全体成员一致认为索县的"普九"指标基本达到自治区"普九"评估验收标准，验收通过。我们将报请自治区政府核准索县为"普及九年义务教育县"。这句话掷地有声，铿锵有力，相当振奋人心。整个会场是鸦雀无声，过了几秒钟大家像是才回过神来似的，开始拼命地鼓掌，经久不息。是振奋，更是兴奋，这是鼓给我们自己的掌声。平心而论，索县的"普九"只是低水平的普及，这一段时间通过努力，成绩很大，但是问题也不少，今后的工作压力依然很大，需要改进的地方还很多，但是那是今后的问题了，毕竟我们的"普九"工作顺利地通过了。这不仅仅是索县教育工作者的光荣，不仅仅是我们自己的大事，也是地委行署、自治区的大事，这是国务院向世界承诺2007年实现"普九"教育承诺的兑现，意义重大，怎么强调其重要性都不过分。为了这一天的到来，自治区政府多次派人来视察、现场办公，解决我们面临的重大问题，为"普九"工作扫清障碍。地委行署和县委、县政府更是全力以赴，领导带队，和大家一起深入农牧民家中去进行劝学，把多年漂泊在社会上的学生一一劝返学校，这样的学生就有近3000人，工作难度之大可想而知。对于不能回到学校、基础太差的人采取就近办职教班的途径加以解决。涉及办公地点、教师配备、教学设施的购进、学生的吃住行和管理等多方问题，绝不是一件简单的事情，但是就是这样艰难的问题，在县委县政府和各级乡政府的努力下，我们竟然也按时完成了，确实是一个奇迹。

我庆幸自己赶上了这个千载难逢的历史机遇，是锻炼自己的好时期，因此赴藏一始就立即全身心投入“普九”攻坚工作之中，多次亲自带队或参与县里组织的工作组下乡开展“督导”。有的乡镇如荣布、西昌乡总共去了六次，热瓦、若达、嘎美、加勤等乡镇也去了二至三次，有几次到荣布、西昌两个乡镇检查职教工作，到热瓦乡陪同地区“普九”初验，到加勤乡检查档案都是背着氧气瓶工作的。这一笔发展史写得浓重、写得艰难，是“老西藏精神”传承的结晶。自治区教育厅厅长在验收结束后留给我们两句评语：在索县这样艰苦的地方、在教育基础如此薄弱的地方实现“普九”是一项十分艰巨的任务，能够如期实现“普九”目标是一项奇迹，索县人民真的创造了人间奇迹！在本次“普九”验收中，处处能够看到援藏干部工作的痕迹，短短四个月能有这么巨大的变化，是我们始料不及的。我知道我没有干那么多工作，他们给了我很高的评价。令我自豪的是我亲历了“普九”的每一天、每一项工作，从整理档案材料到去牧民家中劝学，包括为学生筹建宿舍、安排床铺，能够亲历亲为确实是一件自豪的事情，看到自己的劳动有了回报，再辛苦也高兴。

“普九”验收的顺利通过也给我三年的援藏工作赢得了一个良好的开端。通过三个多月的努力，大家对我的工作干劲和负责任的作风给予了积极的评价，合作起来也比当初默契多了。刚开始的时候，大家也有一种怀疑的目光，对于我们在短时间内能不能完成好这个任务心存疑虑，但是他们很快就改变了看法。因为大连的干部带来的不仅仅是资金的支持，不仅仅是发号施令的指挥员，更是和他们一样拼搏在基层的战斗员。我相信今后还会有比这更为艰巨的考验，但是有基层学校的信任和党委政府的支持，今后的路比这三个月要好得多。相互信任、相互理解、相互支持是开展好工作的前提。没有了信任就不会有团结，没有了团结就什么都不存在了。这种信任来源于对工作的高度负责的态度，来源于全心全意为师生服务的踏实工作，来源于和地方干部一起摸爬滚打的扎根基层的工作作风。索县通过了“普九”验收，索县人民为之欢腾。全县干部师生以实际行动，向索县父老乡亲交上了一份满意的答案，向自治区人民政府交上了一份满意的答案。

阶段成果

在索县实现“普九”达标的一年之后，自治区“普九”复查工作组再次对我县进行了“普九”复查验收。由于学生受教育程度低，就学观念不足，所以辍学的现象依然普遍，经常出现反复。索县将代表西藏迎接国务院的验收，因此我们的工作压力更大，任务更重。一年来我们通过常态化的不间断的劝学工作，使得学校的在校生人数明显增加，尤其是小学的在校生人数已经基本保持在达标水准，但是中学的人数依然不够理想。2007年，在我刚来的时候，中学仅有不到250人，现在常态下正规学生已经达到900人，但依然还有部分学生流失在外，有的跑到内地打工去了。针对工作组提出的基础统计数据、学生到位情况、教育教学管理、招生劝学等方面存在的问题，县委、政府高度重视，多次召开会议，客观、冷静分析“普九”巩固的成绩和问题，寻找存在问题的根源，有针对性地制定整改措施，拉出整改时间表，落实责任单位和责任人，经过二十天的辛勤工作，使“普九”整改工作取得了阶段性成果。

近年来通过政府引导、教育宣传，乡亲们的意识已经发生了很大转变，在县城周围，在乡镇政府周围，送孩子上学的积极性空前高涨，县城的幼儿园几乎接纳不了那么多送园的孩子了。但是在偏远的村子、牧场，送孩子上学的积极性还很差，意识还没有跟上来。由于宣传途径有限，力度跟不上，依然有部分适龄孩子流失在校园外。

深入牧区调研

邻近的几个县城，通过自治区“普

九”验收后举行了隆重的表彰大会。但是在索县，我们把表彰大会改变为迎接“国检”的动员大会，引导全县干部群众，抢抓机遇、积极稳妥地继续努力，要变人口大县为教育强县。2008年8月15日，在县广电中心再次召开“普九”整改提高工作会议，对当前和今后一个时期的“普九”整改、巩固、提高工作进行认真部署。参加会议的有地区教体局驻索县青少年主题教育工作组领导同志、县四大班子领导、县（中）直单位领导、各乡镇政府主要领导、全县各学校校长、教体局全体工作人员，共计120人参加了会议。

在这次会议上，索县县委副书记、县长高巴松同志首先向与会代表通报了自治区对我县的“普九”复查情况，并发表了重要讲话：查找问题，限期整改，实事求是，不能应付，常抓不懈；加大宣传力度，大力营造良好的攻坚氛围，尤其是加强对于偏远村镇的宣传；依法控辍是各级政府的职责，要突出县、乡、村一把手工程；教育行政部门要当好政府参谋，履行好职责，落实好责任；仍要继续坚持落实各种制度，层层签订“控辍保学”目标责任书，履行好“四书”制度，对目标完成情况年底进行考核；继续执行县级干部包乡、乡镇干部包村、村干部包户和部门帮扶制度；实行汇报制度，县“两基”攻坚办公室每两周向政府汇报一次“普九”整改情况。县委副书记赤列旦增同志代表县委发表了动员讲话，号召大家要充分认识“两基”攻坚的重大意义，正确分析我县存在的人员不足的重大问题，县、乡“两基”办要加强工作、加强人口统计工作、加快职业教育开展等。针对存在的问题，县委书记任力同志提出了整改措施：统一思想，提高认识，加强领导；坚持落实教育优先发展原则；全县紧急行动起来，全力去做，确保“普九”复查顺利通过。地区教体局驻索县青少年主题教育工作组组长、地区教体局副局长康希娥同志代表地区教育督导委员会发表了重要讲话。针对地区和县委、县政府的重要指示，我代表 “两基”攻坚办公室对近期“普九”整改工作作了详细安排、部署，明确了人员，明确了任务，明确了时间。对小学一年级招生和初中一年级招生工作作了安排。会上县人民政府和各乡镇人民政府签订了“控辍保学”目标责任书。

蹲点基层

在全县动员大会后，我们开始了新一轮的下乡督察整改工作。通过再次督察，我发现各乡镇、学校都开始积极行动起来，教育面貌焕然一新。对于会上提出的问题都在积极整改，但是乡镇长、学校校长依然存在不知道怎样干的问题。改进工作进程依然很缓慢，有的已经下了很大力气，但是其结果与我们的要求不相符合。再次进行培训迫在眉睫。于是在县政府召开动员大会后仅两周，于9月19日教体局再次召开全县中小学正、副校长会议，就前一阶段“普九”整改情况进行总结，对下一步工作进行部署。巩固整改成果，查漏补缺，进行回头看；狠抓学校常规管理，向管理要质量；大力做好学校的各项安全工作，制定安全工作预案，预防安全事故发生；进一步加强档案建设，要严格按照《索县教体局关于加强学校档案材料建设实施意见》（索教发〔2008〕18号）的要求，充实完善学校档案材料；大力做好“控辍保学”工作，校长要开动脑筋，想办法，拿实招，千方百计留住学生，广大教师要把学生当作自己的子女一样看待，要用爱心、诚心教育学生，对待基础差的学生要有耐心，让学生感到学校大家庭的温暖。

动员大会

为了扎实推进“两基”迎“国检”工作顺利开展，进一步统一思想、鼓舞干劲、营造气氛、整合资源，为“两基”攻坚迎“国检”工作提供组织保证、制度保障，确保迎“国检”工作顺利通过，县政府于2009年7月23日，在县广电中心召开了“两基”攻坚迎“国检”动员大会。县委副书记、政府县长嘎松美郎同志到会，并发表了动员讲话。各乡镇书记、乡镇长，“两基”迎“国检”成员单位主要负责同志，各中小学校长、书记，教体局机关全体工作人员，共六十余人参加了会议。会议由县委常务副书记吾金才塔同志主持。会上，我简要回顾了近两年“两基”巩固提高工作的开展情况，重点就今明两年“两基”迎“国检”工作进行了安排部署。县“两基”迎“国检”领导小组组长、县委副书记、政府县长嘎松美郎同志做了动员讲话：一是高度重视，全面把握我县“两基”迎“国检”工作面临的严峻形势。嘎松美郎同志用“有喜有忧”高度概括了我县“两基”攻坚迎“国检”工作面临的形势，“喜”的是我县教育质量逐年提高，今年更是实现了历史性的飞跃，小学有59名学生达到内地西藏初中班录取分数线，中学有98名同学考入区内重点高中，增强了学校的吸引力；“忧”的是“两基”攻坚基础不牢，基础较差，学生流失情况严重，临时突击成分明显。二是强化措施，全力抓好“两基”迎“国检”工作的关键环节。他指出，要进一步提高对“两基”攻坚重要性的认识，要入脑、入心、入行。他要求各乡镇领导要把教育作为最大的民生工程来抓，要充分认识教育的基础性、先导性、全局性作用，他还结合每位干部职工在成长过程中与教育的关系，谈了对教育的认识，语重心长，耐人寻味。三是加强领导，狠抓“两基”迎“国检”工作关键措施的落实。明确了乡镇主要领导是教育“第一责任人”的职责，他指出抓“两基”攻坚，领导是关键，乡镇是重点，群众参与是保障。“两基”攻坚的难点是“控辍保学”，要用法律手段、行政手段、经济手段狠抓“控辍保学”工作，要依法、依规管理教育。四是狠抓教育督导工作，增大教育投入。对“两基”迎“国检”工作要每月检查一次，要奖优罚劣，要真正营造“先干后干不一样、干好干坏不一样”的气氛。本届政府将加大教育投入，在教育投入20%的基础上，再增加八个百分点，投入教育基金200万元，并成立教育促进会。嘎松美郎县长还特别要求学校要不断加强对学生的反对分裂、维护民族团结和法制教育。

会上，县政府和各乡镇人民政府签订了教育发展目标责任书，县政府和“两基”迎“国检”成员单位签订了目标责任书。

县委常务副书记吾金才塔同志作了会议总结，他要求各乡镇、各单位要不折不扣落实会议精神，迅速行动，认真做好“两基”迎“国检”准备工作。县委将把各乡镇领导、部门领导在“两基”迎国检工作中的履职情况作为考察干部的重要依据之一，实行责任追究。这次会议的胜利召开，标志着我县“两基”迎“国检”工作正式拉开序幕，必将对我县“两基”迎“国检”工作起到积极的推动作用。

推进远程教育

实施农牧区中小学现代远程教育工程是推进教育均衡化的重要途径，是加强“控辍保学”工作的重要平台，也是提高教育质量的关键因素。通过创新制度、搭建平台、整合资源、提升能力，让广大中小学学生共享优质教育资源。2007年，我们通过努力，成功地申报了自治区远程教育推广工作试点县，通过把远程教育的教育教学应用与我县教育实际相结合，充分利用远程教育资源，突出其在“控辍保学”中的重要作用。利用“班班通”设备开设学校德育频道，定期播放爱国主义影片或新闻等，对学生开展主题教育、爱国主义教育、反分裂教育。开展主题教育知识竞赛，深入揭批达赖反动集团的丑恶面目。主题教育课堂形式多样，图文并茂，生动活泼，取得了较好的教学效果，增强了学生的爱国热情和民族自豪感。充分利用现代远程教育资源，通过图片、文字、视音频等资源，对农牧民进行教育和法律法规宣传，教育在农牧民心中的地位得到了空前的提高。农牧民认识到只有学习才能脱贫致富，只有读书才是他们真正的出路，有效地促进了学校的“控辍保学”工作，为我县“两基”攻坚工作奠定了良好的基础。

我县经过几年大力推广现代远程教育应用，到目前为止，55%的教师做到能够利用，45%的教师能很好地利用远程教育设备和资源进行教育教学活动，有力促进了教师的教学方式与学生的学习方式的改变，推动了我县教育工作的进程。2008年7月，我们成功召开了远程教育现场会，自治区教育厅刘昌亚副厅长给予了高度评价，并明确指出，发展远程教育不但要与内地共享优质教育资源，而且要结合农牧区实际开展德育教育、主题教育、艺术教育等丰富多彩的教学活动，让学生进得来、留得住、学得好，从而有效实现“控辍保学”，有效提高教学质量。

远程教育一旦推广开来，其巨大作用是不能仅用头脑就能简单想象得到的。推广远程教育工作，让教师们尝到了甜头。更为重要的是学生对课堂的兴趣增加了，听课认真了，以往失学的孩子又回到校园了。有的家长来学校叫孩子回家放牛，孩子躲了起来不愿意回去，他们认为在学校吃得好、穿得好、学习有意思，比在家里好多了。看到孩子在学校里学得好，家长不但没有把孩子领回家，反而把另一个孩子也送到了学校。课堂效率的提高直接推动了教育的快速发展，因为教师的工作重点开始从管理向课堂转变，由维持秩序向传授知识转变，教学质量有了明显提高。2009年，我县“两考”再传佳音，其中，小考成绩最佳，全地区共招收内地西藏班一百九十三名学生，索县就有六十人（含后来补录两人），接近全地区的30%，难能可贵的是乡镇学校嘎美乡小学考上两名、加勤乡小学考上一名，实现了乡镇学校考入内地西藏班零的突破。这条喜讯很快传遍了村村镇镇、家家户户，孩子考到内地西藏班上学是家长无上的光荣，大家相互问候的，不再是孩子到哪里放牛，而是孩子什么时候出发、考没考上内地西藏班、考到哪里去了。有些乡镇多年没有一个人能够考到外地去读书，家长们对此也不抱什么希望。这次看到本屯有多人考出去，都很高兴，对学校的认可度也大大提高了，让孩子上学的积极性空前高涨，甚至在县城还出现了外地借读生回流的良好效应。这种情况在西藏的很多地方是很难看到的，尤其是在索县这样一个山高路远、交通状况极为复杂的半农半牧县。这也让我们看到了希望，只要你努力工作，就会得到老百姓的认可和拥护，关键是你是不是真心为百姓服务，是不是一心为民。

2009年7月7日至10日，由自治区电教馆巴珠书记带队的远程教育现场会“回头看”工作组，通过听取汇报、查阅档案资料、课堂观摩、座谈交流等方式，对我县中学、县完小、热瓦小学、亚安初级小学远程教育工作情况进行了督查。

工作组通过认真督查，对我县远程教育工作表示满意，巴珠书记说：“索县远程教育工作机构健全，领导重视；培训到位，骨干队伍已经形成；管理规范，站点正常运行；教学形式多样，成效明显，教育质量明显提升，对当前的‘控辍保学’工作起到了巨大的推进作用。索县的远程教育工作在现场会后，没有落下，没有松懈。各学校的电教工作正常开展，并努力结合实际，不断探索‘三种模式’的应用方式，拓展到德育、主题教育、科学发展观教育等方面，我非常高兴。”通过远程教育现场会的推进，广大师生尝到了甜头，得到了收获，教师素质产生了一次飞跃，教育质量明显提高，我县连续两年都以遥遥领先的优势夺得第一名，赢得了同行的尊重和好评。教师喜欢这样的授课方式，很有成就感，课堂上维持纪律的时间少了，有效课堂的时间多了。学校的“控辍保学”工作出现了重大转机。“通过优质的教育感动学生，通过高效的课堂吸引学生”的调控目标开始实现，实施“控辍”有了可以依靠的依据。

嘉奖令

2008—2009学年度，全县教育系统广大干部和教职工认真贯彻“三个代表”重要思想，坚持以科学发展观为统领，努力创办人民满意的教育，全面落实党的教育方针，积极推进素质教育，不断深化教育教学改革，全面提高教学质量，使全县基础教育得到了长足的发展。学校管理、教育教学、“两基”攻坚等项工作均取得了显著成绩，特别是在2009年小学升内地西藏初中班统考中成绩斐然。今年我县共参加考试246人，考入60人，占那曲地区全区上线193人的31%；其中县完小上线人数57人，嘎美乡中心小学上线两人，加勤乡中心小学上线一人。这是在2008年夺得地区第一名基础上的再次重大突破，也是实现向教育强县转变的重大标志。尤其值得一提的是有两个乡镇学校考上了三人，打破了乡镇学校过去没有考上内地西藏班的局面，实现了乡镇学校零的突破，为推进教育均衡化发展迈出了可喜的一步。优异成绩的取得，离不开国家对西部开发的政策支持，离不开区、地政府对于北部偏远地区的关心和爱护，离不开县委、县政府优先发展教育、举全县之力攻坚、誓把人口大县变成教育强县的发展战略。这也是教育系统认真学习和落实科学发展观，紧紧抓住主题教育和推进九年义务教育的契机，深化内部改革、苦练内功、奋力攻坚的结果。

为此，县教育体育局决定，对县完小、嘎美乡中心小学、加勤乡中心小学予以通令嘉奖，希望全县广大教育工作者继续发扬成绩，再接再厉，以发展为主题，以创新为动力，开拓进取，努力开创教育工作新局面，为促进全县经济快速发展和社会全面进步做出新的更大的贡献！

校园文体节

“七月的朝霞绚丽多姿，七月的鲜花争奇斗艳，七月的阳光七彩耀眼，快乐幸福的同学们脸上露出了甜美的笑容，美丽而庄严的校园变成了五颜六色的花园。在此，我谨代表索县完小全体教职员工，向同学们致以节日的祝福……”随着县完小阿珠校长的这一席话，索县第一届校园文化艺术节正式拉开了序幕。

校园文化艺术节是实施素质教育的一个重要方面，是校园文化建设的一项战略工程。近年来，教育系统励精图治，积极作为，不断深化素质教育，拓宽德育途径，在抓好常规管理的同时，积极开辟文化和艺术多种渠道，提高学生的综合素质，成效显著，教学质量稳步提升。通过举办校园文化艺术节这一途径，向社会展示教育的成就，吸引广大家长到学校参观。看到孩子的成长，会对家长和其他孩子有所启发和触动，这对于提高孩子上学的积极性，提高家长对教育重要性的认识，从而积极地送孩子上学无疑是十分重要的。

由于是首届艺术节，以怎样的形式体现学校教育的风貌，重点要突出怎样的主题，在校园举行如此大型的活动如何确保安全，都邀请哪些部门的领导参加等等，我们都作了周密的安排，还和公安局联系，请他们多派干警加

校园文化艺术节

强校园周边的巡逻，协助稳定围观的群众。高原没有什么艺术活动，老百姓也没有什么娱乐活动。因此我们充分考虑到了百姓和干部的意愿和需要，在布置主席台的时候特意多布置了几排椅子，好让大家顺便观赏艺术节目。但是到了当天发现，安排得还是少了，仅县委常委就到了七人，其他人大、县委、县政府、政协的主要领导也都莅临大会，这是我们没有想到的，这也说明各级政府对于教育的重视。生产连队、武装部的领导也到会十几个人，部队战士还表演了节目以示庆贺。

艺术节当天，几乎是万人空巷，群众都涌进了完小校园。虽然有周密的预案，一切都在预料之中，但是还是有一些家长和孩子站在了墙头、房子上观看节目。因为观众实在是太多了，没有办法，只好限制人员进入校园。大家像过节一样欢乐，看到自家的孩子在场地中间表演，家长乐得合不上嘴，有个别的家长还紧张地在外面大喊大叫，看来这样的活动深得老百姓的欢迎。

在艺术节开幕式上，副县长达瓦扎西代表县委、县政府向全县少先队员们、小朋友们表示祝贺，向刚加入少先队组织的小朋友们表示祝贺，并对广大少年儿童提出了几点希望：希望小朋友们从小树立远大的理想，培养高尚的道德情操；掌握丰富的知识，培养勇于创新的精神；锻炼强健的体魄，培养良好的心理素质。

此次文化艺术节尽管准备时间短，学生们的节目也略显单一，但是这丝毫不影响学生们的热情，他们在活动中得到了美的熏陶和美的教育。此次活动营造了团结向上、活泼健康的校园文化氛围，同时也是开展青少年学生中国特色社会主义主题教育活动、增强团结、营造健康和谐的校园文化的有益尝试。

维护稳定

筹划“国检”

如何进一步完善“两基”档案，给今后的工作留下一笔宝贵的资料，确保2010年顺利通过国家“普九”验收的思考一直萦绕在我的心中。“普九”档案项目多，跨越年度大，材料丢失的现象十分严重。要全面真实地反映我地区、我县举全民之力奋力攻坚的艰难历程，我们历时两年进行了大规模的材料搜集、整理、归档工作，查找回大量珍贵的历史资料，也使得我县的“普九”材料得到进一步的规范和提高。

在资料的归档过程中，我越发感觉到档案的珍贵，这份资料会成为激励后人的史实。我决定向自治区电教馆求助，争取他们的技术支持，拍摄一部反映藏北人排除万难谋发展的专题片。史平馆长非常支持我们的工作，他们表示将全方位报道藏北高原的变迁。地区教体局永扎局长表示，这是索县创造性开展工作的又一重大举措，索县之所以一年一个大变化，关键就在于有一个敢于创新、勇于负责、一心干事的领导班子。他表示将全力支持索县的工作，协助自治区电教馆派出精干力量进驻索县。通过一年时间的拍摄，一部全面反映我地区在高寒缺氧、地域恶劣的环境下，广大干部群众克服困难、奋力攻坚的纪录片即将完成。它反映的不仅仅是索县的工作，更是整个那曲地区、整个西藏的教育发展水平。

有的人习惯于思考，而我则更加注重于行动，我深知在高原做比想更重要。很多方面没有条件，甚至根本不具备条件，有时候自己也觉得是异想天开。但是不想又怎么有结果呢，想到了就必须行动起来，只有行动起来才会知道有多难，也许是自己把问题想复杂了或者是简单了，但是前提是你必须行动起来。把班子带动起来，把校长队伍带动起来，才会出现更多的变化，才会向我们所期待的方向发展。否则就是空想，永远是空中楼阁。

在区、地领导的大力支持和专家的指导下，这项工作于2009年8月21日开始了。拍摄组于8月22日～9月27日深入基层学校进行采风，对教师、学生家长进行专访，报道内容涉及了基础建设、学校管理、招生劝学、校园文化、“三包”服务等方面内容，全面真实地反映了我区我县“普九”攻坚的艰难历程。

翔实的资料，珍贵的历史，永恒的记忆。通过一个多月的拍摄，记录下了许多感人至深的难忘瞬间：2006年毕业的某汉族教师分到乡镇学校，由于汉族就她一人，语言不通，生活习惯不同，住宿地不安全，经常遭受当地无业人员的骚扰。老师说什么学生听不懂，学生说什么老师不知道，这个课该怎么上？但是就是在如此艰难的条件下，这位老师硬是坚持了下来，用两年时间学会了藏语，现在已经成为学校的教学骨干。有一位教学点的教师，多年来一直坚持每家每户地接送学生，往返一次需要一个多小时。教学点就在村子周围，但是由于这里的人家居住分散，随草而牧，随牧而居，所以家家户户之间有时候距离很远。山上有时有狗熊、狼等大型野生动物出没，孩子遇到肯定非常危险。这位并不魁梧的老师就主动承担起了接送孩子的责任，一干就是很多年，一直坚持到现在。多么可敬又可爱的老师呀，也许他的文采并不高，也许他的水平并不强，但是丝毫不会降低他在孩子们心中的崇高地位，丝毫不会降低我们的崇敬之心。

在高原，每一个教师都额外承担着一份更为重要的责任。在课堂上他们是教师，在课后、在夜晚他们就是父亲、母亲。他们不但要教孩子们如何求知，如何做人，还要照顾孩子们的饮食起居。这里没有顺畅的通讯，孩子生病了，老师就开着车、骑着摩托车甚至背着孩子去医院。当他们接受采访的时候，说起这些是那么的自然，说“这是应该的呀”，“大家都是这么过来的呀”。在这时，你会感觉到什么是职业道德，什么是为人师表，什么是无私奉献。我觉得这些都源于伟大的人格，源于无私的爱和追求。

拍摄工作结束了，当然还有许多方面需要进一步的整理和补充，但是整体框架已经初具规模，我很高兴，也很感动。我在西藏援藏的时间已经接近尾声，留下了全面真实反映索县发展的历史，也留给后人一份珍贵的史实资料。这份资料不但是迎接国家验收的重要资料，更是加强民族团结、反对分裂、全面反映党和国家对西藏的巨大关爱的真实史料，这也是全面贯彻落实科学发展观，开展具有中国特色社会主义主题教育的珍贵教材。

紧急返藏

2008年3月14日，在拉萨发生了震惊中外的打砸抢烧暴力事件，在家休假的我们奉命提前结束休假，立即返回拉萨。原定由成都入藏，飞机在成都上空徘徊了很久，由于雾气太大，只好改飞重庆降落。重庆以“山城”、“雾都”、“火炉”闻名。当天大雾，能见度不足三十米；晚上有大雨，屋子里的被子都是湿漉漉的；天气也很闷热。后半夜天气才有所好转。可能是饮食的原因，也可能是身体调整不适，我在重庆犯了病，肠炎和胆囊炎同时发作，痛得我昏了过去，腿也摔坏了。老乔和王利把我背到医院，在医院抢救了一天。任力书记让我在重庆先住院观察几天，待身体有所好转再进藏。动乱尽管已经平息，但是西藏肯定还会有余波，不稳定是必然的，这个时候正是用人之际，也正是考验一名党员能否挺身而出的关键时刻。我不能拉大家的后腿，不能丢大连人的脸，我要和大家一起出发。在我的强烈要求下，书记同意我和大家一起进藏。

飞往拉萨的航班非常紧张，这个时候紧急赴藏的多是在内地休假的干部。我们要排除一切困难，想办法以最快的速度奔赴拉萨。机场的安检很严格，大家都在依次排队有序通过。年轻的姑娘（安检员）问我到拉萨干什么，在得知我是援藏干部返回工作岗位时，姑娘微笑着祝我平安。是啊，我们也祈祷平安，西藏平安！那曲平安！

大家都没有得到有效的休息，更没有得到缓冲，所以高原反应都很严重。我在路上不停地呕吐，感觉甚是难受，加上身体不适，觉得很难坚持。若是在家乡，我应该住进医院了，我觉得我会坚持不住。但是不行，我们必须立即回去到位。这是使命，我们的岗位在那边！平息动乱，确保西藏平安稳定，事关国家稳定的大局，每个人都必须无条件地服从这个大局。时刻与党中央保持高度一致，做好自己的本职工作，这是一个援藏干部的神圣职责。

在拉萨，局势已经得到控制，生产和生活秩序正在恢复，我们没有看到动乱的场面，但是在路上仍很少见到行人。圣城拉萨失去了往日的喧嚣，到处都是萧条的景象。三月十四日下午，北京中路的一个服装店里活活烧死了五名服务员。在拉萨市朵森格路、北京中路、宇拓路几条路的中国银行、中国农业银行等银行全部被砸，有多个取款机被砸坏，躺倒在路旁。三月十五日晚上，拉萨市一家嘉陵摩托车店被纵火焚烧，当时店内的五个人，包括老板夫妇，一名八个月的小孩及两名学徒工全部被活活烧死。如今我们就站在被焚烧后的楼房前，怎不痛心疾首，怎不义愤填膺！分裂分子这种不得人心的卑劣行径必然受到包括拉萨人民在内的所有中国人的强烈谴责，其罪恶行为必然会被人们唾弃。

分裂势力不得人心，暴力事件暴露了他们反人民的本质。在拉萨的小饭店，我和店里的老板聊起了对这次动乱的看法，老板非常气愤，说这群暴徒简直就是畜生，太残忍了，什么事情都干得出来，连孕妇和小孩子都不放过，对自己的同胞怎么能下得了如此狠手！很多藏族同胞不敢出来转经，怕再遇到暴徒。大街上的行人也很少，没有多少旅游者，买卖受到严重影响，很多在这里做买卖的都回到内地去了，包括藏族的同胞，也有的暂时关门了。

动乱给日常的生产和生活带来严重的危害，大家都盼望动乱的影响早日消除，还老百姓一个朗朗的天。在拉萨，在那曲，在机关，在乡村，在学校，大家都在抗议达赖的暴行，电视台、电台也在及时地播报新闻，第一时间向群众说明真相。我们相信，人民会认识到事实的真相，一小撮分裂分子的暴力活动永远也不会得到人民的拥护，受到伤害的人民将更加认识到分裂是惨祸的真理。此时此刻，我们越发感到自身责任的重大，也许我们可能在这场斗争中倒下，那将是我们的光荣，为了维护祖国利益而死，为了反对分裂而死，那将是我们义无反顾的选择。

无声的控诉

动乱后的拉萨

由于身体极度不适，我感到头晕眼花，简单吃点儿晚饭就休息了。第二天起来感觉好多了，呕吐停止了，虽然胆囊还在隐隐作痛，鼻子还在流血，但是精神好多了。书记问我身体怎样，我怕他把我强行留在拉萨，就撒谎说已经没事了。九点多，扎西来了，我们定好今天上午到商店购买日用品，明天回索县。九点半赶到拉萨百货商店时却很失望，商店周围冷冷清清，大门还没有开，尽管里面的工作人员已经上班，看来还要等一下才会开店门。我们只好到江苏路去，那里是电器一条街，由于是个体商店，很早就开门了。购买了一些必备的用品后，我们赶到拉百超市，买了三个大高压锅、一组刀具，还有其他的一些日用品，为回索县生活作准备。由于商店人很少，所以东西买得非常顺利。由于车子需要检修，我们也获得一天难得的缓冲。

在八廓街，没有见到多少行人，往日繁忙和熙熙攘攘的景象已经不再，到处都是冷冷清清，做买卖的棚子还在，但是没有游人和商贩。在北京中路，在布达拉宫广场前，在几条主要街道，随处可见警察在维持秩序，被暴徒烧过的房屋没有了窗子，没有了房顶，就如张开的黑乎乎的大嘴，向过往的行人昭示着暴徒的卑劣行径，痛诉着暴徒的罪恶。看到那个活活烧死五

乌云笼罩下的大昭寺广场

名女子的店铺，任何一个有正义感的人心都会流血，都会愤怒。身处反分裂的第一线，我们更加感觉到自身责任的重大、使命的庄严。我们维护国家统一和民族的团结的决心，从来没有像今天这样强烈！和平是福，动乱是祸，我们决不能让这种悲剧重演！在中央的正确领导下，在区党委和区政府的努力下，现在拉萨的社会秩序正在逐步恢复，希望明天大家都能够走出屋子，到外面呼吸新鲜的空气，享受灿烂的阳光。阴霾已经过去，阳光依旧洒满高原。到饭店吃午饭，老板娘见到我们到来分外高兴，给我们推荐了很多可口的菜肴，收费却很低，希望我们能够给他们带来好运。

夜幕渐渐降临了，拉萨的夜晚总是来得很慢，太阳之神总是很眷顾这座高原之城，久久不愿离去，所以这里也称为日光城。在内地，晚九点钟已经是万家灯火了，而这里才华灯初上。因为明天要返回那曲，必须攒足体力，我放了满满一池热水，躺进去享受高原的恩赐。在高原泡澡房间中要有人，告诉同伴一声，免得洗澡时间过长，昏睡过去发生危险。洗澡不能很长时间，因为非常消耗体力。但无论如何我都舍不得放弃这个机会，回到索县要好长时间不能如此享受了。夜深了，橘黄色的路灯照在宇拓路上，显得格外迷人。偶有几辆人力车穿梭在大街上，小情侣们在车上私语，让人愈感城市的宁静和安详。动乱终究会过去，谁不向往和平自由的生活！

车坏羊八井

距拉萨90公里、海拔4300米的高原上，有一块绿草如茵的牧场，从地下汩汩冒出的热水奔流不息，热气日夜蒸腾，这就是闻名国内外的羊八井温泉。我们赶早出发，路上积雪很多，车行很慢，偶尔的侧滑告诉我们，这注定是一次艰难的远行。有雪就觉得很浪漫，到处都充满诗意，尤其幸运的是见到了青藏线上的列车，此前多少次想和它近距离亲近一下，可总是无缘。雪天火车行驶很慢，我们竟然和火车并行，甚至可以近距离欣赏它。铁路笔直伸向远方，就像一条彩带飘飞在万里高原；而公路弯曲在两山之间，像画家的画笔一样随意勾勒。有时列车钻进山洞，把我们远远抛在身后，两节绿色车头牵动着一串跳动的音符，在雪域高原上显得更加鲜艳，更有动感，更有生命。

茫茫雪野耀高原

好景不长。车过羊八井不久就出现了故障，加速器系统出现异常，车子挂不了挡。还有近十个小时的车程，往前走显然不可能，过那曲没有通讯信号，更没有维修点，哭都没有人听到。遇小故障，司机就可以维修，但是对于这样大的故障，司机根本没有办法，到不了那曲车就会趴窝。无奈我们只好掉头往拉萨赶，到正规维修点再次进行大修。这部汽车已经用好几年了，经过了几次大修后就像一个老人一样艰难地坚持着。这里一个月比内地一年还费车，每两个月就会进行一次大修，何况我们这个车子还是台破车。刚花费1万多元维修完，今天又坏了，就像一个多病的老人，这处刚治好那处又出现毛病了。据司机说这次得两万元，我们没有那么多钱，好在县委办乔主任在，县政府在拉萨有一个专门的车辆维修点，我们可以在这里先维修后付账。

回到山南湖北大厦，宾馆的服务员见我们走了半天又回来了，很是诧异。偌大的酒店就我们这么几个人住宿，他们对我们已经很熟悉了，得知我们的遭遇很是同情，给我们安排了房间。晚上我们到酒店吃饭，吃了几个小毛菜，但是却花了不少钱，这里的东西真贵。据服务员讲，动乱前这里宾客不断，买卖非常好，很多游客也到这里吃饭，就餐得提前预订，但是现在，偌大的酒店就我们一桌四个人，服务员也懒得理我们。在回宾馆的路上，听出租车司机说现在敢出来拉客了，但是客人很少，每天早早就收工，一天得赔一百多元。大街上的出租车不少，车流也有所增多，在路旁零星地会看到一些转经的人，在宽敞的公路旁默念着从你的身旁走过。往日看到熙熙攘攘的人流时总会感觉街道狭窄，现在倒觉得有些空旷。有时也看见大篷车，有几个不甘寂寞的游人从帆布后面探出头来，欣赏拉萨落日的余晖，但是我没有这份闲情，我盼着赶紧修好车，好尽快上路。

风雪急归

由于车子坏在了羊八井，无奈返回了拉萨。扎西去修车，我们回酒店等待。紧急入藏带来了严重的高原反应，所以到拉萨的第一件事就是睡觉。可能是心中有事，我骨碌来骨碌去地就是睡不着，头痛恶心，吸了氧后感觉好多了，终于沉沉地睡了过去，醒来时已经是清晨四点来钟。同行的王利基本一夜没睡，他上网到清晨三点多，后来躺下后也没有睡。我们几个人反应都很大，这样匆忙入藏对身体的损伤真是太大了。老乔身体不好，到下午也没有起来，我和王利去饭店吃晚饭，走了很远才找到一个开业的饭店。偌大的饭店就我们两个食客，饭店的老板很是热情，以为来很多人呢，见到只有我们两个，显然很失望，让一个服务员照顾我们后，就再也没有人影了。为了身体必须吃饭，也顾不得服务的好坏了。在拉萨折腾这两天我已经减重四斤多，这样下去身体怎么受得了。听饭店的伙计说，北京西路还没有被动乱波及到，但是现在的客人很少，以往每天都要从内地往拉萨发货，但是现在三天才发一次还用不了。生意大减，他们的抱怨也很多，就盼着局势能够早一天稳定下来，大家能够过上平静的生活。

车子修好了，为了不误归期，第二天我们将再次踏上归途，盼望这一次能够顺利！雪后的拉萨显得格外圣洁，大街上几乎没有行人，因为大家还都在梦中呢。到堆龙，天才蒙蒙亮，雪倒是越下越大。到羊八井，车子又开始在路上打滑，一不小心，尾部撞到了护栏上，幸亏路上没有别的车子，我们的车速也不快。大家在车上提心吊胆，好在不久雪停了下来，路上的雪恰过脚脖子。由于心中着急，我们决定冒险而行。两侧的山峦都变成了雪白的，没有了往日的高大挺拔、色彩缤纷，一派北国风光，不由得令人想起毛主席的词："北国风光，千里冰封，万里雪飘。望长城内外，惟余莽莽，大河上下，顿失滔滔。山舞银蛇，原驰蜡象，欲与天公试比高。”只可惜这里不是北国，而是青藏高原。没有北国“大雪压青松，青松挺且直”的妖娆，但是峰峦一色、山舞银蛇的雪域也别有味道。

茫茫雪海，时浅时深，道路时隐时现，根本走不快。在当雄，交警硬说我们的车子超速，无论怎样解释就是不放行，我们说自己是索县的干部要急于赶回工作岗位，他们才勉强同意放行，但是要交一百元罚款。想走都走不快呢，何来的超速？气得扎西直骂娘，为了赶路只好交钱了事。这一耽误导致到那曲已经下午三点多了，按照以往的惯例，下午三点多就不能再赶路了，到家肯定要贪大黑的，太危险了。但是这次不行，大家简单地吃碗面条，继续上路。从那曲到索县还有二百三十公里土路，这注定是一段非常危险的跋涉。因为有的地方几乎就找不到路，平坦的地方还好说，遇到沟壑处几乎是爬过去的。

两辆车子交错，每次都需要很长时间，因为谁也不敢轻易倒车，冰雪路面往后走比往前走更危险。雪不知什么时候又下了起来，夹杂着狂风，大团的雪粒就像冰雹一样砸在车上，刚开始还能数出个数，很快就交织成一片了。刮雨器来回不停地擦刮，可是前玻璃依然结了一层冰，模模糊糊地依稀可以看到前面的路。到后来，道路也看不见了，整个大地一片洁白，山峦一色，分不清哪里是路，哪里是沟。路上几乎没遇到车子，自然也见不到车辙。到处是白茫茫的一片，车子行驶过去后的痕迹很快被风雪所覆盖。往日的沟壑没有了，觉得这里、那里、前面、侧面都很平坦，行驶在上面就如神仙走在云雾里一般浪漫。但是这个时候绝不会有浪漫，因为司机全凭借往日的记忆摸索着前进。

在恰拉山山脚，我们终于见到一辆车，不过不在道上，而是倾斜在沟中。司机看见我们过来，老远就打招呼，希望我们帮忙把车子拉出来，他说自己已经非常小心了，但是还是把车子开出了正道，滑到了沟里，幸亏沟不深，捡一条命。我们结伴而行，大家在路上相互照应，我一颗悬着的心也算有了寄托。接近县城，雪小了很多，山上也就是薄薄的一层。藏北多雪路，十里不同天。危险的地段终于过去了，扎西把车子开得飞快，还哼起了小曲，我知道危险过去了。晚上十点钟，我们终于到达索县，任书记和刘县长先我们一天到达，正在公寓里焦急地等待，他们为大家准备了热水、面条。今年的冬天气温低，水管都冻裂了，水电站的引水渠也冻上了，整个县城没

暮归

水没电，到处一片漆黑。庆幸的是我们终于平安到家了！管不了那么多了，盖着两床被子一个毛毯进入了梦乡，能够睡着是一件很值得庆幸的事情。半夜老觉得身上有东西压着喘不过气来，还是没有睡好，只好爬起来靠在床上歇息。月光透过窗子洒了进来，静静地泻在床上，让我不由得想起了一首诗："你站在桥上看风景，看风景的人在楼上看你，明月装饰了你的窗子，你装饰了别人的梦。"是啊，是谁装饰了我的窗子，我又能装饰谁的梦呢？

坚守岗位

"3·14"动乱已经平息，局势已经趋于平缓，但是没有人们想象的那样乐观。任何事情都不是偶然的，发生在拉萨的打砸抢烧暴力事件是达赖分裂势力一手策划指挥的反革命暴力事件，经过了长期的策划，包括动员在国外的分裂分子非法入境，到寺庙等地煽动、策划、暴动，以达到其不可告人的目的。连日来，广大藏族同胞纷纷集会，声讨达赖集团的分裂行径，强烈谴责暴徒的卑劣行为，呼吁公安机关严惩凶手，还拉萨以和平，还生活以和谐。

尽管局势还是很严峻，但是那曲地区相对稳定。人民解放军、武警部队是维护祖国统一、民族团结的中流砥柱。在维护稳定的日子里，他们不怕疲劳，坚守岗位，有力地维护着西藏的稳定和团结，对西藏、那曲的稳定起到了决定性的作用。在自治区委和地委、行署的坚定领导下，在县委、县政府的直接领导下，全县干部以稳定压倒一切的决心，投入到当前的工作中去。这里就是反分裂的第一线，此时就是对党员干部大是大非的考验。如何带领教育系统

公寓围栏上的宣传横幅

一班人维护好校园的稳定和平安、保护学校师生的绝对安全，是摆在我面前的第一要务，当然也是最大最为严峻的考验。坚定信念、务实工作、及时汇报、坚守岗位是我对机关和校级干部的要求。要求学校加强值班，成立护校队，夜晚有值班领导带领的维稳护校组。同时，我也要求机关干部分成四个工作小组，由四位领导各带一组，分兵把守，各管一路，确保平安。

县委要求各单位都要有人值班，组织部和监察局不定期检查，对于不值班的单位要进行通报。由于县城只有学校和医院等大的单位人员比较密集，因此，校园的平安成为县城稳定的最为重要的一部分。少年学生没有什么反抗能力，容易成为分裂分子的关注目标，必须加大工作力度，全力维护稳定，确保平安。从到索县的第一天起，我就坚持每天晚上在单位值班，每天晚上三次检查值班情况，身体力行地投身到当前的维护稳定的大局中去。县维稳办每天召开一次例会，通报县情、乡情、社情，对一天的维稳工作进行小结，随时调整工作部署。由公安、武警和各单位抽调的安保小组昼夜不停地在大街上巡逻，及时处置可能遇到的突发事件。县级干部二十四小时在维稳办带班巡查，每两个小时更换一班岗。大家知道，在此极为敏感的关键时刻，绝不能因为自己的疏忽出现任何问题，否则就不是一个人的损失，而可能是不可弥补的重大失误，是渎职。

前几天，中学和县完小的值班工作做得不够扎实，有值班无记录，甚至找不到值班教师（由于教师家都在校内，在单位巡查一遍发现没有什么异常就回家休息了，待领导来检查就从家里出来再巡查一遍）。针对这种情况，我们再次召开专题会议，对学校领导进行再次强调；同时加大检查的力度，对不按照要求、维护稳定工作落实不扎实的领导要采取坚决的措施，该通报的通报，该撤职的撤职。在一天数次检查、每天一总结的督促下，领导值班主动，巡查仔细，记录清楚。我们及时向上级汇报了这种他们的做法，通报表彰了工作扎实的县中学、完小、幼儿园、荣布等数所学校。二十四小时不间断巡逻，维稳和教学两不误，对索县的平安和稳定起到了积极的作用，也为西藏的繁荣和稳定作出了贡献。

庆幸于我的选择

由于紧急赴藏，组织惦念、家人担心、朋友挂怀，区委组织部车民部长代表区委、区政府打电话问候我们，询问局势，祝福平安。援藏大哥的问候令我们很感动，突然感觉自己很幸福，在这里并不孤独。事实上，我们确实荣幸，当然我们的责任也非常巨大。在西藏的商人少了，赴藏旅游团队也都取消行程的时候，我们奔赴了西藏。这个时候，西藏需要我们，祖国需要我们。到工作岗位去，是我们义不容辞的责任。记得我在入党的时候，对“到祖国需要的地方去，维护祖国统一和民族团结，珍惜机会和荣誉，听从党的号召”的誓言，当时感觉比较遥远。而在西藏最不稳定的时候，我们就在反分裂斗争的第一线，实际行动远比口号真实。维护祖国统一和民族团结是如此地真实，亲历这一历史事件是危险的，但也是难得的见证历史的时机。朋

国旗在藏北高原飘扬

友打电话来，问我后不后悔，能不能找个机会、寻个理由——比如身体不适回来躲避一下。应该说，这个时候在西藏是有一定危险性，但是国家更需要我们，我们没有任何理由逃避和退缩。这是对一个干部党性的考验，更是对工作能力的一种综合检测。如何与当地干部群众打成一片，把党的要求和政府的号召认真地贯彻下去，确保本部门的绝对稳定和平安，这才是我应该考虑也应该做的。我不会当逃兵，我的岗位在一线。能在如此艰巨而复杂的环境中学习和工作是一次难得的锻炼和学习机会。庆幸于自己的选择，在拉萨发生动乱的时候，我就在西藏，为了维护祖国统一和民族团结，我曾经奋斗在第一线，曾经是守卫祖国的一名卫士，我想若干年后回忆起今天的选择，我仍会感到很荣幸和幸福。

今年我在西藏已经有四个月，工作压力大，劳动强度大，操心劳力的事情多而复杂，经常熬夜，老感觉身体不适，心跳加快。进行了体检，发现心脏扩大，血色素增高，三次体检发现心壁肌肉一次比一次增厚，体重一次比一次减轻，现在不足六十公斤。感觉不适，特别容易疲倦，如果能有一次缓冲和休息该有多好。但此时的西藏还处于维稳的关键期，不能休息，那是一种退缩的借口。荒凉的戈壁使我口裂舌干，面部皮肤层层脱落，白嫩的肌肤早已经被烈日烤成黢黑。在及膝的雪地中跋涉，不止一次地吸氧远行……这些都是考验。我知道，胆怯是动摇的标志，是怯懦的表现，是畏惧的先声，是颓废的前奏！当我们义无反顾踏上高原的时候，就已经做出了无畏的选择。

深入开展主题教育活动

“维护统一，反对分裂”在少数民族集聚区是一件大事，在西藏，加强民族团结、反对民族分裂教育更是重中之重。长期以来我们和以达赖为首的分裂分子的斗争一刻也没有停息过。由于宗教信仰问题和周边局势影响，导致反分裂斗争具有特殊性和长期性；受西方敌对势力的影响和蛊惑，反分裂斗争还十分尖锐和复杂。胡锦涛总书记在党的十六大指出，要让人民共享改革开放成果，促进各民族共同进步。全社会支援西藏，西部大开发战略给西部地区带来了新的发展机遇，十年来重大投资不断，基础设施明显改善，人

与时进一起下乡检查项目归来

民生活幸福，百姓安居乐业。随着青藏铁路的开通，阿里机场的投入使用，交通更加便捷。如今的高原不再封闭，和全国各地一道步入了快速发展的最好时期，这无疑会给西藏人民带来更多的发展机会。封闭落后的西藏已经成为历史，高原不再落后，雪山比以前更加美丽。通水、通路、通电，建医院、建学校、建安居工程，真是一年一个变化，一年一个新气象。可是以达赖为首的分裂分子不甘心失败，总在不断地制造各种事端，煽动信徒，制造分裂和破坏活动，以达到分裂祖国的目的。

2008年2月，那曲地委决定在那曲东三县率先启动主题教育活动。2009年，在上年的基础上，进一步规范和深化教育活动，在进一步加强宣传教育基础上，加大了矛盾排查和解决长期影响农牧区教育、医疗等基础工程的深层次的问题，把教育宣传党的政策和解决农牧民实际困难有机地结合起来。从人员的安排、动员、培训、宣讲、考核等各个环节，都布置和操作得非常细致。工作组自带行李，自备干粮，上山下乡，走村入户，宣传党的政策，宣传改革开放以来取得的伟大成就，宣传西藏解放以来发生的翻天覆地的巨大变化，宣传达赖分裂势力给人民带来的巨大灾难。老红军、军烈属、老干部、经历过新旧社会变化的老大爷现身说法，控诉旧社会的黑暗和残酷。这些都引导和教育了广大群众，教育了广大青少年学生，也教育了我们自己。在这次活动中，我们积累了丰富的经验，搜集了大量的资料，丰富了我们的教学，编写了文字教材，为高原的教育发展积累了经验。

教体局积极参与到地区教材编写工作中，得到了地委编办的好评。在加大投入的同时，我们没有忘记舆论的宣传，挖掘身边的典型人物、典型事例，要让广大群众通过身边的变化看到祖国的发展，看到家乡的富裕，感受到社会主义制度的优越性。尤其重要的是，要让我们的后代了解旧西藏悲惨的历史，感受到祖国大家庭的温暖。

主题教育活动培训大会

舆论就是战场，舆论更是高地，这个高地我们不占，分裂分子就会抢占。谎言说多了也会有人相信，我们宣传不好就会有人钻空子，他们需要的就是乱起来，让人民慌乱起来，把一部分人诱惑起来，就会有不明真相的人参与进去，就会造成更大的影响。2008年2月份以来，我县进行了中国特色社会主义主题教育活动。活动准备充分，动员面广，下乡干部多。地区派出了三个巡查指导工作组，县政府抽调一百三十多人组成群众组、青少年学生组、寺庙组，深入到每一户、每一校中去，做到乡不丢村，村不漏户，户不少人。深入牧区了解群众疾苦，解决邻里纠纷，梳理地方急需发展和解决的难题，把宣传教育活动与解决实际问题紧密结合起来。把“察民情、知民意、解民困”作为检验活动好坏的重要标志，一些多年积累的矛盾得以解决，一批民生项目得以推进，长期以来一直影响地方经济发展的瓶颈问题得到彻底的解决，受到了当地农牧民群众的热烈欢迎。

青少年教育组针对学生的实际，利用人员集中、导师集中的有利因素，编撰了适合学生的乡土教材，把改革开放的伟大成就、新旧社会的巨大对比有机地结合起来，利用每周两课时进行宣教。充分发挥现代化教育手段的巨大作用，图文并茂，形象生动。通过一系列的教育活动，让孩子们认识到新旧社会的巨大变化，感受到改革开放以来我们享受的巨大成果。

西藏所有的适龄儿童都纳入了义务教育，比内地发达省市提前了三年，并且是全面的义务教育，吃、穿、住、学一条龙的义务教育。这在旧社会是不敢想象的，也是不可能实现的。为了进一步加快对青少年的培养步伐，国家还有计划地选派优秀学生到内地学习，北京、上海、西安等地都有那曲藏族班，到内地学习也成为藏族家庭和孩子梦寐以求的愿望。2008年，全地区要选派190名内地西藏班学生，索县一下子就考入了三十八名，大大超过了其他十

地区教体局永旦扎巴局长（中）考察索县主题教育

个县区。之所以有这个成果，是我们多年来加大教育宣传的结果，是狠抓基础教育质量的结果，更是地方党委和政府重视教育工作，把教育摆在优先发展地位的结果。

2009年的主题教育行动早，力度大，效果明显。在西藏民情社情极为复杂的那曲地区，由于上级党委高度重视，高瞻远瞩地布置好宣传教育工作，紧紧抓住稳定和发展两大主题不放松，紧紧围绕改善高原环境和面貌、真心实意为广大农牧民服务不放松，各级部门紧紧围绕地委行署的部署，在地方政府的统一领导下，调动各方面的力量，部署周密，行动果断，对反分裂斗争的认识到位，所以在2008年拉萨发生动乱的时期，那曲地区不但保持了稳定的局面，而且取得了经济、社会的良好发展。通过宣传和教育，广大群众进一步了解了党的宗教政策，感受到改革开放的巨大成就，看到了家乡的巨大变化，也进一步认清了达赖分裂分子的丑

相聚在国旗下

恶嘴脸。不信谣、不传谣、不造谣成为群众的共识。不下载、不传谣成为手机用户的公约。本着排忧解难、服务基层的原则，我们通过多方努力，积极争取资金，利用两年时间为乡镇学校配备了运送“三包”物资的大卡车，改变了以往运一次装备花运费2000元的历史，受到了广大师生的称赞。

稳定压倒一切

2009年2月26日，索县到处都是冰雪，没有水，没有电，没有供暖，穿着厚厚的羽绒服还显得单薄，整个城市仿佛被冻住了一般。我们召开校长会，宣读本学期教体局工作要点，对开学前的工作进行布置，对即将到来的维稳月进行安排。三月一日是全县开学的日子，也是进入维稳关键期的第一天。我们带领局机关相关人员对县完小维稳期间值班情况进行了突击检查，发现存在值班记录不健全、值班力量不强等现象，针对存在的问题当场提出了批评，并于三月二日下午六点半在局里召开了县完小中层以上领导会议，对维稳值班工作提出了限期整改意见。三月四日上午，再次深入县完小进行检查，发现存在的问题得到基本解决。

三月份是敏感月，今年又是平息拉萨“3·14”动乱一周年的关键期，一些别有用心的人可能会利用这个特殊的月份想方设法地制造事端，以便引起人们的注意。稳定是当前压倒一切的政治任务，只有稳定，才有平安，才有正常的生产和生活秩序，学生才能安心上课。为了确保教育系统的绝对平安，我特意提出了六条具体的措施：健全以校长为组长的学校安保工作领导小组，设立安全专干，并对每日安检情况进行详细记录；建立健全安全管理责任制，层层签订责任状，层层负责，责任到人，形成时时有人管、事事有人负责的良好工作机制；坚持每天一名领导带班巡查制度；严把门卫关，严格校园出入制度，严格登记，严格盘查，禁止无关人员进入校园，防止不明身份人员以联系工作或家长接送学生为名混入校园；加大周末、节假日、夜间值班巡查工作力度，为广大师生营造一个健康、安全的生活和学习环境；加大教师、学生的教育宣传力度，立场坚定、旗帜鲜明地反对动乱，坚决制止极少数不法分子对校园的滋扰，对可能危害师生安全的不法行为给予坚决

秩序井然的校园

的反击，不能给坏人留下任何冲击校园的机会；学校校长要加强对教师教案的检查和管理，切实教育广大教师站稳立场，为人师表、争当模范，坚决做到不信谣、不传谣、不造谣；进一步加大检查力度，及时进行通报总结，对玩忽职守、不履行责任的学校进行严肃查处。

在全县干部群众的努力下，索县的秩序良好，没有出现一起刑事案件。学校顺利开学，到校园滋事、骚扰学生的行为基本杜绝，维稳工作取得了阶段性胜利。为了把这项工作常态化，各学校进一步完善了安保措施，每日临时组成的巡查小组也改为六人一组轮换制度。对学校的课程表进行重新调整，力争使值班和教学不受影响，在保证教学不耽误的前提下，给教师提供一个轮岗休息的时间。长时间的轮岗维安，教师们非常疲惫，晚上值班，白天上课，得不到休息，必然会影响到教学质量。为了克服麻痹思想，我们加大了维稳值班工作的督察力度，每晚我都坚持亲自带队，对县中学、完小、幼儿园、局机关进行巡查，和大家一起值班。也正是通过这样的一个个不眠的夜晚，我和教师们熟识了，在值班间隙的交流中了解了许多以前不晓得的东西，包括风土人情、教育基础、“普九”攻坚等等，他们也提出了很多中肯的建议。

对于教师们提出的好的建议，我们通过例会研究，很快以文件的形式下发下去，立即执行。此举得到了教师们的普遍欢迎，因为他们没想到，不经意的牢骚或希望竟然变成了政策。例如教师们提出晚上值班白天上课非常累，能不能调整下课表，相互串课很麻烦；夜班很冷，单位的炉子根本没有煤等等。当行军床、被褥等发到传达室的时候，老师们很高兴，夜晚至少可以暖和一些了。阿珠局长还经常把自家的饺子带到学校，煮好了给值班教师吃，给枯燥的值班工作带来了欢乐与温情。

三月十三日，派出由扎西塔杰副局长带队的工作组，历时三天，深入荣布镇小学、西昌乡小学、嘎美乡小学、加勤乡小学、若达乡小学、热瓦乡小学、亚安初级小学，检查学校的开学工作，重点检查维稳值班工作，对江达、赤多、嘎木三所学校值班工作进行了电话检查。经查，所有学校都能严格按照要求、安排专人坚持二十四小时轮流值班制度，有值班记录、交接班记录、外来人员登记记录，每所学校都能每天准时向我们报告当天的值班情况，特别是县中学、县完小，每天都能安排两名以上学校中层领导坚持值班，局里无论什么时间查岗，都有人在岗值班。安全，在全体人员的努力下，有了保证。教学秩序一天天好转，学生到位率也在逐渐提高，出现了喜人的局面。我们常说安全无小事，责任重于泰山。这份责任只有时时扛在肩上，发扬连续作战、不怕疲劳的精神，牢固树立稳定压倒一切的思想，擦亮眼睛，继续坚持二十四小时轮流值班制度、继续继承和发扬过去好的做法，才能为保持校园稳定作出自己应有的贡献，达到维护稳定和教学工作两不误、两促进的目的。

晨　点

月夜巡查

“西藏百万农奴解放纪念日”就要到来了，全区人民都在精心筹备这一盛大的节日。为了确保全县师生能够度过一个祥和喜庆的节日，加强学校的安全管理，把各种安全隐患消灭在萌芽状态之中，我们在搞好师生各种庆祝活动的同时，也切实把维稳值班工作放在首位，加强校园值班巡查，努力为广大师生营造欢乐祥和的节日气氛。

三月二十六日、二十七日、二十八日晚上，我和扎西塔杰、阿珠分别带领相关科室负责人员，对县中学、县完小值班情况进行了检查。详细询问值班情况，详细查看值班记录，并和值班人员一道深入学生宿舍，查看学生就寝情况，了解宿舍管理员对学生的管理情况。这两天感觉挺冷，看看学生晚上冷不冷，有几个学生告诉我晚上睡得很暖和，学校领导每天都有一人在宿舍照看他们，我真的很感动。为了孩子们的安全，我们的领导、老师付出得真是太多了。他们的家就近在咫尺，但是却不能回家睡觉，而是要和学生一样睡硬板床。我最担心的是学生趁半夜老师休息的时候跑出去或带外面的人员进入校园。检查到县完小时，正好学校停电，学生宿舍用蜡烛照明，我们叮嘱值班领导，一定要提醒学生注意用火安全，学生洗漱完毕立即睡觉，免得造成房间缺氧窒息。到县中学时，中学所有班主任老师正在清点学生人数，只有一个不少我们才放心。

检查完毕回公寓时已经是晚上十一点多了，天上的星星格外亮，就像故乡的夜，想我的妻儿已经睡着很久了吧。

喜迎“西藏百万农奴解放纪念日”

三月二十八日，在全区上下喜迎“西藏百万农奴解放纪念日”之际，我县教育系统也举行了形式多样、丰富多彩的活动，全面投身到庆祝活动中。

上午十时，在县中学操场上，全体师生，县各中直单位职工、武警官兵代表，居民代表，区、地、县有关领导，共计1600多人参加了升旗仪式，仪式由县组织部部长张猛主持。

在升旗仪式上，教师代表、学生代表、群众代表纷纷发言，表达自己在党的关怀和温暖下过着幸福美满生活的喜悦之情。县委副书记、县长嘎松美郎同志作了重要讲话，他用历史史实与新旧西藏的鲜明对比深刻反映出旧西藏的残酷和不人道，回顾了1959年西藏波澜壮阔的民主改革进程，回顾了民主改革五十多年来西藏各项事业取得的辉煌成就，揭批了达赖分裂集团的反动本质。

升旗仪式结束后，县中小学师生还举行了“西藏百万农奴解放纪念日”千人签名、文体操、书法比赛、诗歌朗诵比赛等活动，营造了欢乐的节日气氛，唱响了“共产党好、社会主义好、改革开放好、人民军队好、人民群众好、伟大祖国好”的时代主旋律。

通过这一系列纪念活动，让历史教育和激励人民，扎实打牢了共同团结奋斗、共同繁荣发展的思想基础，各族干部群众更加心向党、心向祖国，真正凝聚起建设更加美好生活的强大力量。广大学生了解了西藏的历史和发生的沧桑巨变，尤其是改革开放以来，祖国的变化巨大，人民生活幸福、安居乐业，明白了作为青年学生更要热爱自己的祖国，珍惜学习机会，报效祖国。

学理论　谋发展

深入开展学习和实践科学发展观活动，紧紧围绕“着力转变不适应、不符合科学发展要求的思想观念，着力解决影响和制约经济社会科学发展的突出问题，以及党员干部党性、党风、党纪方面群众反映强烈的问题，着力健全和完善有利于科学发展的体制机制”的要求，强化自觉意识、学习意识和服务意识，在增强民族团结反对分裂、在知民情解民意、在提高教育信息化、在当前的“控辍保学”四个方面走在前列。不断提高思想觉悟，把握历史发展机遇，把先进的思想理论转化为强大的精神动力和力量源泉，把科学发展观转化为谋划发展的正确思路、促进发展的正确措施、领导发展的实际能力，推动教育事业不断发展壮大。

只有不断强化自觉意识，才能在“党员干部受教育”上有新收获。学习、实践科学发展观的过程，就是一个不断解放思想、实事求是、与时俱进、勇于创新的过程，就是一个转变思想观念、确立科学发展思路的过程。当前，我县教育系统广大教师、一些党员干部特别是领导干部对科学发展观的学习理解不够全面深入，认识模糊，片面理解教育质量，认为教学成绩提高了就是教育质量提升了；坚持以人为本就是以个人利益为本，以个人意志为主。这种思想观念与科学发展观要求格格不入、背道而驰。开展深入学习实践科学发展观活动，就是要使广大党员干部更加坚定不移地践行科学发展观，更加努力地转变工作中影响科学发展的思想观念，更加自觉地走科学发展道路。

强化学习意识，在“科学发展上水平”上有新进步。新形势下学习实践科学发展观，除了要体现在教育方针政策外，还必须学习本系统的规章制度，依法办学，以规治校。从学习实践科学发展观的实际效果看，有的学校并没有把发展理念真正落到实处，并没有真正依法治校，出现变形走样的问题。要通过开展深入学习实践科学发展观活动，积极推进体制机制创新，着力解决制约科学发展的一系列深层次矛盾和问题，建立与科学发展相适应的体制机制，努力为科学发展观的贯彻落实营造良好的政策、制度环境，提供健全的规章制度保障，使各项建设的质量提升到一个新水平。而其中政策法规的学习与落实是至关重要的一环。只有吃透政策才能依法按章办事，才能

鲜花簇拥着的县城

举办校长培训班

少犯错误、少走弯路。

强化服务意识，在“人民群众得实惠”上有新突破。从提出科学发展观以来，各级领导干部坚持以人为本，牢固树立为民、富民、惠民的工作指导思想，下大力气解决人民群众生产生活中遇到的困难和问题。在教育系统，让人民群众得实惠就是要让广大师生得实惠，就是让广大家长得实惠。实质上就是要深化教育改革，提高为学生服务的意识，不断提高教育质量。但是，我们也要清醒地看到，我们所做的各项工作与广大家长的期待还存在不小差距，在发展的进程中还面临不少困难。要把教育当作第一要务来抓，把

迷人的家园

教育视为最大的民生工程，把家长呼声作为第一信号，把学生需要作为第一选择，把群众满意作为第一标准，稳步提高教育质量，让每一位学生都学有所成，学有所获，是广大教育工作者当前和今后必须着力解决的重要课题。

自治区科学发展观工作组在索县教育系统调研

深入学习实践科学发展观，归根到底是让人民群众得到实惠，使其成为科学发展的最终受益者。从这个意义上讲，要把解决好人民群众最关心、最直接、最现实的利益问题放在重要位置，作为一项必须长期坚持的政治任务和所有工作的重点。要通过学习实践活动，进一步强化党员干部服务学生的观念，引导广大教师坚持学生的利益高于一切，坚持不懈地改变教学方式，创新教育理念，提高教育质量。

当前，索县的教育正处于快速发展时期，正在由数量扩充型向质量提高型方向转变。要变教育大县为教育强县，就必须要下大力气从解决招生与“控辍”、推进教育均衡化、提高教师质量三个方面入手。尽管我们顺利地实现了“普六”、“扫盲”、“普九”教育，教育信息化程度稳步提高，近两年教育质量也有明显提高，在小学升内地西藏班人数和初中升重点高中人数上屡创新高，社会上好评如潮。但是我们也必须清醒地看到我们教育基础的薄弱，必须看到我们教育的不平衡性和非常态发展的现实。为此要求我们广大教育工作者必须头脑清醒，认真查找不足，加强学习和培训，提高以增强民族团结、反对分裂为核心的德育工作，知民情、解民意、提高服务意识，一切为了学生，为了一切学生，不断提高育人质量、加大信息技术在课堂中的应用，为广大学生提供最优质的教育资源，加大“控辍保学”力度，确保适龄儿童都能够进入校园，留在学校等方面走在前列。只有如此，我们才能保持教育的持续发展，才能为老百姓子女提供最优质的教育，才能真正做到领导满意、百姓放心。

强党建　稳根基

一个党员就是一面旗帜，一个组织就是一个战斗堡垒。在反对分裂、维护团结、旗帜鲜明地同达赖分裂分子作斗争中，基层党组织的作用无疑是十分巨大的。在基层学校，如何进一步发挥好党组织的作用，带领党员干部做好揭批达赖集团的罪恶活动，在教育系统深入学习和开展好具有中国特色社会主义主题教育活动，任务艰巨，责任重大，影响深远。索县教育系统共有十一所中小学，到目前基层党支部有三个，分别是县中学、县完小和荣布镇中心小学。还有八个中心小学没有成立学校的党支部。学校党员的管理归口于乡镇党委。通过全面的统计，我发现除西昌乡中心小学党员人数为三人外，其余学校党员人数都不少，但是都没有成立自己的党支部或党小组。加强基层党支部的建设，突出党组织在队伍建设和反分裂斗争中的战斗堡垒作用意义重大，影响深远。成立学校党组织条件基本成熟，应该尽快成立党组织。

我把调研结果及时汇报给县委组织部，申请成立基层党支部。组织部给予充分肯定，委托教体局支部和乡镇党委立即着手组建学校党支部。在对全县教育系统党员的进一步详细统计的基础上，我们通过学校党员民主选举、教体局备案、乡镇党委批准的基础上，成立了学校的党支部，对于党员人数较少的学校也建立了党小组。组织成立起来了，支部成员的职责和工作该如何开展呢？如何发挥好党支部的战斗堡垒作用，使之成长为维护团结、反对分裂的核心阵地呢？还要从培训开始，边培训边实践。于是，一系列培训工作紧锣密鼓地展开了。机关人手不足，包括副局长在内也不知道党支部如何开展工作，我就利用下乡的机会，一个学校一个学校地走访指导。通过集中培训和个别指导有机结合，把干部队伍建设与支部发展结合起来，把对书记培训与当前的主题教育结合起来，把反分裂工作与学校的日常工作结合起来，推进了支部工作，培养了一批干部。基层党支部成长为维护稳定、促进学校发展的一面旗帜。

哈达情重

儿童福利院竣工

2008年9月26日，索县完小院内，彩旗飞舞，锣鼓喧天，鞭炮齐鸣，索县儿童福利院落成典礼在这里隆重举行。出席仪式的有地区建设局欧嘎局长，地区教体局纪检委书记斯塔同志，县委书记任力、县长高巴松等党政领导。捐资方代表巴连孝先生专程从大连飞赴索县参加竣工典礼。落成仪式由县委副书记赤列旦增同志主持。县教体局，索县完小部分师生代表参加了仪式。

这里的天格外蔚蓝，几片白云飘过，更显出高原的圣洁妩媚。政府领导和捐资爱心人士，在完小锣鼓队、鲜花队、哈达队的热烈欢迎下，步入仪式会场。仪式上，捐资方代表大连巴连孝先生、地区教体局纪检委书记斯塔同志为儿童福利院揭牌。一名小学生代表把洁白的哈达献给了巴先生，感谢他关注儿童发展，把爱撒向高原的美德。县委、县政府领导向我们大连的爱心人士颁发了证书，赠送了锦旗。

巴连孝先生动情地说，他一直希望能有机会到西藏来，为西藏的教育工作做点儿贡献，这次终于圆了一个梦。这是他援建的第一个孤儿院，今后有机会还要继续资助，争取让更多的孩子和今天的孩子一样，能够在宽敞的教室里读书，感受祖国大家庭的温暖，他今后将继续关注索县的儿童福利事业，进一步加大投资，让收进来的孩子有饭吃、有衣穿、有学上。他还寄语儿童福利院的学生，珍惜机会，努力学习，争做对社会有用的人才。县委副书记、县长高巴松同志鼓励儿童福利院的学生树立远大的理想，努力学习，报效祖国，并希望社会各界人士继续关注和支持索县的教育事业。

索县儿童福利院是由辽宁省大连市巴连孝、周晓帆、刘文斌三位爱心人士捐资六十五万元修建的爱心项目，这也是大连市第五批援藏干部援藏期间落实的第一笔民间资金。在工程建设过程中，地区建设局、教体局给予了极大的关注和大力的支持。它的建成解决了索县三十四名孤儿长期以来无家可归的困境。这些学生白天和其他学生一样到学校上学，吃住就在孤儿院，有专门的教师负责他们的起居。教体局争取地区和财政配套资金，装备了图书室、食堂，房间配备了电视、书橱等生活设施，保证了孩子们在这里的生活和学习。在西藏我不知道有多少这样无家可归的孩子，但是能够有幸在援藏期间亲眼看到这些无家可归的孩子能够和普通家庭的孩子一样上学读书，还有专门的老师负责他们的起居，孩子们不再流浪，真是一件令人欣慰的事情，看到这些孩子欢天喜地、活蹦乱跳的样子我真是高兴。在老师们的精心呵护下，孩子们的精神面貌变了，变得干净了，话也多了，这和刚接他们来索县时相比判若两人。正所谓“人靠衣服马靠鞍”，穿上新衣服，脸洗得干干净净的，孩子们都很精神。我看着他们打心眼里喜欢，就像看到了自己的孩子。

经过十年的努力，大连市已经在藏北高原留下了一个响亮的名字。大连援藏团队处处为老百姓着想，资金向农牧民倾斜，为解决民生问题做贡献，同时积极争取社会资金和项目，在索县广大农牧民中形成了强烈的反响。援藏干部在老百姓心目中的威信也越来越高。我每次下乡都有好多家长跑到学校，反映学校的管理和教学情况，提建议、出点子。也许他们的建议并不都是切实可行的，但重要的是他们对你信任，而这些对于我们来说是极为重要的，不但对于援藏干部，对于任何一个干部，任何一个基层组织，都是最为重要的基础。这也是我们能够得到老百姓的欢迎、把工作开展好的重要前提。如果我们的工作得不到百姓的认可，这至少说明我们的工作做得还不到位，也许是我们在细节方面出现了问题。社会福利院的顺利落成把流散在社会上没人照管的三十四个孩子统一培养，是一件功德无量的事情，切实解决

与孤儿院捐款者之一周晓帆先生在孤儿院合影

了他们的困难，也让流失在社会上的孩子有了一个重新步入学校成长、成才的机会，让他们有了一个温暖的家。这是政府的责任，是社会的责任，更是我们教育工作者的责任。我们都有责任和义务来关爱这些孩子，让他们感受到祖国大家庭的温暖。爱心是需要培养的，爱心也会不断地得到传递，相信他们都会珍惜这样的学习机会，不辜负大家的希望，努力学习，长大后报效国家，为民族的振兴，为了西藏的发展，为了祖国的强大而拼搏，这也是爱的回报。

首次捐款

“三鹿奶粉”问题引发了食品安全危机，这不但在内地引起轩然大波，在西藏也备受关注。机关干部吕中原同志的小孩不满两周岁，因饮用问题奶粉，导致了肾衰竭！为了孩子的健康，他们把孩子留在了四川的父母身边。孩子还太小了，这么重的病能否抢救过来还很难说。

这段时间因为食用奶粉导致孩子出事的病例非常多，在成都住院都成问题，我多次电话联系都没有结果，住院部没有床位。无奈我只好替他联系在内地工作的同学，本着特事特办的原则，首先联系院方安排孩子住院。小吕的父母年岁都很大，小两口儿刚结婚，没有什么积蓄，一下子要拿出几万元钱，这可把小吕难住了，一方是躺在医院急需治疗的孩子，一方是高原上两手空空焦急的父母。看到小吕无助的样子我真的很难受，我和几个局长碰头，研究怎样帮助小吕渡过难关，最后决定，破例允许他提前支取三个月的工资，教育局拿出1000元作为慰问金，同时号召机关全体同志捐款。我们带头捐款1000元，号召大家拿出一点心意，帮助身边的兄弟一把。大家纷纷慷慨解囊，踊跃捐款，没有定金额，也没有长篇大论的讲话，大家你一百、他二百地主动伸出了援助之手，在乡下蹲点的三位老师也特意打电话让大家代为捐款。在短短的三十分钟时间内，全局职工共捐款7450元。

当小吕夫妇拿到三万元救命钱时，感动得不知道说什么好。我看到他眼中涌出了泪珠，男子汉有泪不轻弹，支边不容易呀！也许是感动，也许是慨叹生活的艰难。支边不是一件浪漫的事情，有时候是伴随着眼泪的。在西藏，这种事情谁都可能碰到，我不也是一样吗？那种想跑路偏遇堵车、想赶飞机偏又误点的无奈，谁都难免会遇到。从索县到成都最快也要两天时间，但愿我们的努力能够挽救一个幼小的生命，但愿我们的祝福能够换回一个家庭的平安，如此足矣！

不幸的遭遇

八月六日晚七点，是吃晚饭的时间。

时进没有来吃饭，到房间去喊，却看到他坐在沙发上流眼泪。老家来电话了，说他的夫人身体不好，检查出头部有巨大的肿瘤，要立即动手术。我们从家出来的时候嫂子还好好的，送我们上车时还有说有笑呢，怎么突然就得了病，并且是脑瘤呢？

大家都劝时进想开一些，也许是医生的误诊，劝他赶快回家看一看。一周后，时进从北京打来电话，经过专家会诊，他夫人得的病是脑胶质瘤，要立即手术，可能有生命危险，并且说就是手术成功也不会活多久。抽泣声从电话那边传过来，揪动着每个人的心。这些天，大家一直惦念着时进夫人的病情，了解脑胶质瘤的病症和治疗方法。一同援藏的王利医生给我们介绍了这种病的治疗情况：脑胶质细胞瘤一般分四级，一级胶质细胞瘤偏向于良性，手术后一般不会复发，但是如果到了二级、三级，甚至于四级，手术效果就难以预料了，几乎是一种致死性的疾病。脑胶质瘤与正常脑组织是呈一种犬牙交错的生长状态，因此手术时既要保护正常的脑组织又要进行肿瘤切除，这也就大大增加了手术难度，因此手术后总会留下部分的残留组织和肿瘤细胞，也就是引起胶质瘤复发的根源。理论上手术不可能完全切除，脑干等重要部位则根本不能手术。而时进的夫人极有可能是三到四级，结果非常令人担忧。手术后不久就会再次复发，最快的1个月左右，慢的多半年。脑部的大手术不可能多次进行，一般进行到两三次手术，人也就不行了。也就是说这种病几乎没有什么治愈的希望，顶多还能活两年。

这无异于晴天霹雳，她才三十六岁呀！孩子还念小学，好端端的家就这样毁了？真不知道时进能不能挺住。我们一天一个电话，都盼望着奇迹出现，可惜距离太远，大家都帮不上忙，只能祝福他们。

索县的秋天

九月的索县已经寒风瑟瑟、草木枯黄了。由于体质好，我渐渐适应了这里的环境。当然这是相对的，我知道一切才刚刚开始，自己必须尽快适应这里的气候，否则很难坚持3年，说不定中间要当逃兵。我强迫自己睡觉——在高原能睡觉就是好现象，能睡着就能生活下去，晚上十二点之前必须睡着，清晨九点才能起来，睡不着就闭目养神，数数星星。我来藏之前有吃苦的思想准备，但如此严酷的生存环境和生活条件，却远远超出了想象。

两个月不间断地下乡，我已经熟悉了索县教育的情况，很多事情都在按部就班地推进。通过两个月的工作，我也对西藏的工作方式有了大概的了解，有着驴脾气的我也开始学会了怎样用西藏眼光去看待教育、去考虑问题，怎样用有利于西藏的方式去处理问题。理念和方式变了，外貌也开始变了，原来白净的脸在羌塘草原烈日洗礼下变得黝黑黝黑的；营养不良的情况开始显现，我也更加苗条了；皱纹更加密集，很难让人相信这是刚刚入藏的三十多岁的小伙子，更像是饱经沧桑的中年人；两鬓和头顶不知道什么时候长满了花白的头发。是高原的催迫还是高原的赠礼？是工作的压力还是营养不良的杰作？连我自己都说不清。我想可能是水土的原因，因为这里的水质特别硬，矿物质含量高，每次水烧开都能看到白花花的水渍，一把壶用不久

孤帆

落日余晖映高原

就把底烧掉了，可见水质的状况。长期饮用这样的水肯定会对身体有伤害，但是有什么办法呢？总不能整天喝矿泉水，做饭也用矿泉水吧，大家都是这样过来的，但愿我们的身体能够挺得住。

大连第三批援藏领队车民书记调动到旅顺口区任组织部长，特意打来电话询问我们在这边的情况。四年过去了，可是他还对西藏的一草一木清清楚楚，如数家珍。他询问公寓的水电，了解吃饭和洗澡问题怎样解决，这让我们非常感动。他特别叮嘱我，“一人援藏，全家援藏”，“要学会撒谎，尤其是对家庭，免得家里人担忧”。人到中年，每个人都是家中的顶梁柱。每个人都有数不清的牵挂，有流不完的泪，但是要学会控制。是啊，时进的妻子住院手术了，明知不可为而为之，不知道能不能出现奇迹。他的父母八十多岁了，岳母瘫痪在床，老丈人患糖尿病综合征，都急需照顾。孩子还小，需要照顾，妻子忙里忙外，怎能说不艰难呢。任力书记父亲体弱多病；副县长刘志林的父亲得了蛇盘疮，久治不愈，不敢告诉儿子，怕儿子分心。所谓“家家都有本难念的经”呀，抛开了，不管了，说得容易，又怎么能不惦记。

两头瞒，两不传。在西藏的我们，同样要报喜不报忧，以防家人惦记。那曲条件的艰苦、工作的辛劳、下乡的危险、病榻的挣扎，我们从不敢对家人说，在给父母和妻儿的电话中，只讲西藏的美丽、高原的壮阔、牛羊的众多。爸妈终于还是知道了我来西藏的事情，好在他们知道我已经在西藏了，倒没有什么特别的反应，只是嘟囔了一句：“孩儿大不由娘了！”听邻居说这里极度缺氧，经常背着氧气瓶，他们就担心地打来电话，我这边都是谈笑风生。年迈的妈妈听我的声音有些沙哑，询问我是否患了感冒，我只好用笑声打消老人的担忧。爸妈老了，不能再让他们担心了！

中秋节

中秋节到了。这是我们在索县度过的第一个节日。由于藏族同胞不过中秋节，所以那曲的中秋显得格外清冷，就像这里的天气一样，不时还有雪花飘落。尽管时令还是深秋，但是高原已经接近初冬。

在索县，我不知道为什么特别怕冷，志林他们还只穿长袖衫，而我已经穿上厚厚的毛衣了，也可能是身上的脂肪少的缘故吧。房间的电暖气晚上就没有停用过，这点暖气刚好够房间取暖。任书记和乔主任到那曲开会，时进夫人手术后回到了大连，时进也不知道什么时候能够回来，公寓里就剩下志林和王利我们三人，显得更加寂寥。但毕竟是节日，团圆节嘛，还是要欢庆一下，哪怕只有我们自己。连队庆祝中秋，早早就把战士送回去了，顺便带几盒月饼给他们，表示节日的慰问。单位没有什么事情，我们早早下了班，自己准备晚餐。志林、王利都是家庭好厨师，大家七手八脚地就把饺子包好了，但是如何煮饺子成了我们的大问题。高压锅煮饺子，从来就没干过！况且高压锅没有把手，所有的把手都坏了，小战士经常用还可以，我们不会用，根本合不上口。小战士走之前特意叮嘱我们，高压锅煮饺子必须先把水烧开，把饺子放进锅里煮五分钟，然后盖上高压锅的盖子，压二十分钟，然后立即用凉水冷却，否则就成片儿汤了。说起来容易，高压锅没有把手，蒸汽腾腾，怎么好盖上？我们三人轮流上阵，也没有把高压锅的盖子合上。后来干脆把锅放到地上，三人合力把高压锅的盖子合上了，继续煮饺子，就像煮肉一样，估计差不多了，拿到水龙头下冲凉，冷却后打开一看，全成了片儿汤了，馅儿是馅儿，皮儿是皮儿，看来我们只能吃馄饨了。中午有些剩菜，对付一下就算过节了。在这个艰苦的地方还能奢求什么呢？没有酒，就是有也不敢喝。每逢佳节倍思亲，思亲喝酒焉能不醉人？我们准备了三瓶矿泉水，大家捧杯庆祝。想我的家人现在一定也做了一桌丰盛的晚餐，聚在一起吃团圆饭了吧。举杯相邀酒一杯，遍插茱萸少一人。中秋团圆夜，相思几人家？我们有约定，尽管只有三个人，也要欢欢喜喜地过一个有意义的中秋。

中秋暮渔

中秋节。早早地吃完了饭。

志林和王利回房间了。可惜停电，上网不成，电视也不得看。躺在床上睡觉，可是太阳还老高呢，躺着也睡不着。一个人在外生活太久，心也开始生锈。情绪就像一个非常容易被糖果诱惑的孩子，很轻易被一个哪怕是很小的念头所左右，某种东西在心底暗自滋生并且快速占据你所有的心灵。这念头就像一颗发芽的种子，任何理性思维都无法将其压制。一旦开始萌生，就仿佛是破土之后的禾苗，即便遇到石头的重压也要挺身而出。而我的寂寞，此时就是那出土的禾苗。

高原是寂寞的，必须找到解决寂寞的方式。正好前两天我去爬山，在后山的小河沟里竟然看到还有几条小鱼，可惜水太急不好抓，不知道这两天小河沟中还有没有鱼。一想到这里，我立即爬起来，提着水瓶到幼儿园身后的小河沟中捞鱼，打算带回来养。一是爱好，二是由于缺氧所致，据说小鱼养不了多久就会死掉，更重要的还是为了湿润空气。这里的空气太干燥了，每天晚上都要往地上洒水，但还是在半夜被干醒，口鼻干燥，呼吸困难，只好再一次起来洒水。用湿毛巾护住脸，这样感觉会好一些，可是往往刚睡着，毛巾就压到头下去了，这样做也可能会对身体有影响，所以想想还是作罢。于是我依然采用往地上洒水的办法来湿润空气。所以抓鱼并不一定是为了鱼，所谓醉翁之意也不在酒吧。

天已经凉了，有几个妇女在河边洗衣服、洗地毯。她们的笑声打破了这里的宁静，甚至盖过了哗哗的流水声；看到我从身边走过，便好奇地打量我，跟我打招呼。这里人少，来几次后她们也认识了我，我也熟识了她们，只是迫于语言的不同，她们跟我打招呼，就用手指一指我们的公寓，意思是说我是公寓里的干部。她们还给我们献过哈达。我告诉她们说我要抓小鱼，她们就笑，比划着很小很小不能吃。天冷了，这里的鱼也已经很少了。水流尽管不大，但是想捞到几条鱼并不容易，尤其是我不能下到河里去，这里的水都是雪山融化下来的雪水，刺骨的冰凉。我便在小河边重新划出一条河道，当然是非常小，只要把小鱼引过来就行，在下游做一个小水坝，然后将上游的水引走，这样我就有一小池子水了，坐在河边静静地等待，不久就看到有几条小鱼在里面游动。“涸泽而渔”是我的拿手好戏，幼年时没少演练过，不过已经有三十年没有玩儿过了。将池子中的水放干净，没想到我一下子捉到了十六条小鱼，大的两寸长，小的几厘米。大小对我并不重要，重要的是有鱼能养就行。

回家时已经是掌灯时分了，可是这里没有电，只有河边的小饭店用发电机发电才能看到一点灯光，给这个寂寞的高原带来一丝生气。我把这十多条小鱼分放到瓶子中去，发觉鱼多了，如果有个鱼缸和水泵就好了，我在县城找过好多次，没有卖鱼的，又怎能有这东西呢？有的人听说我要养鱼，鱼都是从河沟里抓来的，就笑着说这里的鱼养不活。其实他们不知道我的秘诀，我是每天两次往鱼缸里放氧气，每天更换一次新鲜的水，所以我的鱼可以活一个月。一个月后我可以再到河里抓一些，只要天不是太凉，河里的鱼还是有的，只是河里的水不能大意。

神奇的高原

西藏是世界上最神秘、最美丽的地方之一。一部电影《孔繁森》曾经感动了几代人。那里的恶劣气候和艰苦的环境令很多人流过眼泪。那曲和孔繁森工作过的阿里相距遥远，接近两千公里，阿里远，昌都险，那曲苦。那曲比阿里更为复杂的是气候和政治氛围。这里地域偏远，人烟稀少，受达赖分裂势力的影响大，反分裂斗争形势依然十分严峻。由于地处藏北高原两座山脉的结合部，所以山岭众多，雪山延绵，这里至今还有个别地方只能季节性通车。

西藏有众多的山峦，喜马拉雅山脉、横断山脉、昆仑山脉等山脉，珠穆朗玛峰，希夏邦马峰，唐古拉山、念青唐古拉山、冈底斯山等高山。山山相连，绵延不绝，从飞机上看，高低起伏，蜿蜒在云雾中，有如一个个驼峰，著名的“驼峰航线”就穿梭其间。藏北地区在唐古拉山和念青唐古拉山之间，属于高寒峡谷地带。

西藏有众多的湖泊，纳木错、孜如错、朋彦错、阿木错、昂孜错、巴松

迷人的夏季牧场

错等湖泊星罗棋布，美不胜收。据统计，西藏的湖泊共有1500多个，种类齐全，盐湖、碱湖、淡水湖应有尽有，是我国拥有众多湖泊的地区，在这里，湖泊常常被看作是大山对人类的慷慨馈赐。因为在这世界上海拔最高的地方，总是一山连着一山，山与山紧密相连，可以这样说，没有西藏的高山就没有西藏的湖泊，是大山赋予了西藏湖泊以躯体和灵魂。雄浑、壮丽、神奇的高山在孕育了众多湖泊的同时，也形成了金沙江、澜沧江、怒江、雅鲁藏布江等奔流不息的江河，成为高原的血脉。

这里至今仍然是待开发的处女地，也是地球最后的秘境。从六月进藏，我的心就开始变得非常脆弱，经常被感动着，感动得流泪，为它的神秘，为它的美丽和辽阔！高原的气候变化无常，山下花开如春，山上冰雪覆盖，可谓是一天走四季，十里不同天。

我喜欢这里的豪放，你可以信马由缰地放飞你的心，聆听天籁的声音而不必顾虑会影响到别人。在路上时常与你为伍的是牛羊和悠扬的歌声：

佛光穿过无边的苍凉
有一个声音幸福安详
清晨我挥动白云的翅膀
夜晚我匍匐在你的天堂
生灵顺从雅鲁藏布江流淌

时光在布达拉宫越拉越长
无边的草原放开怀抱
我是一只温顺的绵羊

我要去西藏
我要去西藏
仰望雪域两茫茫
风光旖旎草色青青
随处都是我心灵的牧场

我要去西藏
我要去西藏
仰望生死两茫茫
习惯了孤独黑夜漫长
雪莲花盛开在我的心房

目光放逐久远的渴望
大地的胸怀坦荡宽广
格桑花展开静止的翅膀
和我一起沐浴这圣洁的阳光

生灵顺从雅鲁藏布江静静地流淌
时光在布达拉宫之上越拉越长
无边的草原放开怀抱
我是一只温顺的绵羊
……

悠扬的歌声打破了寂静的山谷，手臂在你的身后不停地挥舞，让你感受着藏族人民的淳朴和热情。气候多变，交通不畅，可能对人的出行带来不便。近年来政府加大了对道路交通的投入，天堑正在变成通途。长途朝拜的信徒、略带沧桑的土坯房舍、背着牛粪筐的少女、豪放粗犷的牧歌，到处都是历史的积淀，到处都是不一样的风情！弯曲的是山路，厚重的是历史！我们的情播在这里，我们的泪洒在这里，我们接过了前人的接力棒，带着希望而来，带着使命而来，还要把这个接力棒传下去！

全心全意为人民服务，为西藏的发展作贡献，是我们的使命和义不容辞的神圣职责。改革开放以来，在全国人民的支援下，西藏发生了巨大的变化。基础设施不断完善，一条条富民之路在不停地延伸，一批批农牧民，住进了小洋楼，通水、通电、通信、通车。高原的老百姓正和内地人民一样，走向了和谐、富裕之路。而我们正是在发展最快、形势最好的时期来到了西藏，这里需要的不仅仅是资金的支持，还需要智力的支持和理念的更新。山高阻挡不住我们的脚步，路险吓不倒人们的追求。多干好事，少干错事，不干坏事，多为老百姓服务，多解决一些影响发展的瓶颈问题，脱贫致富的步伐就会快一些。不为他们干点事，万里之遥来援藏干什么？

飘动的哈达

据记录显示，那曲夏天的空气含氧量只有内地的55%，而冬天不到40%，比起空气质量优良的大连就差得更多。这里的火柴打不着火，就是因为氧气含量低。每晚都要在地上喷一层水，但半夜还是经常被渴醒，嘴唇都是白皮，一用力就扯掉一层。这里不缺水，大河滔滔，所以人们才把西藏称为“中华水塔”，但是县城还是很缺水，所有人家的水都要靠女人背。公寓的水用车拉，每天一桶，洗漱等都要靠这点儿水。一个月后公寓修好了，吃水问题终于得到解决。我本不是海边人，对海货无特别需求，比起同行的五个人适应得更快一些，但是体重下降很快。为了尽快地适应这里的环境，书记带领我们开始锻炼，开始是最小幅度的锻炼，主要是在楼下散步等，增加体力和适应能力。

在援藏的日子里，在藏北高原，在西藏广袤的大地上，每一天，每一刻，都发生着藏汉民族血脉相连、亲如一家的感人事迹。这里的干部下乡要自己带帐篷、干粮和被褥。但我到学校视察，荣布镇校长西热罗布把自己的住处让

高原藏野驴

给我们住，而他自己则和另外的老师住在一起，就是为了让大家住得舒服一些。

周末开车看看藏北的草原和牦牛。一行四人沿着茶马古道而行，在一处草坝子上停了下来。这里是一个夏季牧场，中午牧民把牦牛都集中在一个场子里休息。两个牧女在挤牛奶，见到我们到来，露出羞涩的笑容，五头牛半桶奶，白白的奶子，牧民的粮。看我们在照相，她们非常高兴，但是问话却笑而不答——她们听不懂汉语，通过司机扎西的翻译，我们和她们攀谈了起来，了解了她们的家庭和收入情况，比我们预想的要好很多。这家的男主人叫索朗扎巴，家中有六口人，四个孩子，有牦牛六十七头，生活条件不错。家中去年还买了大卡车。四个孩子有两个在小学上学。

六月中旬，回大连申请、汇报援藏项目的刘志林和乔文新回到了索县，他们面色苍白，反应比第一次进藏更为强烈，连续休息了三天还未好转。周六中午我喊文新吃午饭，但是喊了几声也没有动静，就忘记了这里的环境，不免加大了些嗓门——他没有听见倒不打紧，我差点昏了过去，大脑空白，出了一身的冷汗，若再用些力估计我就倒下去了。

记得有位哲人说过，当你得到它的时候，你不会觉得它的珍贵，只有你失去它的时候，才会体验到它的价值。的确，在大连海风拂面的日子从没有想到缺氧的感觉，但是到了这里，才真正体验到氧气的重要，哪怕是一分钟、一秒钟。由于教育工作任务重，“普九”、招生、创办远程教育示范县、筹办职教班等众多事情，要求我要尽快适应环境、熟悉工作，因此我是第一个下乡、也是下乡次数最多的人，经常是带着氧气瓶下乡，左鼻子吸氧，右鼻子流血，让我留下了难忘的回忆。

到荣布、江达、嘎木乡，山高路远，沟壑纵横，一不小心就会滚入深沟、落入江中，万劫不复。第一次下乡时我吓得不敢睁眼，手握住扶手不敢放松，感觉自己的命已经不在自己手中，走一趟就渡过一次鬼门关。后来几次下乡，竟然没有了这种恐惧，心里坦然了许多，可以谈笑风生了。我知道关键时刻不能自己吓唬自己，坦然地去面对，才能适应西藏的生活。你只有尽快克服恐惧心理，才能更好地战胜困难。不管是缺氧还是翻山，确实存在危险，但是不能害怕，越害怕越会出问题。如果你克服不了这种恐惧，你就不能解决你面临的问题，那你只好打起背包回家了！

阳光总在风雨后

一夜的大雨把县城冲刷得干干净净，山上的积雪把亚拉山装点得分外美丽，丝丝白云在山间滑过，更增添了些许神秘，不由得让人充满了对古老而美丽传说的向往。据说这里是神仙居住的地方，是典型的神山圣地，神仙自然是没有的，但山下居住了大批的牧民，可能都是神仙的后人吧。

清晨的索县到处都有一种清新的青草香，慵懒的人们和懒惰的太阳一样，还沉浸在被窝的温暖中，整个县城还没有睁开惺忪的睡眼，几只小狗在大街上游荡，清脆的叫声打破了高原的宁静，报告贪睡的人们，新的一天已经到来。

县政府大院里到处都是积水，有的地方可以没过脚面。昨夜回家时我不小心掉到了坑中，以为这里全是积水，天明看清没有想象的严重，完全可以绕着积水坑走过去。大连的周晓帆先生来索县视察投资的儿童福利院并慰问孤儿，早晨想看看县城的全貌。我们赶早出发，想一睹高原日出的精彩。天不作美，早晨起来还是细雨蒙蒙，恐怕不能看到日出了。沿着大路往后山进发，想拍摄山后的古赛马场和尼姑庙，蒙蒙细雨增加了大家的游兴，大家被这里的纯生态所吸引，在赛马场、在赞丹寺后、在天葬台前、在索河东岸不停地拍照留念。我曾不止一次被这里的美景所吸引，为追寻一个美丽的传说而留恋，但是从来没有在细雨中漫步过。五月的高原依然带着寒意，毛衣、毛裤、羽绒服还必须穿戴整齐。天阴沉沉的，小雨时而飘洒，时而停歇。阵风吹过，带给你的是阵阵的清香。细雨中不时夹杂着雪粒，时缓时急，让你无处躲藏。

九点钟，雨雪终于停下来。太阳露出了笑脸，多日的阴霾一扫而空。在阳光的照耀下，高原更加美丽妖娆。白云、雪山、绿地、牛羊，一幅幅美丽的画面，到处都充满了诗意。县城也欢畅起来了，牧人出发了，悠扬的歌声传遍了大街小巷，催促着晚起的孩童要快些起来。一个个背着书包的学生正往校园奔去，成为高原的独特风景。背水的少女压弯了腰脊，不服从“管理”的小辫子朝天支在头上，很有节奏地来回摆动着……

刘文斌的右臂受伤了，拿不动相机，可是他依然不停地拍照，单腿跪立，左臂擎起相机，滑稽的样子让人发笑。可是每次离开一个景点他都是最后一个上车，想把高原的美景都装进自己的镜头，装进自己的视野，带回远方的大连。

甲流袭来

那曲行署和地区教体局联合工作组在索县督导“两基”攻坚工作。索县要代表西藏迎接国家的验收，而生源的反复是一个大问题，也是制约教育快速发展的瓶颈。现在的学校基础设施不断完善，教师数量和水平不断提高，教育质量稳步提升，加之国家实行的“三包”政策，确实给高原的孩子提供了一个极好的学习环境和氛围，这种优惠政策在内地是很难享受到的。但是由于对教育重要性认识的不足，仍然有许多家庭不愿意把孩子送到学校来，送子女上学的积极性不高，所以招生劝学成为地方政府的一项重要工作。

经过三天的检查，工作组一行高度评价了我们的工作，索县的学生巩固率在全那曲地区是比较高的。当然这种认识上的改变不是一朝一夕所能完成的，而是需要一个较为长期的认识、提高的过程，更为重要的是要让广大的家长看到孩子读书的好处，认识到上学的重要性。今天我们要分头到几个乡镇学校去，就在临出发的时候，地委行署领导接到边巴扎西书记的电话，要求地区工作组领导立即返回那曲，处理出现的“甲流”问题。昨天夜里，地区中学发生了一起“甲流”疑似病例，尽管还没有明确，但从试纸测试中呈现出阳性，血液样品已经送往拉萨进行检测。行署副专员和地区永扎局长紧急返回那曲处理应急事件，临行前嘱咐县政府和教育局，要加大“甲流”的防控力度，做好防疫准备。

甲型流感已经在内地流传一段时间了，但在高原还是很少见，因为这种病多数都是输入型的，在这里并不一定就是真正的“甲流”，我们都这样安慰自己。但是我们很清楚，一旦这种病传入西藏，后果不堪设想。因为这里的医疗条件很差，就医路途遥远，群众的卫生习惯差，所以一旦出现流感病例，很快就会传播开来，想要控制在小范围内困难极大。当前最为紧要的措施是堵住源头，防止流感向这里蔓延。

高原的早晨

按照中央和自治区的部署，在县委政府的统一安排下，我们制定并下发了防控的预案，针对教育部门人员比较密集的实际，进行了针对性的部署，要求每个学校都要制定自己的防控预案，在校园加大“甲流”的预防工作，提醒广大师生加强这方面的工作。立即封闭校园，严格控制无关人员进出学校，家长和外来人员一律设置接待室，禁止与师生有密切的接触。

地区出现流感疑似病例后，县委、政府再次紧急行动起来，县医药厂赶制了万份中医预防药物，先行下发到师生手中，作为中医方面的一种预防。同时，进一步加大宣传和校园的封闭，做到防控工作不差一人、宣传工作不落一户。一种紧张的氛围在这里弥散开来，学校也出现了骚动。家长到学校找学生以各种理由要求回家的现象越来越多，县中学还发生了家长和老师为孩子回家发生口角的事情。老师劝家长不要领孩子回家，毕竟在学校安全性更大，一旦有问题也离医院近，不能有些风雨就不上学了，可是家长听不进去这些，怕是在县城有危险，坚持要把孩子带回家去。我知道这次考验比迎接自治区“普九”验收要大得多，加大防控宣传和加强校园管理必须再次提高到空前的高度。要让广大师生和学生家长认识到“甲流”是可防可控的，并不可怕，没有必要自己先恐慌起来。其次，必须加大教育内部管理，严防外来人员进出校园，从源头上堵死传播的渠道。第三，要完善预案，一旦出现了群体发烧事件，要有一套完整的应对预案。

一个月前收到自治区的通知，要求加强校园防控“甲流”的工作，提出了很多具体而明确的要求。当时大家都说在西藏不可能有“甲流”，因此大家不免在思想上有所放松，认为转发几个文件就可以了。但是我还是坚持要结合我们地区的特点，认真落实好这项工作，把控制“甲流”传播与加强校园管理、创建平安校园结合起来，把校园防控与家庭宣传结合起来。要求学校建立安全管理工作预案，教体局成立防控“甲流”领导小组。在交通和医疗卫生条件都很落后的西藏如果发生“甲流”，医治起来该有多么艰难，所以严防死守是上策，绝对不能让这种传染性极强的疾病在牧区传播。送走工作组后，县委政府紧急研究，尽管这里还没有出现病例，但是大家都知道流传过来的可能性极大，必须立即行动起来，投入到解决这场突发事件工作中去。

我们组成了三个工作组，再次下乡到各乡镇，检查各学校的防控工作。没有车子，就派工作人员骑摩托车到热瓦、若达等比较近的乡镇和教学点；教体局和卫生局的车子则到偏远的乡镇学校去。因为索县没有工矿企业，学校和医院是人员最为密集的地方，所以也就成了重点防控的单位。通过近1周的检查，我们认为，各个乡镇和学校都高度重视这项工作，确实做到了群防群治，防患于未然。通过多方努力，县里为每个乡镇学校配备了一个医务室，常用的药品配备到位，医务人员由县镇卫生院医生和学校的兼职教师临时组成，并对卫生院医生进行了首次基本培训。但是由于时间紧张和培训准备工作不足，学校兼职校医的培训工作还没有进行，与卫生局局长联系了多次，也与丁县长进行了汇报，由于人手和交通方面存在问题，依然没有得到完全解决。医院条件有限，人员严重不足，在防控的紧张时期，搞大规模的人员培训不合时宜，本身就造成了人员集中，也可能造成另一种传播，所以这种培训主要落实到乡镇卫生院。尽管培训的力度和水平都相当有限，但也只能如此进行。

对于个别学校出现的疏忽问题，通过现场办公的形式进行了整改；对于个别学校的医务室不健全等问题，也已经通过现场办公的形式进行了整改，保证了每个学校都有1个比较正规的医务室。学生一旦遇到发烧等问题，可以第一时间找到老师，及时与地方医院取得联系，防止由于工作环节出现不畅而影响到学生的救治。同时教育局研究决定，拿出两万元的资金，作为中小学防控流感的专项资金，用于解决学校防控工作中由于资金的问题而影响宣传和引导工作，以进一步加大校园防控工作的管理，应付可能出现的流感病例。在高原，一场应对“甲流”大流行的防控工作就这样全面展开了。

防抗甲流

西藏自治区卫生厅通报，西藏一名甲型H1N1流感患者于十月四日死亡。据介绍，患者为西藏拉萨市墨竹工卡县人，女性，十八岁，十月三日，因咳嗽、咽痛、全身酸痛，到拉萨市墨竹工卡县人民医院就诊，当日体温曾一度高达40摄氏度。墨竹工卡县人民医院将患者收治入院并给予抗病毒、抗炎及对症治疗。十月四日三时二十分，患者病情突然加重，出现烦躁、意识不清、呼吸急促等危象，医院立即进行抢救，后经抢救无效死亡。

由于是全国首个死亡病例，这件事立即在当地引起了较大反响，成为人们茶余饭后谈论的话题。甲型流感是输入性病毒，高原和内地相比，人口流动性要小得多，估计不会大面积流行，要担心的是病毒变异，如果出现变异类型，无疑是非常可怕的事情。

出现死亡病例后，这里的防控形势严峻起来，企事业单位、学校等人员密集区防控尤其重要。自治区和地委行署下发多个重要文件，县委、县政府也多次召开工作会议，落实具体的防控工作。按照政府的部署，我们加强了学校的安保工作，对校园进行封闭管理，学校设置接待室，家长来访和接送学生控制在最小的接触范围内。利用板报、学习园地、主题班会等机会加强防控宣传，引导师生科学防控，避免出现人为的传谣现象，防止逃学情况发生。卫生防疫部门进入校园对重点部位进行消毒处理。在我们的努力下，学校师生的情绪稳定，确保了学校正常的教育教学不受影响。

尽管我们做了很多预防工作，但是流行病还是在索县蔓延开来，先是完小，然后是中学，出现了发烧学生，试纸检测呈阳性，初步诊断为“甲流”疑似病例。县政府紧急启动防控预案，把发烧的学生送往医院进行隔离治疗，校园实行全封闭管理，不允许外来人员进出校园，所有到学校检查、培

检查乡镇学校的防控方案

训的工作也暂时停止，防止病情进一步传播。防疫部门对学校教室、宿舍、食堂都进行日消毒处理，召开师生大会，讲明情况，避免引起学生不必要的恐慌，让广大师生明白“甲流”是可防可控并不可怕的。

内地有很多学校都放了假，我们与上级主管部门和县委政府密切合作，一天一汇报，出现问题及时汇报，及时采取有力的措施，稳定了局势。为了确保“甲流”不再进一步传播，经政府同意，鉴于目前病情还在可控范围内，我们坚持上课不放假。因为一旦让这些学生回家，必然会把病菌传播到乡村去，那里的医疗条件更差，防控的难度更大，极有可能造成“甲流”的大流行。通过1周的努力，疫情得到了初步的控制，得病学生逐步好转，及时返回了校园。尽管防控形势依然很严峻，但是没有进一步出现发病情况，说明我们的工作取得了很好的成效，疫情得到初步遏制。防范“甲流”是一场战役，在西藏由于受到地域和医疗条件的限制，防控工作更加复杂和艰巨。在这期间，机关的每个人都肩负着极为重要的工作，政府一天一次例会，中学和完小一天两次汇报，研究和落实好每一个细节。我们深知，多付出一点努力，学校就多一份安全，孩子就多一份保证。例如对在医院的孩子，我要求学校要成立领导小组，派人到医院陪护好学生。尽管老师也担心自己被传染，但是这个时候，要求我们的党员、干部和广大教师必须全力以赴照顾好学生，多做安抚和后勤工作，减轻孩子的恐惧心理，鼓励他们早日战胜病魔。教育局紧急购置了一批毛毯，提供给在医院住院的学生，确保孩子们在医院吃药有人管、住宿冻不着、孤独有人陪，让孩子们在学校和医院都有人照顾，不孤单，不害怕。

疫苗风波

十月下旬，首批疫苗到了，考虑到教育系统防控任务重的实际，政府把疫苗的绝大多数优先调配给学校，一次性为学校配备了四千支。因为疫苗数量不足，我们决定全部一次性下放到基层学校，首批疫苗注射，机关人员一律不得参与。遗憾的是广大教师和学生家长对疫苗了解不够，听说打疫苗要签字，对于可能出现的后遗症有很大恐惧心理，拒绝注射疫苗，三天过去仅有十三个学生注射疫苗。疫苗是当前防范“甲流”传染的最为有效的手段之一，尽管可能出现一些副作用，但是我们不能因为可能的副作用就不去防范。原来以为大家会争先恐后打疫苗，可能会出现疫苗不够的情况，事实上，与我们的预想恰恰相反，没有人愿意打，担心会出现后遗症。各个学校的师生都开始观望起来，我知道，此时再怎么宣传恐怕效果也不大，带头注射疫苗为广大师生做好表率比什么都重要。看来，这种优先的福利要首先给领导干部了。我们就要求教育系统的党员、干部和学校领导首先注射，带动广大教师先行动起来，给家长和学生做好示范，让他们看到注射防“甲流”疫苗并不可怕，领导和老师们注射了疫苗什么事情都没有，还不用再害怕得上流行病。流行病本身并不可怕，要积极防范还需科学防控。局领导们第一个打了疫苗，打消了师生和家长们的疑虑。通过两天的努力，各学校的领导、老师纷纷注射疫苗，看到没有什么事情，学生开始抢着注射疫苗，这件工作终于顺利结束，为当前的“甲流”防控工作奠定了坚实的基础。在关键的时刻，单纯地说教并不一定能起到好的效果，危险时，党员干部表率作用往往可以带动一片，推动一批。行动比语言更伟大，尤其是在人命关天的时候。

意外失去了一位好校长

天路也是不测路。2008年2月23日我刚熄灯睡觉，一阵急促的电话铃声传来，在寂静的黑夜格外刺耳——我知道肯定是有什么紧急事、麻烦事。这些年在一线工作，我已经深有体会，深夜来电话没有一件事是顺心事，不着急就不会深夜来电话。电话是罗布仁青局长从索县打来的，说西昌乡小学校长扎西塔巴从县城回西昌的路上发生坠崖死亡事故，政府和公安局的同志已经到达出事地点，现在正在处理后事。最近索县大雪，道路非常泥泞，已经出现了多起交通事故。扎西塔巴校长到县城领取教师工资，在回家的路途中摩托车翻入深沟，当场死亡。我感觉很意外，也很难受。扎西塔巴还不到四十岁，竟然出现了这样的意外。2007年我多次到西昌小学视察，和扎西塔巴校长已经很熟了，他是一个话语不多但很热心的校长。他的汉语水平不好，常常听不懂我说的话，需要教师给翻译，但是每件事情只要搞明白，总是努力地去完成，没想到竟然出现了意外。塔巴校长留下两个孩子和一个没有工作的妻子，家庭生活非常困难。罗局长问我该怎样处理，因为他也从来没有处理过这种事情。正赶上我在家休假、办公室老陈也在家休假，机关只有几个人上班，我立即建议他们开会研究，按照当地的风俗处理，同时要注意几个问题：第一，送一些慰问金给扎西塔巴校长的遗属，安排几个教师到他家，帮助他们处理后事；第二，请求纪检部门协助清理账目，妥善处理好财务的问题；第三，向上级部门汇报死亡经过，同时申请注销户口；第四，尽快物色任命新校长，筹划好开学前的各项工作。

假期还没有休完，我便匆忙地返回了索县。因为开学前的工作千头万绪，尤其是扎西塔巴校长死亡事件善后事宜还没有处理完毕。听取汇报，探讨解决的办法，探望遗属，到西昌学校调研考察等等，这件事最终到六月份才完全解决。期间涉及到家庭的照顾、校园周边商店的柴米油盐等很多问题，想来头都大。但是无论有多困难，我都要努力去解决，让学校尽快走出阴影。

西昌乡是一个小乡镇，人口少，因此学生也不多，教师仅有九人。内部没有产生校长，因为教体局领导考察了几个人都不是很满意，况且教师们都不愿意当校长。在内地从一名普通老师到小学校长要经过多年培养和锻炼，需要多年的打拼，在这里完全不一样了，大家没有愿意当领导的，其他几个学校也出现了这种情况。询问他们不愿意当领导的原因，他们说是当领导太累了，太操心，一分钱的补助也没有，还经常挨乡镇、上级领导的批评。不能苛求我们的教师，在这里当干部实在是太艰难了，没有良好的素质和坚韧不拔的毅力确实是很难胜任的。尤其是这里的校长，肩上的担子比内地的校长要重得多，除了管学校的各项工作外，还要负责招生和劝学，学生放学回家时有时还要护送。单位人不够，找不到合适的工勤人员，有的校长就自觉地肩负起这一额外的任务，确实很苦。

世界上没有强迫的事情，即便强迫也不会干好。我们从中学考核了一个比较优秀的教师，到西昌乡中心校当校长，原来的副校长分管后勤工作。这件全县关注的不幸事件终于有了一个还算是圆满的结局。

情系灾区

就在人们沉浸在迎接奥运的喜悦的同时，一个巨大的灾难袭来——五月十二日四川汶川发生了大地震，死伤惨重。从电视上看到那一幕幕的景象后，所有人都哽咽了。四川今年多难，从雪灾到旱灾再到这次大地震，承受得太多了。祖国承受得也太多了，现在离奥运还有八十来天，衷心地祝福奥运能举办成功，四川能尽快渡过难关。

为了纪念在震灾中被夺走生命的同胞们，举国同悲，哀悼三天——每天的十四时二十八分默哀三分钟！这三天，一切娱乐活动全部停止，并且降半旗。三天来，四川天府广场上聚满了人。人们举着国旗和写着“国殇”、“四川雄起”的白色标语，站在广场上。标语和红旗举得高高的，人们用各种方言喊出自己心里的话，“四川雄起！四川加油！”不少人的眼泪落了下来，眼睛和鼻子也哭红了。十四点二十八分，长长的警报声响起，聚集在天府广场上的市民们都低下头，全国人民低下来头，为遇难的同胞们默哀。一股悲伤而肃穆的气氛在广场上弥漫，一滴滴鲜血从我们的心中渗出，我们心疼呀！

举国哀悼，国旗低垂！呜咽，诉说着无尽的哀思。全国举行哀悼活动，深切哀悼在这次灾害中罹难的同胞，以最庄严的礼仪表达对生命的尊重，祈愿逝者安息、生者坚强。从灾难发生后，党中央从“第一位是救人”、“千方百计不惜代价救人”的最高指令，到对遇难者遗体处理、尊重群众意愿和地方风俗，从妥善安置群众，到保证“有住处，有饭吃，有干净水喝，有病能就医，孩子能上学”。看似简单的几个字，但是字字千斤，背后都有无数人脚不停歇的奔波，都有全国人民捧出的颗颗爱心。严重的自然灾害可以让我们暂时陷入

在念青唐古拉山脚下

悲痛，却无法击垮我们对于美好生活的追求。十三亿人血脉相连的手足真情，让我们有决心、有能力战胜任何艰难险阻，一路披荆斩棘，走向新的胜利。

身处西藏的我们也受到了冲击，连日来出现多次余震，有几次震感十分强烈。当雄县宁中乡的地震出现了人员伤亡。这几次地震，索县有震感，但没有出现人员伤亡事故。大家都在议论，在这个仅有一条通路的怒江上游发生大的地震，肯定会出现堰塞湖，救援车都无法进入，后果不堪设想。而四川映秀镇的地理位置和我们的很相近，一条通道贯南北，两侧高山映秀峰，风光秀美，但是一旦出现堵塞，打通交通线则非常困难。连日来我们都在泪水中度过，谈论的话题也没有一句离开灾区，期盼和祝福灾区人民早日度过这场灾难。西藏和四川一衣带水，很多人都来自四川，身边也有四川教师和机关工作人员的家中遭了灾，出现了伤亡。施工队的监理见到我抱住我痛哭，说家中已经夷为平地，二十年的辛苦一下子没了，幸而没有人员的伤亡，这已经是不幸中的万幸了。中华民族是一个多灾难的民族，但是我们从没有被困难和灾难吓倒，相反，灾难把中国人的心更加紧紧地连在了一起。大家都非常关注这场大灾难，纷纷捐钱捐物，连小学生都自觉地捐出了他们的压岁钱。灾难大，救援难度大，恢复重建难度更大，但是困难再大，也压不倒我们，因为中华民族从来就是压不垮的民族，因为我们有伟大的中国共产党。人间有大爱，汶川不孤单！只要真爱在，就会有明天！

一方有难，八方支援！我们在行动！地处边陲的党员干部和全国人民一道，纷纷以各种形式向灾区捐款捐物，表达对灾区人民的爱心。索县教体局党员积极响应县委的号召，怀着对灾区人民的深切关爱之心，为受震灾区交了一次特殊党费。尽管许多党员刚刚捐过款，但在大灾面前，党员干部还是再一次慷慨解囊，奉献着自己的爱心，以这种特殊的方式，表达一名共产党员的党性和崇高的社会责任感。全局十三名党员共交“特殊党费”12830元。

在西藏捐了两次款，特殊党费捐出1400元，但是总觉得缺点什么，我觉得自己心里空落落的，总有一种莫名的不快堵在心口，眼泪也不时地滑落。我应该再努把力，为灾区奉献一点爱心，和夫人商定，如果可能，就收养一个孤儿，这个举动得到了儿子的大力支持。和四川省民政厅联系，他们说要统一安排，对于愿意收养的家庭要进行考核，符合条件的才能收养，更多的孤儿国家将会统一安置。看来收养的问题还要等待，也许我没有这个资格，但我期待着能有这个机会。

五月二十三日，儿子哭着来电话说，看到汶川地震很难受，哭了好几场，明天学校举行捐款，要求每个人捐1元钱，不建议多捐。因为小学生还是未成年人，主要是要培养这种关心他人的好品质。儿子说他想多捐些，问我该捐多少。这是儿子首次自己要决定的事情，当然应该由他自己决定，他说已经和两个同学商量好了，想捐一百元，问我有没有钱？因为我平日里对孩子管理很严，从来不给孩子压岁钱，孩子手中没有钱，自然也养成了不花零钱的好习惯。这次令我高兴的是，我的儿子长大了！善良的孩子有颗爱心，懂得关心别人，是件多么难得的好事情呀。我的好孩子，再多爸爸也要满足你的愿望，一颗善心是多少钱也买不来的。尽管我们的一点爱心是微不足道的，但是就是这微不足道的涓涓细流一定会汇聚成滔滔的大海，一定会帮助灾区的人民树立更加坚定的信心，一定会帮助灾区重建家园！

晚上又接到儿子的电话，他说他很高兴，今天第一个捐了款，他们班有4名同学和他捐得一样多，家长都赞同他们的决定。老师问钱是不是自己零用钱，孩子告诉老师说自己从没有压岁钱，这次捐款是小朋友们自己决定并征求家长意见捐的，老师才同意并夸奖了他们。我在恍惚中有一些感动，真是一个能抓住教育机会又细心的好老师，他们捐出的不仅仅是一元钱、一百元钱，也许他们的钱很少，解决不了什么实际的困难，但殊不知，他们培养的爱心将永远延续并发扬，其本身的意义则要大出很多。

来自家乡的问候

收到了来自家乡的邮包，是区委组织部寄来的中秋月饼。

在藏北高原，大家注重的是本民族的节日，所以在内地商家大张旗鼓推销各类月饼和开展商品促销的时候，高原还是静悄悄的，没有一点儿节日的气氛。也许这里原本就是这样。据说，这里过中秋节只是近几年的事情。现在县城的汉族人多了，大家之间交流往来得多了，各种礼节、习俗、节日自然就相互影响、渗透和共存、融合了。

打开邮包，一张“祝弟兄们节日快乐!”的字条让大家倍感幸福。要过节了，组织想念着我们，家乡人惦念着我们。书记给我们每个人分了一块月饼，说剩下的两块留到中秋节的晚上赏月时再吃。尽管这里偏远，节日的氛围也不浓，但是月饼还是能买到的，只不过家乡的月饼更甜更香。家乡的亲人时时挂念着我们，一个电话、一句不经意的问候都能让我们激动好几天。发生雪灾、地震、动乱等重大事情后，组织部的电话总是第一个打来，询问灾情、社情，询问县里的情况，询问弟兄们的生活有没有保障、有没有危险、有没有困难等等。组织把温暖带到边疆，把兄弟的冷暖放在心上。寥寥数语，没有更多的寒暄，但那种亲情却胜过万千。这时候忘记了孤单，淡化了危险，公寓里一下子热闹起来，有了笑声，有了人气。家乡的变化、气候的变迁、发生的大小事情都是我们谈论的话题。没有什么结论，没有什么结果，但是它往往就是我们的全部，仿佛如此我们才能感到没有离开家乡，我们还和家人在一起。

除了市委组织部的问候外，让大家尤其感动的是我们的大嫂——书记的夫人王慧男，她是一个非常细心的女人，每次问候都赶在大家吃饭结束的时候，我知道她一定在家里看着表等待我们吃饭，她经常在不经意的时候给我们惊喜，每个邮包都不忘记所有的弟兄。我们也幸福于这份惊喜中，分享来自家乡的问候。大家不在乎包包里的内容，幸福的是邮包里的温柔。

县委副书记到公寓慰问，怕我们节日孤单，特意来陪陪我们。看见我们自己煮的饺子，乐了。他说他刚到索县的时候和我们一样，不会做饭，不会使用高压锅煮饺子，这里面很有学问。

召集几个汉族干部和我们一起聊天，叙家常，他们是怕我们节日里寂寞思乡，其实大家谁不是孤身一人来高原呢，有的尽管夫妻都在西藏，都在一个地区，但是相互之间有的距离上百公里，半年都难得见上一面。孩子在内地，三口之家分居在三个地方，一年也就一次短暂的团聚。相比之下，这些在藏的干部更不容易，他们付出得更多。还真得感谢他们，正是由于他们的帮助，和大家在一起，公寓才有了欢快的笑声，我们在索县度过了一个非常有意义的中秋节。

晚上我一个人喝了一瓶酒，由于好久没喝酒，彻底地把自己放倒了，我本想好好地睡一大觉。可是却没有一点困意，也没有和家人联系，不知道他们过得怎样。父母早已经熟悉了我在外奔波的日子，估计早已经睡着了。妻子有孩子陪伴，想是不会孤单吧。拿起电话又放下了，还是不打的好。原本没有什么，何必给他们增加烦恼呢？难得有一个人独处的体味，电话不停地响起，我不敢去接，是你吗？

迎接地区工作组

六月二十四日，迎接地区工作组。

索县人好客，每次有工作组来检查工作，我们都要到指定的地点迎接，有时也到县域边界处迎接。我们上午就从县城出发，可是我们在边界等了许久也没有等到工作组到来。电话也打不通，没有信号，只好焦急而又耐心地等待。过了好久，地区局车子到了，但是地委行署的车子还没有到。又过去半个小时还是没有到，大家非常担心，是不是出了什么问题，这里的路况极差，经常有车祸发生。我上次去那曲开会，车子就坏在这段路上。2007年的十一月二十八日，这里就发生了车祸，大客车翻入深沟中，二十多人死亡。我决定打破接人不过界的规矩，前去迎一下。真是出事了，原来就在前面10余里的地方发生了事故：地委行署的车子和对面驶来的车子发生了侧刮，后视镜刮掉了，车子停在悬崖边，再往前一点点就会翻到三百多米深的悬崖下边。真是悬死了，地委行署沙扎秘书长就在车内，幸亏没有出事，否则后果

培训会一角

不堪设想。经大家共同努力，车子被推到路上来。

沙扎秘书长轻描淡写地说了经过，就像说故事一样，但是每个人都知道故事的背后是多么凶险和可怕。在这里工作的干部每天都会遇到这样危险的事情，不知道哪天这样的事情会落到自己的头上，彼此也都有这样的心理准备。我们每次下乡都要和大家告别，互道平安，其实也担心怕是永别。大家先到热瓦乡检查工作，顺便吃了点儿野餐、牛肉和酥油茶。就在河边上，"哗！哗！"的水声伴随着牧笛悠扬的声音传来，倒是优美得很，可是谁也没有心思欣赏这美景，饭后我们立即奔赴若达乡。这里距离热瓦仅仅十三公里，但是汽车要行驶五十分钟。山高路险，沟壑纵横，不由得让你紧紧抓住车扶手，手心冒汗。这条路我来来往往已经走过不下十次，哪个地方有险坡，哪个地方离水沟近，心中都十分清楚，没有什么担心的。

沙扎秘书长一路上谈笑风生，就像没有事情发生一样，我心里由衷地敬佩。也许是这样的危险他们经历多了，所以也就逢险不惧了。我们建议工作组先到县城休息一下，安顿下来之后再下乡，但是秘书长执意要前往两个乡镇，他说顺路检查，时间很紧张不能耽误。这就是让你敬佩的藏族领导。应该说，在路上行车，谁都会遇到刮刮碰碰的，本是平常，只是在这段狭窄弯曲的悬崖路上，实在是危险。一辆车还可以，就怕遇到错车，当地的司机走长了这段路，根本不惧危险，有时候车子开得很快，转弯也不打喇叭，发现对面的车子已经来不及了。

筹备会议

这两年在索县最忙碌的事就是到学校视察，组织劝学工作。地区工作组也经常来视察。每当这时候，就倍感人手不够，能跑腿的人手太少，写材料的人文字功底太低。幸好还有一个办公室主任陈开科，所以，很多文字材料都要压给他写，整天在那里忙材料。找过两个助手，文字都不行，写出来的东西没法看，所以先后退了回去。2007年，迎接地区教育督导团，迎接自治区“普九”验收，迎接国家和自治区远程教育考察组，都是大型团队，需要考虑的问题实在是太多，有很多需要协调和汇报的地方。这是在大连所没有经历过的，这种工作特别锻炼人，晚上睡不着觉，翻来覆去地想，因为一处想不到就会出现纰漏，场地不走一遍不放心，材料不修改一遍不放心。

经过了几次大型的现场会，政府对教育部门的组织工作已经很有信心，主管教育的吾金才塔副县长也由原来的事必躬亲变为电话联络了。他分管的事情很多，所以我也尽量地不去打扰他，有事情电话汇报，除非自己决定不了的事情。有一个愿意替属下分担、敢于承担风险和问题的主管领导是我的福分，我也尽全力配合好工作，让这种默契的合作、这种兄弟般的上下级关系成为藏汉干部团结的典范。

就要举办自治区农牧区远程教育现场会了，自治区、地、县三级政府都非常重视，先后来到县里检查指导工作，自治区电教馆领导更是派出专家在索县坐镇指导。经过一年的努力，我们认为有了很大的进步，自治区终于同意召开现场会，向全自治区推广我们的做法。汇报材料已经审核完毕，由我代表索县做工作汇报。已经召开了两次筹备会议，但是一些细节问题还是没有完全落实到位。会议初步定为参观五所学校，县城两所，乡镇三所。由于人员众多，加上县城还有两个工作组，将近百人，整个县城也没有这么多的床位！在我们的协调下，一个工作组改变行程，为我们挪出了房间，这样两个招待所和一个私人旅馆刚好全部排满，个别原索县地区司机和领导都安排在教师家里了。

农牧区远程教育现场会

七月二十二日至七月二十三日，西藏自治区农牧区现代远程教育现场会在我县隆重召开。自治区教育厅刘昌亚副厅长、自治区电教馆史平馆长、郭元博副馆长等领导亲自出席，那曲地区行署嘎玛仁青副专员、地区教体局永旦扎巴局长、地区电教馆领导、地区教体局驻索县主题教育工作组有关领导，地区所属各县（区）主管教育副县长、教体局局长、电教员，地直中小学校长、电教员、幼儿园园长，共计八十四人参加了会议。

与会领导实际观看了我县中学、县完小、热瓦乡中心小学、亚安初小四所有代表性的学校远程教育工作试点情况，通过听取学校工作汇报、查看资料、深入课堂实际观摩、个别走访等形式对我们的工作进行了全面了解。考察结束后，于七月二十三日下午召开了总结会议，自治区教育厅副厅长刘昌亚同志、地区行署副专员嘎玛仁青同志、地区教体局局长永旦扎巴等领导同志分别做了重要讲话，对我县的试点工作给予了充分肯定。会议听取了地区电教馆领导关于在索县开展远程教育试点情况的汇报，听取了我的《索县教体局关于远程教育试点情况的汇报》，那曲县、聂荣县代表在会上进行了交流发言，最后进行了会议表彰，县完小和县中学获得自治区“远程教育特色学校”光荣称号。与会代表纷纷表示，回去后一定把自己看到的、学到的好

远程教育现场会

自治区刘昌亚厅长与师生们在一起

做法、好经验进行认真地推广，推动本县远程教育工作的全面开展。

这次现代远程教育试点现场会的胜利召开，标志着那曲地区现代远程教育工作又迈出了崭新的一步，必将为我地区全面运用现代化教学手段、提高教育教学质量奠定良好的基础，具有划时代的意义。

召开一次自治区级的大型现场会，这在索县的历史上还是第一次。索县历来都是以不稳定、维稳任务艰巨、群众纠纷频繁而在那曲地区甚至整个西藏出名。山高路远、沟壑纵横的索县，很少有外地的人员到这里来，与会的那曲地区的很多县长、局长都是第一次到这里。一个地区的人对于这里的了解都如此少，可见我们举办这样的现场会是多么重要！也正因如此，在我争取远程教育试点县的时候，地区和自治区的个别领导都有一种担心，索县的基础能行吗？短短的两年时间筹备能出成果吗？但是我始终相信，只有想不到，没有干不到的事情，只要努力就有希望，用心干事就会把事情干好！

两年来，为了筹备现场会，我多次跑教育厅、电教馆、地区教体局，争取资金，争取设备，争取技术支持。我深知这不仅仅是筹备一个省级现场会，更是在全面推进区域教育水平的提高，对教师队伍素质的提升，对提高教育质量，对让全县干部头痛的“控辍保学”、全面普及九年义务教育都具有重要的意义。这也是科技援藏、技术援藏、人才援藏的具体体现。现场会只是一个平台，我们要通过这个平台，全面提高教师素质，全面提升教育质量，全力打造高原教育强县。

刘昌亚厅长与孩子们在一起

两年前，我争取到试点县的机会后，几天没有睡好觉——我们的基础实在是太差了，全县几乎没有一个完整的微机室，只有中学可以上网，有的乡镇小学仅有1台电脑。教师们的信息技术水平很低，有的连光盘教学都不会，学生的基础就更可想而知了。这样的基础，两年时间要走在全自治区农牧区教育的前列，要做的工作千头万绪，该如何抓下去？您也许说我在异想天开，您也许会说我疯了，您也许会说我不自量力，但是我觉得这是提升教育质量的最佳途径。工作是艰难，也是自己找来的活儿。没有这样的工作，压力会减轻很多，正所谓“多一事不如少一事”。但我只信一条，组织赋予我权力是为民谋利的，不是来西藏混日子的。只要努力，肯定就会有收获。援藏干部带给地方的不仅仅是来了一个局长，还要有资金项目的帮助，更为重要的是有观念的提升！对于西藏农牧区教育而言，最为重要的是教师的培训、理念的提升！

由于交通和信息的闭塞，外加上季节性通车，有的教师一年才到县城一次，更不要说到地区、到拉萨、到内地和国外了。世界正在发生日新月异的变化，科学技术在飞跃，教育理念在更新，然而在这里，教师们甚至几乎没有什么必要的培训。每年地区教体局都举行各种形式的培训会，但是限于交通和路途的因素，每次能幸运地参与学习的教师寥寥无几。教师的素质得不到提高，教育质量焉能提高？孩子和家长看不到学习的希望，哪里来的上学积极性？有的乡镇从解放以来就没有考出去的学生，家长们对教育的呼声是极为迫切的，没有哪一个家长愿意让孩子接过自己手中的牧羊鞭。我深知，足不出户就可以看到外面的世界，让高原的孩子享受和内地一样的优质教育资源，远程教育是极为重要也是非常可行的途径。自治区和那曲地区都在积极推进这方面的试点工作，谁站得更高，谁就看得更远，谁行动得更早，谁就可能在这次教育革命中走得更远，从而赢得更好的先机。

事实证明，我的努力是极为正确的。近年来中央和自治区政府加大了对教育的投入。在先后解决校园危房、实现楼房化和学生的“三包”的基础上，加大了信息技术的投入。自治区在每个地区都要推选几个试点县，在部分县区不敢接受这样的挑战的时候，我们主动请缨，无疑引起了领导的关注和青睐。无论干什么事情，主动干和被别人要求干，其结果是不一样的。刘昌亚副厅长、史平馆长、嘎玛仁青专员、永旦扎巴局长都对我们的工作给予了更多关注，巨大的鼓励、全力的支持使得我们的工作得以迅速开展，短短的两年便取得了丰硕的成果。

没有微机室，我们从自治区和那曲地区先后争取到三个微机室，装备到县中学、县完小和热瓦小学。我从大连华仁电脑公司争取了五万元资金，为机关每个人装配了电脑，实现了联网。没有专职的电教员，我们一方面争取了部分新毕业的专业大学生，另一方面从学校选定了一些信息技术较好的教师做兼职教研员。教师培训跟不上，我们就请自治区电教馆和地区电教馆的专家来县城视察、指导，利用假期组织教师进行大规模的培训，考试不合格的进行再培训，两年时间教师轮训至少三次。被聘用的兼职电教员则在学校当起了教师的“小先生”。这种因地制宜的创造性的工作思路得到了有效的验证，收到了很好的效果。教师集中培训费时费力，“小先生”的手把手培训，则解决了资金和人员不足的问题。教师手中的教学资料少，我们一方面和上级积极争取，同时也购买了大量的资料丰富自己的素材库，争取和大连、广州等部分学校成为友好学校，共享他们的资源。为了检验远程教育的推进情况，我们每学期都举办信息技术公开课大赛，对部分优秀教师进行奖励，以带动大家的共同进步。这里面最难办的还是教师的培训，为此，我特意和地区电教馆联系，请他们派专家来县培训指导。于是以周刚副馆长为首的专家组多次来索县检查指导工作，推进了信息技术在这个半农半牧县的推广。教师们的素质提高了，利用电脑授课的教师越来越多，上课形式发生了很大的变化。学生喜欢这样的授课方式，他们从来没有见过这样的课堂，感到很新奇，上学的积极性增强了，出现了家长来领学生回家种地、学生不走的现象，这在以往的历史上是没有的。其结果是促进了教育质量的大幅度提高。在2008年的小学升内地学生考试中，索县有三十四名学生考取，总人数列全地区第一名(那曲每年到内地学习的学生为一百九十人，十一个县区和地区3所直属小学统考)。中学在升高中考试中也取得了好成绩。我们的成绩得到了各级政府的好评，各县区在实地参观了我们的学校、深入到班级听课后很惊讶，认为索县的教育已经远远地走在了他们的前面。一些县的教体局长与我联系，要派人到学校考察学习。中央教育电视台、西藏电视台、那曲电视台全程播报了现场会的盛况。

为了展示我们多年的教育面貌、全面汇报我们在新一轮课改中的探索和成绩，我们把会议地点设在亚拉山脚下的草场上。夏季的草场鲜花盛开，香满高原，分外迷人。现场会后举行了汇报演出，当天县城万人空巷，广大牧民像过节日一般扶老携幼前来，把现场会推向了高潮。大家载歌载舞，跳起了锅庄，很多老百姓和学生们一起加入到跳舞的行列中。藏族是一个能歌善舞的民族，在这方面不用组织，只要他们高兴，自己就加入了进来。无疑我们的努力取得了巨大的成功，特别令人欣喜的是我们看到并坚定了努力的方向。

缔结友好学校

为了贯彻落实科学发展观精神，提高我县中学管理、办学水平，经我县教体局与广州市海珠区教育局多次酝酿协商，决定我县中学与海珠区绿翠中学在资源共享、优势互补、平等互利的基础上缔结为友好学校。缔结友好学校签字仪式在拉萨那曲高级中学举行。

2009年8月9日上午，拉萨那曲高级中学校内鲜花盛开，彩旗招展。我县各学校骨干教师列队在拉萨那曲高级中学校门口，热烈欢迎来自远方的客人。拉萨那曲高级中学阶梯教室焕然一新，我县骨干教师着装整齐地端坐在阶梯教室内，等待签字仪式会的召开。索县参加骨干教师培训的全体教师参加了会议，自治区电教馆郭元博副馆长和我县教体局局长马殿文、副局长阿珠、索县中学校长旺堆等人出席了大会。广州市海珠区出席会议的有：海珠区教育局局长李明皓、绿翠中学校长吴朝晖、副校长梁锐标等。大会由索县教体局副局长阿珠主持。首先由索县中学校长旺堆致欢迎词，同时介绍了索县中学的发展历史和办学特色。我对县教育的现状和发展作了报告，赢得了多次热烈的掌声。最后，吴朝晖校长、旺堆校长分别代表双方学校签订联合办学缔结友好学校协议书。会上，广州市海珠区绿翠中学梁锐标副校长还作了“教师发展”的专题报告，报告中先进独特的见解和一些好的做法，赢得了我县广大骨干教师的热烈掌声。大会在热烈的气氛中闭幕。会后全体参会人员留影纪念。

友好合作仪式

此次缔结友好学校协议的签订，将翻开两校合作办学历史上新的一页，进一步促进内地和西藏办学、学校管理、文化艺术等方面的合作交流，这必将推动我县中学教育迈上新台阶。

学习第五次西藏工作座谈会精神

为了深入领会中央第五次西藏工作座谈会精神，把握精神实质，推动贯彻落实，2010年2月5日上午，我们在三楼会议室召开专题会议，集中学习中央第五次西藏工作座谈会精神。这是党中央在新形势下召开的又一次事关全面建设小康社会全局，事关中华民族长远生存发展的重要会议。这次会议，全面分析了西藏工作面临的形势，明确了当前和今后一个时期西藏工作的目标任务、指导思想、重大部署和方针政策，更体现了中央对西藏各族人民的特殊关怀。

中央第五次西藏工作座谈会，是在我国全面建设小康社会进入关键时期、西藏跨越式发展进入关键阶段召开的一次十分重要的会议。会议全面分析了西藏工作面临的形势和任务，明确了当前和今后一个时期西藏工作的方针、思路、重点，这必将推进西藏的跨越式发展和长治久安。中央领导同志的重要讲话和中央文件，以深刻的理论阐述、科学的历史分析、准确的形势判断、周密的工作部署，把我们党对西藏工作的指导思想、发展战略、目标任务和政策措施的重大理论、实践问题的认识和把握提高到了一个新的高度。这是对党的治藏方针的丰富和发展，是政策措施的与时俱进和不断完善，是新形

与吾金才塔副县长（中）视察工地

势下中央对西藏工作的新部署、新要求、新举措，是指导我们推进西藏跨越式发展和长治久安、做好西藏各项工作的纲领性文件，必将以其系统的理论性、高度的战略性、全面的政策性和很强的指导性、针对性、可操作性，在建设社会主义新西藏进程中起到伟大的历史性作用，成为新的重要里程碑。

中央第五次座谈会研究的是事关西藏发展、事关西藏民生的大事，也是大家最为关心的大事。中央西藏座谈会的召开，必然掀起西藏新一轮建设和发展的大潮。百年大计，教育为本。自治区政府已经明确，将进一步加大教育的投入，积极推进教育现代化的步伐，让高原的孩子享受到和内地孩子一样的优质教育。中央第五次座谈会的精神犹如一缕春风吹遍了高原，给冬季的藏北高原带来浓浓的暖意。大家兴奋了，期待着教育的春天，并纷纷表示一定要把学习工作宣传好、贯彻落实好，把座谈会精神作为当前和今后一个时期的重大政治任务和头等大事，切实抓紧、抓好、抓出成效。要在充分学习领会会议精神的基础上，迅速行动起来，利用各种形式，在课堂、在家庭广泛而深入地宣传好座谈会精神，把学习文件转化为落实工作的强大动力。要紧密联系教育工作实际，着力坚持中国特色社会主义理论体系，着力提高舆论引导能力和水平，着力建设社会主义核心价值体系，着力维护西藏意识形态安全，着力推进宣传思想文化工作创新发展，为全面推进西藏社会主义经济建设、政治建设、文化建设、社会建设以及生态文明建设和党的建设，提供强大的思想保证、舆论支持、精神动力和文化条件。

我们相信，东风正吹向高原，教育的又一个春天正悄悄来临。有幸在高原见证这一伟大的历史转变，是吾辈的幸运。能赶上这一伟大的历史时期，参与到这场伟大而深刻的变革中去，见证和创造这段历史，是我们一生无悔的选择。

感悟心灵

挺起腰板

金黄色的树林里分出两条路
可惜我们不能同时去涉足
但我们却选择了
人迹罕至的那一条
这从此决定了
我们的一生

——摘自美国诗人弗罗斯特《林中路》

对某些人来说，爱国主义仅仅是一种口号，对于某些人来说，爱国主义是一种态度上的认同和行为上的准则。因此，总有一部分人，会以实实在在的行动去践行爱国的思想。当战争来临的时候，有些人义无反顾地投入了军营，含笑面对死亡；当地震、洪水等灾难降临的时候，有人忍痛从家门口走过，去抢救更多的人，把生的希望留给他人，把危险留给自己。也正是如此，他们成为人们传颂的英雄，成为我们效仿的榜样。有人说，爱国是一种品质，一种内涵。我以为爱国更是一种行动，所谓“空谈误国、实干兴邦”。

我能到高原来工作三年，无疑是幸运的，也是难得的。对一个人来说，是万分宝贵的财富，因为这不但丰富了自己的经历、磨炼了意志，也提升了自己的人格。为了感念这段历史，为了回味这段人生，我记录下了在这里工作和生活的点点滴滴。

在西藏的三年，我见证了西藏的巨大变化，经历了“3·14”事件的洗礼，跑遍了藏北高原的沟沟坎坎。没有水，我们自己去拉；晚上没有电，我们就躺在床上用手电照天花板数圈圈。有工作成功的喜悦，也有思念亲人的无奈，更多的是对工作的孜孜以求。有人说这里的工作很轻松，到高原后才知道工作有多艰难，责任有多重大。面对选择，我们没有退缩的理由，这是我们的第二故乡，这是我们的战场。我们的人格、我们的能力要在这里展现，我们的人生将在这里改变，我们的腰板不硬，但是我们要挺起腰板，争做国家的栋梁！

有一天我们要选择离开，还会有更多的人和我们一样，为了民族的发展，为了祖国大家庭的共同繁荣而走上这条充满艰辛的天路。这条路不好走，也少有人走，但是自古就有人走，我们在走，后面还会有更多的人走，可谓前有行者，后有来人，我只是这众多远行者中的一个。援藏工作我们不是第一批，相比而言，我们更应该敬佩那些西藏解放以来就奉献边疆的人们，他们几十年如一日，终生奋斗在第二故乡，不但奉献了青春，还要奉献子孙，扎根高原永为故乡。也许他们不曾有过辉煌的业绩，也许他们一生默默无闻，但是他们依然是民族的骄傲。

敢来的，都是勇者。坚持下来的，都是栋梁！

岳 父

这些日子太疲惫了，想躺下来好好地睡一觉。哪知道返回大连的途中又赶上了多年不遇的暴风雪，高速公路封闭，这是我多年来没有遇到的事情，甚至是在西藏也没有遇上。车子走到绥中被迫返回，到今天才得以继续上路。

晚上睡不着觉，这两天的事情又不由得在脑海中翻腾。十一月二十三日下午，突然听到老丈人病危的消息，老婆在单位打来电话，当时真的很蒙，前两天我还打电话问候他，挺好的，怎么突然就不行了呢。

刚回大连就突闻噩耗，令我们如飞般地往家赶，在盘海营高速公路上遇到了风雪和大雾，影响了行程，好在高速公路没有封闭。深夜十一点钟，我们终于赶回了老家，可是没有看到老爷子最后一面，人已经运到殡仪馆了，几个孩子在那里守灵。殡仪馆的大门已经关闭，不能进去，加之晚上还有很多善后事情等待处理，没有办法到殡仪馆守灵了。

我第二天早晨就赶到殡仪馆，家族中的人已经来了，一些后事也在陆续处理中。好在政府那里已经把后事都给操办好了，家中主要是通知主要亲友和老爷子生前好友和学生。告别仪式、生平介绍等等，都在政府负责人的主持下顺利进行了，剩下的就是火化和埋葬了，一切都在按部就班地进行着。

大家围着灵柩进行最后的告别，这几圈的路是那么漫长，送走的是亲人，掏走的是你的心。这是真正的生死离别，撕心裂肺，有人说姑爷哭丈人是虚情假意，我完全没有这种感觉，倒像是割走了自己的一块肉，没法割舍，痛在深处。想忍住眼泪，这不是哭的时候，有很多事情需要我去做，嗓子早就沙哑了。高原反应还没有消除，加上两天没有吃东西，我时时感觉到自己要倒下去，但是我不能倒，必须要坚持。

丧事处理完毕，大家都散去了，留下几个直系的亲友研究一些后事的问题。我也趁此机会赶紧回家看看父母，老爸已经糊涂了，见到儿子来都不认识了，过了很久才认识，这真的令人担心，也令我分外难受。父子相见抱头痛哭，我有一年没有见到爸爸了，爸爸老多了，身子骨也明显不行了。儿行千里母担忧，如今他们都老了，可是还要为我担心，爸爸责怪我为什么不回家，我能说什么呢。让他知道我去了西藏，老人家岂不担心死。

学校之灵魂

召开校长会。会后，年轻的校长和我探讨一个问题，怎样建设一所优秀的学校？一所学校的灵魂是什么？这是一个刚毕业的教师，能提出这样的问题很不简单。一所优秀的学校绝不仅仅是考试成绩好的学校，也不仅仅是学生学习成绩好的学校。学校是造人冶志的熔炉，养德能够成仁，养学可以为师，养智可以成就科学，养品能够造就高贵的品质。走进校园，能听到朗朗的读书声，可以清晰地听青春她阔步向前的铮铮足声，强烈地感受到她生机勃勃的火热激情，真实地触摸到她奔涌跳跃的时代脉搏。

我们常说大学有三大：大师、大气、大楼。大师是核心，大气是灵魂，大楼是基础。大师之大就在于人格之大、学问之大、成就之大。大师要有大气，大气就是要有明镜止水的胸怀、泰山乔岳的人格、光风霁月的气度和海纳百川的风范。大楼是知识的象征，楼之大在于心胸，不在于楼之高矮。在城市还没有楼房化的时候，大楼是学府的象征，而今高楼林立，楼是越建越高，但是楼里的人未必就那样学富五车。大师、大气、大楼关键还是“大学”，有大的学问。

高水平的学校，是科学精神和人文精神的有机结合。为学先为人，育人先育德。学校必须着力为学生提供一流的认知空间，即为学生创造接受人类文明的一切优秀成果的条件；一流的行为空间，即为学生搭建一个培养能力、勇于实践的平台；一流的情感空间，即为学生营造一种培养高尚情操、磨炼坚强意志的环境，这是学校人才培养的根本所在。

高质量的学校要以高质量、有特色、服务于社会为宗旨。要通过做人教育、特色教育、校园人文教育等看得见、摸得着的行动，坚持教育创新，形成办学特色。正所谓“不谋万世者，不足谋一时；不谋全局者，不足谋一域”。思路决定出路。一个学校不能没有文化，因为文化是推动学校发展的无形力量；一个校长不能没有理念，因为理念是提升学校办学水平的基石；一个教师不能没有思想，因为思想是缔造名校名生的关键；一个学生不能没有理想，因为理想是判别生存与生活的标尺。学校要创造条件，让好习惯成为学生一生受用的素质。依法治校、特色立校、科研兴校、质量强校、创新活校等等，关键是住在大楼里的人要有超前的理念，要有创新的激情。正所谓“真诚只能用真诚来唤起，激情只能靠激情来点燃，信仰只能由信仰来铸造，用道德培养道德，用心灵赢得心灵”。

有的人抬着头走路，有的人低着头走路。学校要培养学生既要抬着头走路，又要低着头看路。抬着头走路，表明这个人自信；低着头看路，表明这个人好思。时代要求我们要培养既善于思索又自信踏实的人。

不要吝啬你的微笑

一位同事在下班前给我一个小纸条，打开一看，上面写着：“怎么每次看见你都板着脸？”我心里一怔，这句话，问得我十分怅然。我并没有故意对谁板着个面孔啊，可能是性格使然吧，却想不到引起了别人的误会。从此以后，每次我遇见同事，都主动微笑，主动与他们打招呼，他们也回报给我以微笑。大家的关系愈发融洽，现在已经成为无话不谈的好朋友。

一个人生活在这世界上，要承受着很多的压力——考试、升迁、住房、养子、敬老、疾病等等，总让人有一种活着真累的感觉。如果别人对你报以微笑，对于他来说可能微不足道，但是对于你，却会觉得是莫大的安慰，特别是在你失意的时候。我们很多时候并不一定会注意到自己的面容，是面带笑容、愁容还是怒容。也许你的工作很忙，也许你今天的工作很不顺利，也许你的爱情正遭遇危机，那么，这些都尽量装在心里，千万别带回家，千万别带给同事和朋友。

微笑回家！对自己的母亲报以微笑，感谢她对你的养育之恩，她操持家务的辛苦也许会烟消云散。对自己的爱人报以微笑，感谢她对你生活的关心与扶助，她胸中对你的点点怨气也许会变成丝丝爱意。对自己的孩子报以微笑，多多鼓励表扬，也许他（她）会少走许多弯路。对你身边的同学、同事、朋友报以真诚的微笑，也许你会得到更多前行的力量与勇气。民谚说："生活是一面镜子，你对它微笑，它便对你微笑。"人生在世，人难免会遇到这样那样的挫折，会经历这样那样的不快乐，那么就应该有意识地让微笑来驱赶这一切。试想，谁不愿意和一个面带微笑的人进行语言和情感上的交流呢？那种如沐春风的感觉何其美好！人在旅途，不可能一帆风顺。不要消极应付，怀着一颗快乐的心，微笑着面对它们，不要吝啬你的微笑！对你身边的人笑一笑，对自己笑一笑，从今天开始，从现在开始！也许所有的不快会很快过去，迎接你的是幸福的生活和美好的明天。

最近在长沙、武汉等地，一些年轻人在闹市的街头举行"抱抱团"活动，他们举着"抱抱团"的牌子，要送给陌生人一个拥抱。"抱抱团"的主旨是"拒绝冷漠和隔膜，让我们互相拥抱吧"。对此，有的行人表示接受，有的则干脆拒绝。之所以屡屡遭遇尴尬，说明人们对"抱抱团"的接受程度还十分有限。人与人之间需要温暖和彼此的关爱，需要真诚相待，而不是表面上的亲近客套。从生活中的小事做起，用实际行动履行与人为善，做一个和谐社会的实践者、传播者。如果你不好意思给陌生人一个温暖的拥抱，就请不要吝啬你的微笑！我想这比与陌生人唐突地"抱抱"会来得更加自然，也更有实际意义。

改变人一生的五句话

一件小事可以改变历史，一句话可以改变一生。

在西藏的夜晚闲来无事，常常会回过头来品味生活，品味人生。有几句话说得极其简单，但是品味起来倒很深刻，与大家一起分享。

优秀是一种习惯

这是古希腊哲学家亚里士多德说过的话。我想，如果说优秀是一种习惯，那么懒惰也必然是一种习惯。人出生的时候，除了脾气和天赋会因为遗传而有所不同，其他的东西基本都是后天形成的，是家庭影响和教育的结果。所以，我们的一言一行都是日积月累养成的习惯，但是有的人形成了很好的习惯，受用一生，有的人养成了不良的习惯，影响了发展。我们应如何从每一件事入手，把优秀变成一种习惯，使我们的优秀行为习以为常，变成我们的第二天性呢？习惯性地早睡早起，习惯性地去创造性思考，习惯性地去认真做事情，习惯性地对别人友好，习惯性地欣赏大自然。那么如何能成习惯呢？怎样能养成良好的习惯呢？我觉得是从小事入手，学会“装”，要持续不间断地“装”，装久了就成了真的了，就成了习惯了。比如准时到会，每次都按时到会。这很简单，每次会议早走几分钟，快走几步就不会迟到。有的人逢会必迟到。不信你装装看，你装一次看看，你装一年看看，你装三十年再看看，装的时间长了就形成了习惯。往往从小事中可以折射出你的风格和习惯，最终形成对你的评价。作为教育工作者，最容不得学生迟到，自己也轻易不会迟到，为此，我把自己的手表调快五分钟，看表时间到了，实际上还有五分钟的缓冲时间。您别不信，这不是自欺欺人，而是为养成良好的习惯，时间长了就忘记这五分钟了，自然也不会迟到。我常常自嘲是走在时间前面的人。在西藏，我每次会议都强调要准时，不要迟到，可是每次都会有个别领导和教师迟到，这让人感觉很不舒服。2009年的教师节表彰大会，地区领导参加、四大班子参加，曾两次提前电话要求大家一定不要迟到，可是仍有教师迟到，引起了嘎松美郎县长的不满，“教师都迟到，怎么能要求学生不迟到、不逃学呢？”多么简单而自然的联想。最后学校领导被换掉了。我提出让教师们装几次，他们笑了，说我虚假。我说：“你每次都装，争取装一生还虚假吗？”大家吐出了舌头，低下了头。记得还是在高中当校长时，王政华老校长就多次强调，会议纪律很重要，尤其正式会议，一件小事有可能影响领导对你的评价、对一个部门的评价，因为领导可能几年才能视察一次，这不是小题大做，而是一针见血。

生命是一种过程

事情的结果固然重要，但是过程有时更加重要。因为结果好了我们会更加快乐，但过程使我们的生命更充实。人的生命最后的结果一定是死亡，但我们不能因此说我们的生命没有意义。世界上没有永恒，除非死亡，其实死亡也不是永恒，而是另一种形式的延续。

有人作过一项调查："你认为到目前为止最幸福最浪漫的事情是什么？"结果89%的人认为是大学谈恋爱。是啊！花前月下，林荫道旁，海誓山盟，何其浪漫。但是您知道大学恋爱的结果吗？大学生谈恋爱，尽管每天都在信誓旦旦地说"我爱你！""我会爱你一辈子！"这实际上是不真实的，是骗人的。统计数据表明，大学生谈恋爱中一百对里有九十对最后会分手，最后结婚了的还有一半会离婚，你说爱情能永恒吗？所以最真实的说法是："我今天，此时此刻我正在真心地爱着你。"至于明天爱不爱，明天再说吧。明天也许你会失恋，失恋后，你会体验到失恋的痛苦，有些人痛不欲生，寻死觅活，有些人一蹶不振，有些人整天提着个酒瓶子。记得我在大学时同年级有一百零六人，相互谈恋爱的不少，最后结婚的只有三对，当时以为非常般配的还没等到毕业就劳燕分飞了，留下的只是嗟叹，成为大家饭后的谈资。其实这种体验本身也是丰富生命的一个过程。生命本身是没有任何意义的，只是你自己赋予你的生命一种你希望实现的意义，因此享受生命的过程就是一种意义所在。我们做每一件事，当然会在意结果，没有结果的工作是没有意义和动力的，问题是我们在意结果的同时更要注重过程，过程有时候比结果更精彩，更值得回味，比如爱，比如友谊，比如生命！

两点之间线段最短

数学有一个公理——两点之间线段最短。当过十多年的教师，教过上千名学生，这个公式我不知道讲过多少遍。理论上如此，但是生活中最短的不一定就是直线，而是曲线、折线，甚至是弧线，更多的时候是不规则的交叉往复。例如坐飞机，直线最经济、航程最短、最为快捷，但是我们没有任何一个国家肯在地平线上挖一个山洞飞直线，这样既不经济也不现实，弧线就成为了最短距离。在做事情的过程中，我们很难直截了当就把事情做好，有时需要等待，有时需要合作，有时需要技巧，有时需要让步，有时需要含泪忍耐。在这个过程中会碰到很多困难和障碍，有时候不一定要硬挺、硬冲、做猛张飞，完全可以选择有困难绕过去，有障碍绕过去，也许这样做事情更加顺利。仔细想一想，我们平时与别人谈话都要思考怎样表述对方更易接受，何况是完成一件工作。尤其在比较复杂的社会环境中，学会想办法谅解别人，让人觉得善解人意，愿意优先解决你的问题，你才能把事情做成。所以，如果是学生考数学试题，一定要答两点之间线段最短；如果你在走路，从A到B，明明可以直接过去，但所有人都不走，你最好也别走，因为肯定会有障碍，甚至是陷阱，否则，不可能人人都绕着走。

只有知道如何停止的人才知道如何加快速度

我在练车的时候，最大的问题就是停不下来，明明想在前面的黄线处停车，可就是停不住。在学习坡起的时候很难定位停车，不是不到位就是越线，为此，教练老说我的眼睛不好用。“学数学的，还带着一副眼镜，怎么就停不住呢？是不是眼睛不好用？”怎能说眼睛不好用呢？简直就是一种耻辱！但是就是停不下来，看着别人很容易，不就是一个停车和坡起吗？关键是不知道怎么停止、怎么保持稳定停车、怎样起步一挡换二挡，同时要考虑转向不熄火，对于初学者真的很难。练了一周，终于学会了在任何坡上停止、起步。感觉非常简单，就像抬脚上车一般轻松。只要你能停下来，你就不会撞上树、撞上石头、撞上人，你就不会被撞死。因为只有知道如何停止的人，才知道如何高速前进。一味地猛冲猛打，勇往直前，很难达到终点。跑过5000米长跑的人都知道，最开始跑在前面的人几乎没有一个是最后的冠军，都是为别人领跑的。最好的办法是跟紧前面的领跑者还不能被落下太远，及时调整自己的步伐和体力，看准时机奋力一搏，这样才能夺冠。新兵上战场只知道冲锋前进，老兵油子则知道怎样弯腰或匍匐前进，如何借助障碍物躲避子弹，看似怕死，实则既保全了自己，又保证能够取得最后的胜利，创造战场上的辉煌。

放弃是一种智慧

曾轰动一时、获得广泛赞誉的热门军旅电视连续剧《士兵突击》中，

“钢七连”连长高城有一句很经典的话，这句话成为了许三多的座右铭：“不抛弃，不放弃！”但是有时候，放弃却是一种智慧，缺陷是一种恩惠，人生有时候还要学会放弃。听一位专家作报告，说当你拥有两个苹果的时候，千万不要把它们都吃掉，因为你把两个苹果全都吃掉，你也只吃到了两个苹果，只吃到了一种味道，那就是苹果的味道。如果你把两个苹果分成四瓣，其中的三瓣拿出来给别人吃，尽管表面上你失去了三瓣苹果，但实际上你却得到了其他三个人的友情和好感，以后你还能得到更多。当别人有了别的水果的时候，也一定会和你分享，你会从这个人手里得到一个橘子，从那个人手里得到一个梨，最后你可能就得到了几种不同的水果、几种不同的味道、几种不同的颜色、几个人的友谊。人一定要学会用你拥有的东西去换取对你来说更加重要和丰富的东西。所以说，放弃也是一种智慧。

有的人的准则是每一次放弃都是一次升华，否则就不放弃；每一次选择都是一次升华，否则不要选择。我不敢苟同，但是坚持不去渴求本不属于自己的东西，放弃自己该放弃的东西，生活会更快乐，社会更和谐。得到不一定给你带来快乐，没得到注定会带来失望。做人最大的乐趣在于通过奋斗去获得我们想要的东西，所以有缺点意味着我们可以进一步完美，有匮乏之处意味着我们可以进一步努力。

三年来，岳父、爸爸、哥哥先后离开了我，这是在西藏三年中最为揪心悲伤的事情。每当夜深人静的时候，看到窗外满天的星斗，就不由得想到家乡，想到离我而去的亲人，惆怅到天亮。然而生命没法选择，在不能坚持的时候，放弃也许真的是一种幸福。他们放弃了生命，也许他们在上天很幸福。至少再没有病痛，再没有痛苦的煎熬。哥哥说他就想看到儿子举行婚礼，肝硬化晚期腹水，仍顽强地坚持了多日，看到了孩子的结婚证。大家鼓励他坚持，九月二十日孩子就举办婚礼，哥哥说不盼了，九月十二日他走了。我连夜狂奔，两天赶到了家，可却和爸爸走时一样，也没能与他见上最后一面。爸爸走时我正在索县工作，听到噩耗我没有眼泪，连夜往回走，就一个愿望——我要回去，我要飞回去！遗憾的是我没有见到爸爸最后一面。据说爸爸是睁着眼睛走的，我知道他是心中有遗憾，在等待着远方的孩子，可是他没有等到，三个儿子都没有赶到身边。哥哥又是这样，当我哭喊着回到家的时候，哥哥已经埋在了土里，万里奔波看到的只是坟头。眼中没有泪水，我的泪流在心里。感觉自己空荡荡的，像飘浮在空中，几乎不知道什么是遗憾、什么是悲哀。当你得到的时候，你也许并没有感到珍贵，只有你失去的时候才会感受到它的价值。但是这个时候你已经不再拥有，甚至一生都不会再拥有，这才是无尽的悔恨和悲哀。可是生活还要继续，人还要活着，你不能撒手跟去呀，该放弃的还是要放弃。我们早晚都要走上这条路，这样想着心里就宽慰多了，这个结也就解开了。当一个人什么都不缺的时候，他的生存空间就被剥夺掉了。如果我们每天早上醒过来，感到自己今天缺点儿什么，感到自己还需要更加完美，感到自己还有追求，那是一件多么值得高兴的事情啊！

学会知足

有一位女大学生自愿去当义工，到一家医院的儿童病房给患病的小朋友讲故事。有一次，一个半身瘫痪且患白血病的小女孩对她说想听“哆啦A梦”的故事。故事里的机器猫有一个神奇的口袋，里面有各种各样的东西，特别神奇，吸引了多少孩子的目光，哪一个不盼望着能有一个这样的宝贝呢？可惜这位女大学生却不知道“哆啦A梦”的故事，所以就胡乱地编了个版本，但是小女孩还是听得津津有味，并且好奇地想看看女大学生的口袋中有什么东西。为了不让小女孩失望，大学生就把自己口袋中的东西往出掏，当掏到最后一个兜时只掏出仅有的几元钱。她有些不好意思，兜中的钱实在不多哟。可是小女孩却天真地说：“姐姐，你口袋中虽然没有多少钱，但是你有一双能走路的脚，还有一个健康的身体，你比我富有呀！”听小女孩如此说，女大学生愣了一下，因为她从来没有想过，拥有健全的四肢和健康的身体还有什么特别之处。此时和小女孩比起来，她才感到能够自由地走路是幸福的。我们平常并不感觉自己比别人更加富有、更加幸福，其实幸福就在我们身边，只是我们平时没有去感受，或者没有认真地去体味而已。正所谓幸福无所不在，你却没有感知它就在你的身边。比如健康，没有健康就什么都没有了。问题是健康的你感到幸福了吗？多数人的答案是没有，不是没有健康，而是没有在意健康的重要。在西藏期间，大连的朋友金洪、张红兵先后倒下去了，时进的夫人在丈夫援藏期间也不幸病去，不到四十岁的年龄。身体垮了，还有什么呢？拥有健康才能拥有一切，才能拥有事业、家庭和爱。这也就是人们常说的健康是福，健康是“1”，其他都是后面的“0”，没有了“1”，“0”再多还有什么意义呢，终究也还是“0”。

《百家讲坛》中的《品三国》让易中天红遍大江南北，在中国掀起了一股文学热潮。有一次易中天在接受电视台记者的专访时，记者问他：“现在你已经成了家喻户晓的名人，并且成了最富有的作家，生活幸福美满。在你的一生当中，你经历的最幸福的一件事是什么？”他回答道：“幸福是一个大萝卜。”这个答案出乎记者的意料，让很多人听不明白。于是他给记者讲述了自己过去在新疆支边的经历：每年的十月底到次年的五月初，有最低可达零下四十度的寒冷冬季，也有最高可达零上四十度的炎热夏季，昼夜温差极大。当时物资及其匮乏，萝卜成了大家的最爱，新疆盛产的白萝卜都在三公斤以上，特别香甜，可以和黄瓜一样咬着吃。他能把萝卜变成多种美味的佳肴，乃至到今天，他还念念不忘在新疆支边的岁月，不忘那香甜可口的白萝卜，他认为那是他最为幸福的一件事。亲人的去世曾经让我痛不欲生，但是和那些从小就失去父母的人相比，我无疑是幸福的。人到中年，父母都活到八十多岁还身体健康，颐养天年，衰老而终，我还有什么遗憾呢？所谓“养老送终”，没有最后送上一程自然是一个遗憾，可谁又没有遗憾呢？

罗曼·罗兰在其经典名著《约翰·克利斯朵夫》中写道：“幸福是一种灵魂的香味。”“一个人生活得是否幸福，不是看他有多少钱，而是看他对生活的态度。”生活避免不了苦难，把苦难当成一种乐趣去体验，是对生活的尊重。还有一种信念，那就是美好就在你身边，就在今天，就在你手中。每个人都有别人不曾拥有的东西，也许你并没有注意。仔细和身边的朋友比比，有很多你有的你的朋友都没有或不曾有，当然别人有的你也可能不具备或者永远都不会拥有。因为我们每个人都是不同于别人的个体，都有自己的思想和对于未来的追求。我们不能幻想每个人都期待于同一个问题，收获同一个希望，正因如此这个世界才是这样丰富多彩。努力去抓住属于自己的，放弃本是别人的，不做无谓选择，探索属于自己的有意义的人生，这才是人生该有的态度。有了这样的信念，就会知足常乐。有这样的心态还有抗不住的苦难吗？还有过不去的沟沟坎坎吗？

微笑曲线上扬先机

喜欢坐飞机的感觉，更喜欢在飞机上欣赏杂志的悠闲。手机已经关闭，你与这个世界没有任何联系，外面即便是有天大的事情你也不知道。任何事情都可以不想，任何人也不能逼迫你干什么事情，你是一个真正的自由人。没有明确的目的，想休息就休息，想看书就看书。这次回西藏途中，南航飞机上的一本杂志吸引了我。其中的一篇文章是《微笑曲线上扬先机——谈现代服务业的兴盛预示》，文章说，这是一条预示兴盛与繁荣的微笑曲线！

微笑曲线是由宏基创办人施振荣先生提出的有名理论，它是指微笑嘴型的一条曲线，曲线的底端是附加值最低的制造环节，而附加值最高的则是两端的创新设计与销售服务。目前的全球性金融危机正愈演愈烈，当前全球制造业利润均低，处于供过于求的状态。而创新研发与营销服务的附加值高，因此产业未来应该朝微笑曲线的两端发展，而不应该仅仅停留在传统的制造业上。在此次危机的刺激下，闻名世界的“中国制造”遇到了前所未有的冰冻时刻，沿海地区依靠外单生存的中小企业纷纷倒闭，“中国制造”陷入了空前的困境。我们的出路何在？按照微笑曲线或许能找到出路。

事实上，国外已经有很多成功的案例告诉我们，转型才是至上的生存之道。耐克、劳斯莱斯都是从制造向服务的过渡获得了再次的生机。三星、松下、索尼等国际大型企业也都纷纷把部分或全部生产业务外包，公司更加注重产品的研发，以抢夺市场和客户，以获取高额的利润。微笑曲线正在向中国传统的制造业招手，正所谓“危、机并存”。制造业和服务业的产业融合是社会生产力和产业结构提升的必然趋势，也是现代产业经济发展的特征。对于正经历着劳动力成本优势淡化、金融危机侵蚀制造业的中国而言，这一转型必然会淘汰弱者，造就业内强者，但同时也是中国经济持续增长的产业动力所在。

在迎接奥运会的时候，组委会征集了数千张笑脸，迎接各地的宾朋，因为张张笑脸都是未来的希望，这个创意至今令人回味。那么，教育是不是也存在微笑曲线呢，怎样利用微笑曲线来提高我们的教育质量呢？关键还是提升教育理念，创新才有出路。在西藏的教师很累很辛苦，但是教育成果并不理想。政府不满意，家长不满意，我们自己也不满意。我们在高原推进“普九”工作，就是要加大基础教育的步伐，但是我们还有很多不足，我觉得主要还是教育理念落后。固然需要汗水精神，但是我们绝不能没有科学精神。努力探求教育规律，才能跟上时代发展的步伐，尤其是跟上教育发展的潮流，走在教育前列。

凡事不可“四尽”

宋朝有一位禅师，名克勤，就是佛果圆悟禅师。他当年在舒州太平寺任住持的时候，其师五祖法师曾谓之曰：“住持此院，也就是给你自己的劝诫。”其师所指的也就是“法演四戒”，分别为以下四点：一是福不可受尽；二是势不可使尽；三是好话不可说尽；四是规矩不可行尽。获得此戒的佛果圆悟禅师一生谨遵指教，终于修得上乘的智慧，成为一代禅师。“法演四戒”给我们生活以很好的启发：凡事要讲究恰到好处，过犹不及。我们经常会沉溺在上天赐给我们的幸福中，但是如果你不知珍惜的话，这个幸福的源泉就会逐渐地枯竭，最终留给自己的会是无尽的悔恨和无奈。我们也很容易顺着时势去做一些事情，但过于张扬，就会出现危机，正所谓“功成名就，身退，天之道”。无论怎样的好话，如果过于详细地说尽，则其味必然减半，一定会令人感到肤浅和做作。据说，佛陀在森林中枯坐六年，当时见到印度苦行外道的苦行情况，终不能证道。所以佛陀见其弊，终不从，才有了后来菩提树下的悟道、证道，后为天下僧众讲经说法四十九年，度化众生无数，是深知“规矩不可行尽”的大智者。

明知不可为而为之，非智者之道也。行走在高原，感悟于生活、事业和家庭，体味着亲情、友情和爱情，感恩于关切、关怀和惦念。只有更加认识到戒骄、戒躁、禁欲、慎独的重要，才能认真学习、踏实工作，学会宽容、真诚合作，才能圆满完成自己的援藏使命。

钱能买来什么

有一次领孩子外出学习，走到门口，他突然很认真地问：“爸爸，钱能买来什么？”说真的，我从来没有认真地思考过这个问题。钱不是万能的，但是没有钱是万万不能的，大家都这样认为，但是钱能买来什么呢？

我半开玩笑地回答："钱能买来很多吃的。"

"爸爸，你真是头小猪！就知道吃！"看来孩子是真的认真了，我不觉也认真起来："那你认为钱能买来什么呢？""钱能买来幸福！"吓我一跳。

"有钱人一定会幸福吗？"孩子说："有钱了想买什么就买什么，当然幸福。"我问："如果有一天你突然很有钱了，你什么都有了，你就觉得幸福吗？""不幸福！生活就没有意思了。还是穷一些的好，可以有奔头。通过努力改变现状更好！"好家伙，还挺深刻的。

"那你认为钱还能买来什么呢？"孩子沉默了："我认为钱能买来健康！"——思考的结果。有钱了，一般的病就会治好，当然会健康。一个十岁的孩子思考到这样的深度已经不错了。

"但是孩子，有很多人很有钱，结果呢，他们都死了呀！有钱人是比没钱人能延长生命，但是有钱不能买来健康。健康的人只有良好的遗传因素，保证有一个先天优秀的体魄外，还是远远不够的，还需要有充足的锻炼和良好的营养，更为重要的是要有一个健康的心态。"

"看来爸爸说对了，钱买不来健康！"

钱买不来快乐，买不来健康，买不来幸福。幸福要靠自己的双手去创造，而不能靠钱来购买。钱是买不来幸福的，一个孩子都能懂的道理。遗憾的是，在这个物欲横流的世界里，我们有多少人的认识还赶不上一个孩子呢？

猪八戒的人生哲学

人们都爱看《西游记》。《西游记》中最招人喜爱的人物是谁？很多人都很喜欢孙悟空，敢爱敢恨，爱打抱不平，能力又高，没有搞不定的事情。但是他太厉害了，无所不能，没有人情味，一般人恐怕学不来，所以孙悟空始终是神而不是人。在一次有关最佳雇主的调查中有一道很有意思的题："如果把你所在的团队比作西天取经的团队，你认为自己扮演的角色是孙悟空、猪八戒还是沙僧？"结果有一半以上的员工给自己的角色定位是孙悟空，剩下的大多选沙僧，选猪八戒的不到20%。同样的问题，老板们的答案则正好反过来，他们认为员工中最多的是猪八戒，其次是沙僧，孙悟空最少。

猪八戒是个什么样的人呢？第一，有一定的工作能力，但是在一般的情况下不肯卖十分的力气，能偷懒就偷懒，工作的主动性较差；第二，有名有利的事情抢着干，遇到问题却不愿承担责任，遇到危险，能躲则躲，事不关己，高高挂起；第三，容易丧失斗志，抵抗诱惑的能力比较低，拒腐防变的能力较差；第四，懂得知恩图报，绝不会背叛，遇到关键时刻知道轻重缓急，会奋力一搏；第五，心态平和，没有什么野心，不争不抢，随遇而安；第六，利益受到损害或者心态不平衡的时候会搬弄一些小是非，但不会太过分。比较一下，员工们多数和猪八戒的六条比较相近吧。

其实老板们的心里很清楚，所谓加强企业的管理，管的就是猪八戒们，制度也好，奖励也罢，很多制度措施都是针对猪八戒们制定的。像沙僧这样任劳任怨而又没有什么真本事的人，特别珍惜手中的饭碗，不需要太多的制度，已经很规范了，再激励也没有什么大的油水可榨，也弄不出什么花样来。像孙悟空这样的能人，本事比天都大，只要肯跟着你干就行了，干活的事情根本用不着你去操心，你只要给他个紧箍咒，别让他给你闯祸就行了。如果你是孙悟空，老板也认为你是孙悟空，那么你早就脱颖而出了；如果你自己认为自己是孙悟空，可老板只认为你是个猪八戒，或者认为你是众多猪八戒中比较能干的一个，那么老板会怎么对待你呢？如果你认为自己是孙悟空而老板认为你是沙僧呢？那可就不妙了！老板之所以是老板，就是他那里掌握着大量你不知道的信息，接触到核心机密的机会也比你大得多。你的老板已经把自己当成了孙悟空，怎么能把你也看成是孙悟空呢？所以要有猪八戒的心态，因为在孙悟空那里，你注定是一个猪八戒，何况从辩证法的角度看，我们人人都是猪八戒呢。孙悟空固然好，倘若做不了孙悟空，那么就做一个安分守己、心态平和、努力进取的猪八戒，也不失为比较好的选择。

家有喜事

罗布仁青调到水利局当局长了，大家都祝贺他。我们相约到县城的东坡饭店，为罗局长送别。由于要离别，有些不舍，大家难免有些伤感。为了打破沉闷的氛围，我提议大家晒晒自家的喜事，看看我们身边的变化。规则是自己找，找到了敬酒一杯，如果自己找不到被别人给找到了，就要罚酒1杯。

大家一下子打开了话题，怕自己不坦白有人揭发，于是冥思苦想，挖掘自家的幸福和喜事，纷纷举手抢先发言——有提职的，有在拉萨买房的，有自家购车的，有刚当爸爸的，有的是妻子患病刚愈的，大家纷纷碰杯，一时间觥筹交错。有人说搬到新家了，好漂亮，教体局是所有单位中改造最好的，要敬援藏大哥一杯；有人说维稳结束了，西藏平安了，大家是不是要祝福一杯？吕中原抢着发言，他说他7个月大的孩子在老家奶奶帮着照看，喝三鹿奶粉，住院手术，大家纷纷给他成百上千的捐款，救了他儿子一命，他感到工作在这样的单位很幸福，说着说着就哭了！

轮到次索，他一时还没想好，憋得满脸通红，谁也不提示，提示的要罚酒。次索说我和老婆感情很好，算不算喜事，是不是幸福？这是最大的幸福呀，怎能不算呢，大家鼓掌通过。坦白过后，大家开始揭发，次索自己找的少，大家就从他开始揭发：两年前单位分房，他的房子是最早一批的，还不幸福？罚酒一杯！新买了摩托车，生活有变化，算不算幸福？又罚一杯！就这样次索连干四杯，大家才放过他。于是每个人都被罚，被罚的高兴地喝下酒，赶紧找别人的幸福。有的人怕被罚酒，纷纷主动坦白，欢笑声、鼓掌声传出去老远，逗得饭店的伙计都停下了手中的活儿，跑来看热闹。

大家你一件我一件地找出了很多幸福、很多喜事。一件幸福事，一杯幸福酒，一阵欢乐笑。最后，大家把罗布仁青家刚买了冰箱都给挖出来了。从家庭到家族，从单位到县城，从西藏到国家，是啊，我们喜事不断，因为国家安定，人民富裕，大家都过上了小康的生活。这是党的政策好，这几年国家加大了对西藏的支援力度，西藏发生了翻天覆地的变化，大家的生活也一天比一天更幸福。可是平常我们又有谁注意到自己的幸福呢？不说不知道，一数一大堆。晒一晒我们的幸福真是一个好主意，晒出了如意，晒出了差距，晒出了幸福和希望。

留一只眼睛看自己

日本近代有两位一流的剑客，一位是宫本武藏，另一位是柳生义寿郎，前者是后者的师傅。当年柳生拜师学艺时问宫本：“师傅，根据我的资质，要练多久才能成为一流的剑客？”宫本答道：“最少要十年。”柳生说：

“假如我加倍苦练呢？”宫本答道：“那就需要二十年。”柳生一脸狐疑，又问：“假如我晚上不睡觉，夜以继日地练呢？”宫本答道：“那你必死无疑，根本不可能成为一流的剑客。”柳生非常吃惊，问：“为什么？”宫本答道：“要当一流的剑客，必须永远留一只眼睛注视自己，不断反省自己。现在你两只眼睛都死盯着剑客的招牌，哪里还有眼睛注视自己呢？”柳生听后恍然大悟，并最终成为一名一流的剑客。留一只眼睛注视自己，不断反省自己。多么浅显而又深刻！如果我们时刻留一只眼睛注视自己，反省自己的言行，我们就会少犯很多错误，就会少很多麻烦和烦恼。

“以史为鉴，可以兴国；以人为鉴，可明得失。”最难的是以己为鉴，时时检点自己的不足，可遗憾的是，我们往往看不到自己脖子后的灰，看不到自己的缺点和不足。对待别人和对待自己不能用同一把尺子，自然就会出现偏差，出现片面，甚至出现错误了。对待工作，对待生活，对待父母亲朋，也许都是一样。要从别人身上看到自己的不足，正所谓“教，然后知困，学，然后知不足”。生活就是最好的老师。在上学的时候，课堂是最好的老师，有什么难题都可以询问，一般都可以得到满意的答案。工作了，没有了老师；结婚了，没有人再给你指东道西，一切要靠自己摸索着努力。这时候的眼睛更加重要，有时候需要停下来双眼观察。即便是如此，我们也经常犯错误，有时候是低级的错误，甚至是孩子都不容易出现的错误。原因就是有时候我们忙于工作和生活，没有用眼睛留心身边的变化，留心自己的行动，没有反思自己的言行，而往往会出现这样或那样的问题。

还是留一只眼看自己的好！

品味生活

每一个人的生活内容和生活方式与别人都是不尽相同的，每一个人的一生都是别样的人生。我们往往乐于品味和欣赏别人的生活，而忘记或忽略回味自己已经过去的生活。过去的生活，注定是人生五味——酸甜苦辣咸俱全。能给人留下最深痕迹的恐怕就是苦与甜了。如果乐于回味，恐怕也离不开思苦与忆甜。忆甜，是为了让明天的生活比今天更加甜蜜；思苦，应该从过去经历过的苦难中汲取教训，在未来的日子里不让苦难重演。在对过去生活的回味中，不管是生活的甜蜜还是苦楚，都不是当前生活的负担，而是为了不让过去的生活照片褪色太快。通过回味，汲取经验和教训，激励自己走好今天，展望未来，开拓精彩。能经常回味生活的人，对自己的人生追求不懈怠，干事业胸有成竹，就是遭遇挫折也能应付，因为前面曾遇到过挫折并战胜了它，这是自己给自己加油的法宝。在生活中没必要迷恋一时的超前攀比和赶时髦，与人争强好胜。日子在安逸和平淡中向前，这是最好的也是最幸福的生活。自己凭智靠才出力挣钱，不义之财不眼馋，生活稳稳当当在快乐中前进，幸福平平安安在知足中提升。

从家乡带到索县的包装食品，因为气压低而鼓包包，有的已经撑破了。据说人在西藏，五脏六腑也像鼓起的袋子一样，难怪在这里总感觉不到饿呢。有时候吃饭几大碗下去也没有饱的感觉，一两天不吃饭也没有什么饥饿的感觉，吃不吃都一个样。

每一个人的生活都是一部历史，每一家的日子都不是一帆风顺、事事如意，正所谓家家都有本难念的经。这部历史不一定有文字记载，却永远铭刻在你的心中。经常回味，就是不让自己的人生史断代或者遗失。人世间时光很短，匆匆几十载，但也很漫长，长得让你心累，幸好人生是不以时间论短长的。有的人活百岁，撒手人寰时，什么也没有留下，包括自己子女的记忆；而有的人可能不过匆匆几十载，却在人世间刻下了永恒。不必去追求永恒，只求活得精彩。

毕生为教育的斯塔校长

刚开完会，静下来想眯一会儿。一个人没有敲门就闯了进来，吓了我一大跳——浑身上下都是泥，上身穿着羽绒服，脚上穿着长靴，是雨靴。这是8月天呀，我们也穿得很多，但是没有这么夸张呀！再看看，是嘎木乡小学的斯塔校长，以前曾经有两次见面，还是很熟悉的。但是看着今天的这个校长，我简直认不出来了：头发乱糟糟的，都打成绺了，穿着当地牧民的衣着，我还真以为是当地的牧民呢。直到他和我打招呼，叫我马局长，我仔细看时才辨认出来，赶紧用毛巾给他擦一擦，可已经干了擦不掉，浑身上下就是一个泥人。

据斯塔校长讲，这两天嘎木乡一带下雪了，连续下了两场雪，尽管都不是很大，但路很滑，是雨夹雪，也很冷。这位老校长是骑六个小时的摩托车赶来的，衣服先是被淋透再被风干的，到局里话说得都不流利了。藏族人本身就不爱讲话，现在更是没有话，一杯热水下肚，话才逐渐多起来。谈到了路上的艰难，看得我心酸，听得我掉泪。他们真的是太苦了，我们与他们比真是天地之别。我们下乡坐汽车，他们往往要骑摩托走六个小时的山路，经常遇到泥石流和塌方的危险。来县城拉备品，一趟路费要3000元，并且只能拉不到两吨的东西。不是车不行而是路难走，车子不敢载重，在翻越高山峡谷时，车子的一个轮子经常是腾空的，一不小心可能就会万劫不复。好在这条路已经纳入规划，希望在我离开西藏的时候，天堑能够变通途，彻底解决当地老百姓行路难的问题。常言道“蜀道难，难于上青天”，这里是天路，天路胜青天，尽管也一直在维修，但是乡镇的道路由于受资金和技术的影响，加之季节性通车，拓宽改造的难度很大。“世上本没有路，走的人多了也便成了路”，若想体味鲁迅先生的话，那就到西藏来吧，到索县走一走，你一定会感触颇深。每个人都会有对事业、家庭、生活感到无助的时候，你若此时对生活还不满意，对事业还不顺心，那就到这里来体味一下吧，只有在这里你才会体味到什么是天堂。这里就是天堂，理想中的天堂，离天最近的地方，但是这里绝不是人类生活的天堂。到这里你就会感到释然、坦然，你的灵魂就会得到自然的升华，你就会明白什么叫人生，什么叫脱俗。

一杯热水下肚，斯塔校长逐渐舒缓过来，用他那非常蹩脚的汉语跟我抱怨行路的艰难，半路上还差点出现意外。他是来领教材的，明天还要返回去，教材要用摩托车带，跟我请示能不能想办法给他们学校配备一台皮卡车。看到他们工作的艰辛，我还能说什么呢？我答应他在我任期内一定帮助他解决。斯塔校长是民办教师，按照年龄已经办理退养手续，但是由于学校管理得好，办事认真负责，所以教育局又返聘他继续在学校当校长。这就是一个高原教育者的情怀，可谓“滔滔江水流千古，巍巍青山写忠诚”！想留他吃顿饭，他说还要买些东西，说什么也不肯。他走的时候天已经下起了小雨，我就想找个没人的地方哭一顿。在西藏时常有这种感觉，但是我没有眼泪。在内地，我们时常为工资的不足而抱怨，为工作的劳累而叹息，为个人的生活和工作的不尽如人意而慨叹。而和他们相比，我们无疑都是非常幸福的人，但并不是每个人都知道满足。来到西藏我感到自己很幸福，也很幸运。到这个艰苦的地方来，才知道还有很多地方比我们生活和工作的地方更苦、更累、更危险。幸福对于一个人而言，不同的人有不同的理解，十个人十个说法、十个理解。总之是，一个人的追求，通过努力实现了愿望，就应该视为幸福；满足于自己的现状，通过努力让生活和工作更美好就是美好的人生；让自己在满足和追求中进步，就是最好的追求和归宿吧。就如斯塔校长，他很苦，生活很艰难，但是他很满足，所以他很快乐。

和孤儿们一起过节

2009年3月28日——西藏百万农奴解放纪念日，全西藏都在载歌载舞，纪念这个属于自己的节日。自治区政府在布达拉宫广场前举行了隆重的庆祝仪式，纪念这一具有历史意义的时刻。地区和县城也举行了各种各样的庆祝活动。考虑到学校的实际情况，我们要求各个学校根据自己的特点，适当地开展丰富多彩的庆祝活动。县城中小学可以以学校为单位举行庆祝，乡镇学校要和乡镇政府联合庆祝。由于正值西藏“3·14”打砸抢烧事件一周年之际，达赖分裂势力利用这个敏感日大造舆论，这给西藏的发展带来潜在的不稳定因素，所以在举行庆祝活动的同时，也要防范别有用心者的破坏活动，因此学校要庆祝，但更要保证师生的安全。

为了这次庆祝活动，大家筹备了一周。二十八日到了，参加县政府组织的活动，组织机关同志的座谈会，参加中学的庆祝仪式，到小学参加座谈会，看望慰问老教师等等，忙得团团转。下午六点钟得以清闲下来，天却下起了毛毛雨。按照计划，得和局里的几位领导一起到福利院看看孩子。节日属于每一个人，我想这个时候，那些无父无母的孤儿一定更需要温暖。“每逢佳节倍思亲”，这个时候恐怕是孩子们最孤独的，他们怎么样了？

经过我们不懈的努力，现在的福利院已经是西藏一流的院所，也成为了孩子们的天堂。这里衣、食、住、学环境都要比县城学校的条件好得多。我们就是要让这些失去家庭的孩子们能够充分享受社会大家庭的温暖，享受与其他孩子一样的爱。在财政非常紧张的情况下，向地区和县财政争取了十五万元资金，对福利院进行了全面的改造——地板、藏式衣柜、图书室、食堂一应俱全，可以说这里的环境已达到一流了，孩子们生活的环境比个别教师家里都要好。

没有通知学校，我就想看看真实的管理状况，孩子们是不是生活得好？学校的管理是否到位？孩子们已经放学回来，正准备回房间。看我们到来，都围了上来，有的孩子还举手敬礼，用稚嫩的语言问候："马局长好！"有很多孩子就会这么一句汉语，可能我来的次数比较多，这句话孩子们都会说，尽管有的说话还很拘束。由于他们听不懂我的话，我就委托扎西局长代我表示节日的问候，并把礼物分发到每位孩子的手中。这些孩子最大的十三岁，最小的六岁。一个年岁比较小的小男孩背不动厚重的毛毯，趔趔歪歪的要倒下去，逗得在场的孩子和我们一行人哈哈大笑，这笑声给原本寂静的福利院带来了欢乐。看到我们这些人去看望他们，给他们礼物，献哈达，孩子们非常高兴。让我很感动的是，索县农民企业家琼珠也带着礼物来看望孩子们，这是我没有想到的。关心教育、关爱孩子是父辈的责任，但是他能来真是出乎我的预料，大家还都不富裕，他让我看到了希望。尽管语言不通，但大家的心是相通的。孩子们非常高兴，笑容在脸上久久不去。进入宿舍，新装备的藏式衣柜很漂亮，当然价格也不菲，这么几间宿舍花费近万元呢。由于有专门的生活老师负责他们的饮食起居，所以他们的房间很整洁，这是我在众多学校中看到的被褥最干净的宿舍，这让我的心情很愉快。我们在院子里和小朋友们照相、唱歌，大家都很高兴，但是最高兴的还是那些孩子们，他们把快乐带给了我们。也许他们并不一定知道今天是他们自己的节日，也许他们不一定在意这个节日，但我觉得，在这样的节日通过这样的方式带给他们一点儿快乐是非常令人高兴的。

情系高原　大爱无疆

有朋自远方来，不亦乐乎！“七一”前夕，我迎接到一批特殊的朋友——来自家乡的周晓帆一行，他们此行的目的是来考察我县福利院。2007年，我们争取了大连巴连孝、周晓帆、刘文斌三位先生出资六十多万元兴建了福利院。两年后他们不远万里来回访，慰问孤儿，并与孩子们一起过节！

地委领导非常重视，地区建设局欧嘎局长亲自陪同，县政府领导出面接待。欧嘎——“编外”大连人，东北财经大学毕业的索县人，我们都把他称为大连老乡。这是一个对大连有着深厚感情的藏族人，每年都坚持到大连访问，是党培养出来的优秀民族干部。周晓帆先生在索县的时间很短，重点是看望福利院的小朋友，他送来了很多生活和学习用品。对于远道而来的家乡人，县委县政府非常重视，指派我和县委副书记吾金才塔同志到边界相迎。晚上，县委副书记吾金、县长嘎松美郎举行隆重的招待会，宴请大连的朋友。对于大连人的善举，县委、县政府给予高度评价。大爱无疆，藏汉一家亲！他们的到来为大连—索县两座城市架起了新的友谊桥梁。

地区建设局欧嘎局长陪同视察福利院。考察组一行听取了由我作的工作汇报。2007年孤儿院竣工后，我们就积极落实开学的相关事宜。为了让这些孤儿生活得更好，我们为福利院铺上了地板，这是索县所有机关中唯一铺设地板的地方。新创建的特殊学校，生源、师资、设备等很多环节都需要协调和解决。我们积极争取到地区和县政府的财政补贴十万元，为学校配备了相应的设备。在全县范围内统计符合孤儿条件的孩子首批十四人，于2008年6月份正式入学。学生的饮食在福利院内解决，学习安排在县完小，教体局专门安排1名教师负责孩子们的饮食起居。我们在此基础上还专门为福利院筹建了1个阅览室，购买了相应的图书。现在的这些孤儿已经没有后顾之忧，吃穿不愁，学校就在身边，过上了幸福的生活。

福利院已经竣工一年了，招上来一些学生，这些孩子们在福利院生活得怎样？学习能不能跟得上？衣服和学习用品够不够用?巴连孝、周晓帆等老总一直惦念着，并不时打电话询问。听说孩子们在这里生活和学习得很好，他们很高兴，为这些无家可归的孩子找到一个避风所而欣慰。2008年他们决定再次来索县，慰问这些孩子，给孩子们捐助些资金和生活物资。巍峨的赞丹寺、高山顶端的尼姑庵、蜿蜒的索曲河、平坦碧绿如缎的赛马场、富有神奇传说的亚拉神山见证了他们的善举，留下了他们的足迹。在他们的感染下，我这个已经在索县生活和工作两年之久的“老索县人”也不由得对身边的一草一木再次审视，感悟这景色的优美。藏北的民居、草原的牦牛、歌唱的少女，无不是风景，无不令他们惊奇，也许我们已经习惯，所以没再体味到这样的心境。

为了感谢大连人的爱心，我们特聘请周晓帆先生为索县福利院名誉院长。还举行了隆重的聘用仪式，吾金才塔同志为周晓帆颁发了聘书。贵宾一行详细地考察了福利院，他们对福利院的建设、布局和内部的装修以及孤儿在这里的生活状况，都感到非常满意，决定再次赞助三万元用于孩子生活的补助。索县正值采挖虫草的季节，孩子们都到山上采挖虫草去了，所以大家并没有看到孤儿，使得此次考察略有遗憾，但愿下次能和小朋友们有面对面交流的机会，我相信这些孤儿一定能够牢记父辈们的期望，努力学习，早日自立成才，回报社会。

写意秋天

心情极其沉闷，真的想家了。一种莫名的思念让我心跳得厉害。早晨实在忍受不住，就和妻子通了电话，那头哭了，我也忍不住想哭。

昨夜下了一场雨，“一场秋雨一场凉，一阵秋风落叶黄”，本不炙热的夏天早早拉开了秋天的帷幕。路边的野草，河畔的小花，依然郁郁葱葱，但还是遮不住几分苍凉。它们将很快老去，落叶缤纷，只剩下干枯的树枝与严冬伫守。就算来年春天还会枝繁叶茂，但那新叶将不属今秋了。这就是自然生命的轮回，是一种不可抗拒的生命法则。

人生也如春夏秋冬一般轮转，所谓人到中年便是秋。春以花娇，夏以叶鲜，秋天褪去了春夏的喧嚣与燥热，静静地结果实，所以，中年人便拥有了秋的深刻悟性。如今我和众多人一样，开始步入中年。脚步已不似从前那般匆匆，曾经的巴山蜀水、曾经的坎坷奔波被仔细地翻检开来，记录到心灵的账簿上。正所谓："悟已往之不谏，知来者之可追。"青春犹如落叶一般，正一片一片地在岁月的风雨中凋零飘落。然而，虽然我们的躯体进入了萧条时期，可我们的大脑却依然年轻，没有随着我们的躯体一同老去，相反倒愈加睿智丰厚。在这人生的秋季，老去的只是容颜，心却依然年轻。

"看成败，人生豪迈，只不过是从头再来……"刘欢的歌，听起来极为煽情，年轻人听了定会冲动，而我却不屑。毕竟手中所剩筹码已很有限，需要谋划筹措。膝下儿女正值花季，需要精心呵护，以尽为人父母之责；而头顶之上父母已入暮冬，看着他们一天天衰老而又无可奈何，虽想尽心奉养，但远隔万里，忠孝难全。瘫痪在床的亲人，我知道他们在夜里也是不停地呼唤，为儿担心，盼儿早归。我知道他们亦知难保万一，可我要坚守，坚守这份执著，这个不容易的承诺。

秋天，一边为那生命的茁壮而欣欣然，一边为那生命的衰微而凄凄然。抬头望，世事虽茫茫，却已大致料定了方向，一路也好走了许多，但始终牵挂在心的是对生命的无奈。应该说，人生的秋季，是生命中最充裕、最从容、最悠然的一程，而且是那样长长的一程，在我们的生命中占有极大的比重。儿时懵懂无知，不明事理；年轻时忙着求学、成家立业；婚后又为养家糊口、生儿育女而奔波。行色太匆匆，何曾从容地享受过生活。忙忙碌碌之中，不知不觉便已人到中年，而我们仿佛还没有真正地好好活过，真正地踏实地活过。

人到中年，才仿佛品出了生命的原味，也才学会了如何生活，善待自己和其他。然而，毕竟年华已不再。每到秋季，我便心下悲凉。正如人所言的"打开愁字，便是秋了"。秋天来临，总想起辛弃疾笔下的《丑奴儿》："少年不识愁滋味，爱上层楼，爱上层楼，为赋新诗强说愁。而今识得愁滋味，欲诉还休，欲诉还休，却道天凉好个秋。"古人的悲秋情怀，中年的凄然心境，让人断肠，令人心碎。

在家的时候，一天总是忙东忙西，没有时间睡个长觉，如果能给时间睡他个两天两夜该是多么幸福。可是高原的夜晚，总是难以入睡，才发觉能睡觉、能睡着是多么幸福。身体因缺氧导致的极度酸痛，还有对工作的反复思索，有时候折磨得你很久都不能入眠。

秋天又到了，又长了一岁。藏北的秋天与内地格外不同，秋天在我心中已不再是悲愁的载体，而是拥有了成熟与睿智、收获与丰硕的涵义，明白了无需悲秋，不必悲秋亦不再悲秋。在生命的秋天来临的时候，我知道自己应该真正地成熟起来，秋天会给人另一种喜悦的情怀，也是人一生中的佳期。

秋天是收获的季节，虽然少了春天的靓丽、夏天的繁华，却拥有沉甸甸的极有分量的果实，有着许多难言的妙处。晨窗下，呼吸清新的空气，倾听鸟语虫鸣；黄昏时，倚栏观看美丽的夕阳徐徐西下；月光里，静静地执一支笔，在纸上随心所欲写意人生。于是，我不再叹秋，亦不畏秋后的冬寒。秋天是大自然最美丽、最丰富、最成熟的一季，我应该让自己的秋季也拥有这份丰盈和自豪！在生命的秋季也结出属于自己的硕果，焕发出中年人该有的美丽和魅力！把生命的秋天描绘成一幅美景！

给别人一个说话的机会

当教师时间久了，往往会形成职业病，说话不管对方的感受，语气生硬，不容置疑，在校训学生，在家训家人。自己还没有什么感觉，实际上已经把人家给得罪了，怎么得罪的？自己都说不清。后来当了教导主任、做了校长，和社会、和家长打交道的时候多了，见到不同类型的人多了，越发感觉这种职业病的弊端。所以也常常提醒自己，一定要换一种角度，让人家把话说完，也许他想说的正是你想要的。所以我总是时时提醒自己，尽量要克服自己的职业病，在任何时候、任何情况下，都给别人一个说话的机会。

记得刚当高中校长不久，有一个家庭因为孩子在学校受了点儿委屈，被老师批评了一顿，感觉心理上过不去，就要找老师理论一下，结果没有理论明白，就气呼呼地找领导算账。这对父母带着孩子气呼呼地撞开我的门，全家都是一副阶级斗争的面孔。看其穿戴是渔民，刚从海上回来，长长的靴子上还粘有细小的海带，大嗓门，一进门就大声嚷嚷：“马校长，老师欺负学生，你管不管，不把这个老师换了，我和你们没完！”什么大不了的事情闹到这样呢？父母是给孩子出气来了，肯定是孩子惹了事，不敢说真话。有孩子在跟前，怎好处理问题。于是我把孩子安置在别的房间，其父母开始坚决不同意，在我的劝说下，勉强让孩子留在室外。

刚开始，其父母很激动，在我的劝说下把事情的经过简单地说了一下，矛头主要指向老师在全班级面前狠狠地“收拾”了孩子，孩子面子上过不去等等，要求老师道歉。这种事情在学校几乎天天发生，老师批评教育学生本是正常，也许手段不一定恰当、方式不一定妥当，但没有过激的行为。当家长轮番吵嚷后，发觉我半天没有说一句话，一直在静静地倾听，他们感觉不对。“校长，你怎么不说话呢？”我说：“孩子跟老师吵，老师批评几句，家长不高兴，到学校找领导吵，你们难道希望我也和你们一起吵吗？”他们愣了，是啊，咱是来解决问题的，没有必要进来就和校长吵架呀！他们的声音开始低下来，到最后就是彼此的交流了。每个人都会犯错误，挨领导批评，有时候怕挨批评，就要找一些借口，甚至撒个谎。成年人如此，孩子就更常见了。这个时候，有的父母就忍不住，要找老师理论一下，关键还是没有引导和教育好孩子，没有弄清事实的真相。一个小时后，家长和孩子不好意思地道歉而去，大家成为了很好的朋友。用家长的话说，我拿他们当朋友，换句话说，我给了他们一个表达心情的机会。我知道，其实有些方面我们是做得还不够好。如果多听听别人的话，对自己有很多益处，帮助我们改正不足有什么不好呢？没有人不想证明自己的价值，没有人不想证明自己的存在，没有人不想让人觉得自己很重要。

“让所有的人在阳光下都有自己的位置”，说这句话的人，应该是一个真正意义上的人本主义者，悟透了以人为本的精髓，也是一个最聪明的智者。让所有的人都拥有自己的位置，当然是最好的，但是在现实生活里，这只能是一个值得努力的理想。每个人都在追求这种理想，可是又有几个人能够实现呢？虽然不能让所有的人都有自己的位置——这更多是上层管理者要思考的问题，对于个体来讲恐怕做不到——但是，让所有的人都有机会表达自己的思想并不难做到。

我是一个能够接受失败、不会被失败压垮的人。在西藏由于语言不通、文化相异，性格自然就有很多差异。这里的牧民既有东北的豪爽，又有高原的直率，三句话不和就可能动起手来。给他们机会，让他们把话说完——我常常这样提醒自己，这既是一种尊重，也是一种品格。师生之间、同事之间、和当地干部群众之间本无矛盾，无非是对事情的认识和看法不同而已，让他们把话说完，有道理我们接纳，没道理我们就当一个听众。能立即解决的绝不要推脱，一时难以解决的给一个明确的回答，如此而已！能够找上门来的，都是自认为成功的人士。而那些能够打拼出自己一片天地的人，确实对于人和事的认识，都有着各自成功或不成功的经验，细细品味，个中得失颇有可称道的地方，不是“事而后禄”就是“禄而后事”。不能够看透、不能够猜到的时候，都不要匆忙开口，即便看透了，猜透了，也需要在别人都说过以后，自己充分吸取其他人合理的想法，再谈谈自己的看法。因为自己愚笨，总觉得别人比自己看得高，所以听听别人怎么说，这样才不至于更平庸，我知道这不全是我自己的智慧。踏实做人，认真做事，给别人一个说话的机会。在藏三年，表面上受了点儿委屈，实际上获得了尊重，赢得了友谊。在告别索县的当天，我看到前来送别的人，看到和我拥抱的人，看到那些抢着为我献哈达的人，我知道我得到了他们的友谊。

给别人一个说话的机会，是对别人的尊重。尊重别人的人，当然会受到别人的尊重。在工作里如此，在生活里也未尝不是如此。即使是夫妻之间，如果不能让一方充分得到表达自己的机会，生疏是不可避免的。活在人世间的人，没有完美的。争取完美的人，应该给别人一个说话的机会。

病倒在索县

已经进入了严冬，公寓里只剩下任力书记和我两个人，其余四位弟兄已经回家休假了。由于自治区教育督导室要到我们这里检查工作，手中还有一些工作要做，回家休假一次不容易，要把手头亟待解决的事情处理一下，这样也好在家好好地休假。所以我还要半个月左右才能回家。

由于就剩下我们两个人，公寓里顿时清冷起来。由于近段时间天气特别寒冷，发电站的水渠又冻住了，经常停电。居民生起了暖炉，由于公寓完全靠电暖气取暖，尽管很干净，但是一旦停电就完全失去了供暖，房间冷如冰窖，日子很难熬。不敢点蜡烛，冬天氧气含量太低，蜡烛不能充分燃烧，长长的黑烟很快就会弥漫整个房间，一晚上都不会恢复。所以一停电，我们就早早地躺到被窝中，用手电筒照房顶数圈圈。盖两床被子，但还是没有顶住寒潮的侵袭，我终于病倒了。县医院的医生给我诊断，说是得了急性胰腺炎，要住院治疗。考虑到在公寓毕竟方便一些，所以就在公寓里打吊瓶了，可是不知道为啥那么疼，打了几天吊瓶丝毫没有见效，反而越来越重。这几天忙坏了任书记和老陈，他们跑医院，跑药店，做饭，烧水，陪护，还要上班，真是难为他们了。

房间太冷，书记要我搬到王利的房间去，他的房间朝阳，比北边能高出两度。考虑到再有几天病好一些就可以回家了，我不太想动地方。书记和老陈二话没说把王利的房间收拾好了（其实也没有什么可以收拾的，就把被子换一下就行了），强行把我弄到了王利的房间。这个房间面积略微小一些，但却是整个公寓最为温暖的一个，感觉确实暖和多了。但是病情依然没有好转，书记特别担心，让县医院的扎西院长和几个医生会诊，还是没有什么结果。书记很着急，也很生气，对他们动了态度。还是消炎吧，肯定是哪个地方有炎症，炎症下去了病也就好了。

到了第五天时，我实在是坚持不住了，疼得直冒冷汗，身体蜷成一团还是顶不住，众人只好冒雪将我送往拉萨的医院。我不知道这竟是一次生死未卜的旅途。在4800米的岗巴拉山上，由于风雪弥漫，道路湿滑，车子沿着坡沿儿往山沟里滑，扎西司机用尽全力打轮，可还是慢慢滑了下去，下面就是深沟。幸而先前翻在沟边的一辆车子给挡了一下，我们才没有继续滑下去，要不然恐怕就要见马克思了。在过往司机的帮助下，将车子推出了险境。这里已经有车子翻了过去，还有大约二十辆车停在半山腰上，上不去下不来，司机们都在奋力地清理路上的冰。那曲的冬季氧气含量不足内地的40%，岗巴拉山上空气更加稀薄，所以就是当地的藏族司机也承受不了这种环境，挥动几下镐头就气喘吁吁。大家轮流干，要赶在天黑之前翻过这座山，否则，在这个大雪飘飞的山岭过夜恐怕不是好滋味。三个多小时后，司机们终于把这段冰雪路面打通了。两天后我们有惊无险地抵达拉萨，住进了自治区人民医院。经检查我患的是胆囊炎而不是胰腺炎，药不对症当然不会治好病。在拉萨住了四天院，感觉有所好转，但是这里的费用太高了，加上也到了休假的日期，归乡心切，我决定回大连住院治疗。

事先没有和家里联系，当家人看到我拖着皮箱、穿着厚厚的羽绒服吓了一跳。儿子的反应最为强烈，跳起来喊：“非洲人来了！”他不知道爸爸是冒着生命的危险爬回了老家，此时还在忍受着病痛，强装笑脸。瞒得了孩子瞒不了妻子，在我的坚持下没有连夜去医院，因为我知道已经挺过了两周的时间，多一夜少一夜对于治疗病痛不是最为要紧的问题，还是在家缓冲一天为好。第二天我住进了家乡的人民医院。

由校园踩踏事故想到的

2009年11月25日，重庆市彭水县桑柘镇中心校发生一起学生踩踏事件，有学生在踩踏中受伤。具体事发时间为当日十五时二十分左右，是该校放学时间。当时，两名一年级学生在跑向教学楼二楼本班教室的过程中，与三四楼正准备下楼的高年级学生相遇，学生流在一楼、二楼楼梯口发生拥堵、踩踏，造成5名学生严重受伤，数十人轻伤。

无独有偶，二十月七日晚，湖南省湘潭市辖区内的湘乡市私立育才中学也发生一起伤亡惨重的校园踩踏事件，造成八人罹难，二十六人受伤。这一惨剧也是发生在下课之际，学生们在下楼梯的过程中，一学生跌倒，骤然引发拥挤所致。湘乡市教育局党委副书记、局长朱清华对校园踩踏事故负有领导责任，被免除职务。加强安全管理、确保师生平安永远是第一位的。安全不保，何谈教育呢？看似不经意的小问题，却是人命关天的大事。教学大楼越建越高，没有电梯，没有严格的管理措施，楼道安全显然已经成为校园安全的一大杀手。此事件也从另一个侧面显示出了学校管理上所存在的漏洞，加强领导干部的防范意识，加强学校课间楼道安全的管理，必须列为学校管理的重要内容。可以肯定的是，学校在此期间，楼道是没有老师负责管理的，处于管理的失控地段或者是管理老师就位不及时，没有在规定的时间进行有效的管理才导致了事件的发生。

来西藏已经两年多了，由于自己时刻关注校园的安全，加大了这方面的宣传和管理力度，更为重要的是通过不断强化引导，已经充分引起了管理者的高度重视，学校在这方面加大了管理的力度，起到了很好的效果。两年来，校园没有发生一起安全事故，和以前相比有了明显的好转。从总体上看，尽管我们在校园值班、维稳安全、宿舍管理等方面下的功夫大，但在一些细节的管理方面做得还不够到位。只有不断加大管理力度，从严管理、

区、地、县三级安全大检查

从细管理，才能切实打造平安校园。处理是为了进一步警示，引起后人的重视，把安全隐患消灭在萌芽状态之中，不让悲剧发生。作为教体局局长，我相信湘乡市教育局局长肯定不会忘记对学校安全的重视，也肯定不止一次两次地强调安全，但是悲剧还是发生了。反思工作的失误，还是在细节方面的检查和管理不够，对安全方面要求的力度不够，存在麻痹思想和惰性管理行为，最终导致悲剧的发生。

校园安全无小事，安全责任重于泰山。强化安全管理，最重要的是要强化领导干部的安全意识和细节管理，常抓不懈地努力。冬季来临，漫天飞雪是一种浪漫，但长达五个月的冬季也是一种潜在的危险。车辆滑入深谷、雪灾导致道路堵塞事件在西藏时有发生。休假在家，但是我的心依然在西藏，那里发生的每一件事都无时不让我挂心。通过网络和电话联系，经常提醒他们加强这方面的管理和引导，加强冬季的安全教育和安全防范，确保师生平安，不但是我们的任务，更是对人民的责任。

狗熊砸了学校

早晨还没有起床，接到加勤乡小学校长的电话，汇报说一个教学点被砸了，门和玻璃全部砸坏了，汇报同时要求进行维修。我询问了一下原因，校长的话吓了我一跳：昨天晚上天气突变，半夜有小雪，狗熊进校，把学校砸了。狗熊在山里没有食物，就跑到村子里觅食来了。它不敢到村民家里去，因为那里有灯光，有狗叫报警，它讨不到便宜，就跑到了教学点。满以为能够找到吃的，可是教学点只是白天有学生，晚上就关门了，什么都没有。也幸亏没有学生，否则还不知道会出现什么后果呢。狗熊看到学校实在没有什么可以吃的，非常生气，就用那有力的大爪子把门和玻璃全部砸碎了泄愤，临走还不忘留下一堆熊粪，“威风”地正告人们，熊爷爷到此一游！

近年来，政府高度重视野生动物的保护，狗熊和野生牦牛都是国家一级保护动物，禁止乱捕乱杀。这些年狗熊多了起来，有时候也会到村子里“串门”，找些东西吃。如果有好东西吃，它吃完就走了；如果吃不到东西，狗熊不高兴就会搞破坏。2008年曾发生一起狗熊害死村妇的事故，引起了当地人的恐慌。山上有食物狗熊一般是不下山的，只有在每年的四五月份也就是挖虫草的季节，山上都是人了，狗熊没处躲避，就跑到村子里来找点儿吃的。

今年六月，嘎美乡政府接到村民报告，说狗熊进村子了。事情很快就上报到县政府。尼玛次仁副县长带队考察损失情况，据他透露，当时看到这户人家已经被狗熊糟蹋得不像样子——门和窗子已经破烂不堪，家里的食物被吃一空，桶装的饮料也被喝光，狗熊喝饮料的方法和我们一样，把拉环拉开喝尽，袋装米和面也给倒在地上混在了一起。好在当时村子里没人，否则和狗熊相遇肯定会凶多吉少。赤手空拳和狗熊搏斗，吃亏的肯定是人，弄不好就会出人命。

这次狗熊进村看来不是个别现象，我担心狗熊会再次下山，必须立即对学校进行维修，把围墙建起来。我安排阿珠副局长亲自到学校去，实地检查一下破坏的情况，好在破坏的范围不大，维修也不困难。但是怎样才能保证今后不再被狗熊破坏，如果它们白天下山怎么办呢？动物要保护，但是更重要的还是要保护人，保护好学生尤为重要。由于这所教学点就在山脚下，很容易成为动物袭击的目标，为安全起见，给学校安装了防护网，维修了破损的围墙，同时要求老师们要加大安全方面的教育，确保孩子们上下学的安全。

雨夜遐思

一天的会议，一天的交流。由于下雨，感觉空气很潮湿，胸闷闷的，明显是话说多了，想躺下来休息一会儿。由于事情多，下班晚了，吃晚饭就剩下我一个人。饭菜都凉了，端到房间想热一下，发现停电，算了不吃了。躺在床上，手电光照在天花板上，发出淡淡的幽光，一圈又一圈。他们还好吗?拨通了家中的电话，那边传来老婆疲惫的声音，苍老、深沉，听说今天也很累，八点还没有吃晚饭。我这里苦，他们娘俩更苦，一个家没有了男人，就没有了天，也没有了生气。身边连个倾诉的人都没有，如果身边有一方的父母也好，也是个安慰和帮助，可是都在千里之外。对不起，唉！真的对不起，但是我们必须坚强起来，这是我们勇敢的选择，毕竟归期有望。给老丈人家打电话，这段时间太忙，双方父母都没有打电话，老丈人已经躺在床上三年了，糖尿病并发症，现在每三天做一次血液透析，已经进入生命的晚期，也不知道能挨多久。没有办法尽孝心，只有在远方默默地祝福了。往父母家中打电话好久没有打通，可能是电话没有放好，接不通，也不知道瘫痪在床的老爸怎样了？他还好吗？还能拄得动拐杖吗？儿子不在身边他是不是不幸福？年迈的老妈妈能否照顾得了老爸呢？“父母在，不远游，游必有方”，我是否真的有方？他们能否理解我，我又能为他们做些什么呢？

爸爸，好想家，你好吗？你能够听到儿子在万里之遥的呼喊吗？我想你！真的想你！为了我读书，你付出得太多了。身体不好但是仍然坚持，每到我放假回家，你就会病倒，这一病就是一个月，我接过你手中的工具，但是每当我上学的时候，你就会奇迹般地好起来。但我知道不是好了，而是你在透支自己的生命，是在拿生命支撑我读书。就这样，我们相依为命，我读到了初中、高中、大学。本以为你会随儿去，享受几天所谓的清福。但是你没有，你还是在那个家中，我知道你是不想给我添负担。当我得知你病倒又摔倒的时候，我真的悲痛欲绝，哭着走千里奔到你身边，真怕见不到你最后一面。上苍保佑你又挺了过来，熬过了一关，但如今你也没有好起来。我知道你的身边该是多么需要有人照顾，可是儿有重任，还要远行，到这个触手及天、火柴因缺氧划不着的地方，并且一待就是三年！忠孝不能两全，保重吧，爸爸！妈妈！不敢把这些话说给你们听，就怕你们惦念，我这里还是很好了，尽管有许多的困难，但是有幼年时的培养和锻炼，这点儿苦又算得了什么呢？感谢你们给我那么多的培养和教育，我也许没有其他人那么多快乐的童年，但是有很丰富的经历，这是我一生的财富，这令我终生受益。当我来到这藏北的雪域高原，当我在夜深人静反思人生的时候，我越来越感到这份经历的珍贵，谢谢你们。

每天我都躺在床上数日子，盼着归期早至，早回到您的身边，躺在家里的炕上，听你们讲家中的故事。可是越是盼越感觉时间过得越慢。在内地上班总觉得不知不觉过去一周、一个月，但是在这里觉得时间是如此漫长、如此无奈、如此寂寞。窗外的雨时缓时急，有时夹杂着冰雹，拍打在窗子上，发出吓人的响声。这响声给高原的夜增添了一种不安的愁绪。多想给家里打个电话，可是我根本不能拿起电话，这里华灯初上，而家里早就进入梦乡了。每当这个时候我就拼命地洗衣服，在这里孩儿勤快了，衣服一般每天都换一套。这里的夜实在是太漫长了，漫长到你会憎恨的地步，所以洗衣服成为我最好的消遣。没有人会懂得我的勤快，只有您知道我在洗无尽的寂寞，在洗漫漫的征程！

月到中秋梦难圆

2009年9月5日，是父亲离世一周年的日子。一年了，我始终把您放在心底，用拼命地工作来填补内心的空虚。不敢提起笔，那是心中的痛。一年了，就这样走一年了。多想给您的新坟添一锹土、燃一炷香！可是这里离家乡太遥远了。使命使然，我在您活着的时候没能尽到孝心，我们总是聚少离多，如今却是永别了。您还没走多远，大哥又要随您而去了，是您在那边孤单吗？接到家里的电话，说大哥病危，希望我尽快回家见大哥最后一面。早知道肝癌晚期的他已经没有多少时日，但是我完全不能接受今天的噩耗。

我不知道为什么，老天如此残忍，援藏才仅两年就有三位亲人弃我而去，是我做错了什么吗？迎接地区主题教育工作组，晚上喝了酒——这是我到西藏第三次喝酒，由于心情差，五瓶啤酒、半瓶白酒彻底麻醉了我。躺在床上思前想后，一种不可名状的悲哀传遍了我的心。忍住不让自己的眼泪流下来，但是最终我放弃了，一个人在公寓里就开始号啕大哭。半夜三更，一个大男人号哭实在不是动人的风景，但是我管不了那么多，我怕不哭出来我会疯，我会控制不住自己。好在是深夜，电视的声音很大，没有人会听到，只引来野狗的应和。夜夜与它们为伴，早已经习惯了它们的狂吠，只是它们的哀鸣似乎与往日的不同，我于是倍感月夜的漫长与凄凉。什么“执子之手，与子偕老”，您走得太快太快啊！您不知道您走后的日子，母亲是那么的孤单，留下她一个人独守空房，偌大的一个家就只有保姆陪伴她。姐姐们接她去，可是她说什么也不去，留恋那个属于你们的家。孤孤单单，日夜企盼，让儿不敢想，不敢思念。每次打电话，母亲都说不想我，怕花电话费说几句就让我挂电话，可是她却一直不肯挂电话，我知道那是多么不舍和无奈。每次回家告别，母亲都颠着一双小脚送我很远，很远，说不送了，可还是停不住脚步。走了很远回头时，依然看见母亲孤单的身影在房子的尽头，站在落日中显得那么无助，显得那么凄凉。我不知道她什么时候才能回到家，因为回到家后依然剩下她一人！父亲走了，剩下八十五岁老母亲，倔强的她哪家都不去。不管是儿子还是闺女。她是放不下那个老屋，孤单又寂寞的老屋呀。

有人说老来得子是一种福分。我没感到你们有什么福分，只是给生活带来了更多的负担。为了我读书，父母不停地劳作，春夏秋冬，用微薄的收入支付我读书的费用。最不能忘怀的是父亲送我上高中，那一次父亲送我很远，也是我们交流最多的一次。赶着马车，拉着一个大大的箱子，这是为我上高中特意做的。后来这个箱子陪伴我很多年，从高中到大学，到结婚，都没舍得丢弃。记得是晚秋的时分吧，天气有些凉了，由于走得早，路上没有行人，就我们父子俩。一向不善言谈的您和我说了一路，从家庭、交友到学习，让我一辈子忘不了，每每回忆起来，就感到温馨。已经快六十的老父亲呀，还鼓励我要好好学，将来走得远远的，您说农村的生活太苦了。可是又哪里知道，儿子倒是真的走远了，真的是越来越远了，远到了离家万里了。

如今孩子们都大了，连最小的我也大学毕业，成家立业了。可是您仍停不下脚步，干不动了，就在自家的小院子里耕种属于您的希望。我们也乐于看到您忙碌的身影，这样会更充实而快乐。但一种隐隐的担心也不时袭来，爸爸毕竟年岁大了，真怕哪一天倒下去……您真的就摔倒了，一躺就是三年。三年中，儿子没有在您的病榻前伺候几天，更多的是电话里的倾诉。真该感谢我的哥哥和嫂子，在您最后的三年里，他们无微不至地服侍。但是我一直认为您很硬朗，可以活很多年，尽管躺在床上，为什么一向硬朗的您突然就不行了呢？

接到父亲病危的电话是下午六点钟。西藏一般不走夜路，因为这里山高路窄，危险异常，稍不留神就会坠入深谷。我和扎西连夜狂奔，五百公里白天走十三个小时，夜间竟然仅用十四个小时就赶到了拉萨。也许是父亲的呼唤，父亲还没有闭眼，等待远归的儿子，飞机非常顺利，当天七点赶到大连，下飞机走高速，半夜三点终于回到了父亲的身边——可是父亲已经停在院子里了，爸爸等不及远归的儿子，走了！我彻底地松软了，没有哭声，仿佛自己在天上飞。吓坏了妻儿和老母亲，一天两夜的狂奔，由四千米的高原直接到家，没有半点缓冲，加之心情极度悲伤，我第一次体会到什么是崩溃。表兄是医生，知道我的状况非常危险，带着急救设备，幸亏有他。

父亲已经入殓，坐在父亲身边，一张薄薄的木板将我们隔开，从此阴阳两世，永不相见！没有了泪水，没有了慌乱，忙了几天的家人已经累得不像样子，东倒西歪地睡去，摇曳的灯光在这个孤寂的夜晚显得更加昏暗。还算庆幸，能为父亲守一夜的灵堂，对我来说，或多或少也是一种安慰吧！

由于工作任务重，埋葬完父亲，我就匆匆返回了西藏。倏忽又是秋季，转眼已是一年。原想回去看看年迈的母亲，顺便给父亲上炷香，由于工作任务重而放弃了，企盼父亲能原谅儿的无奈，盼望父亲在天之灵能保佑大哥再坚持几天，能听到他儿子结婚的好消息，这消息能让他含笑九泉，微笑上路！白天还是秋高气爽，晚上却夜凉如水，感觉您又清晰地站在我眼前，遥望当空月，月圆梦难圆呀！

人到中年

夜深了，想打个电话，考虑到孩子已经进入了梦乡，只好停下来。数着在西藏的日子，数着走过的岁月，倏忽而过！没有感到生命的流失，只有在高原的漫漫长夜，才令我倍感时光的煎熬。有人说，人生是美丽的，有人说人生是痛苦的，也有人说人生是平淡的。自从懂事开始我就憧憬人生，向往人生，可从来没有想过，还要品味人生，也许这就是人到中年了吧。我知道，我已经人到中年。

有人把人生看成是一场足球赛，人生的过程就是你死我活的激战。在其壮怀激烈中，体验风云变幻的快感；在其顽强拼搏中，感受胜负叵测的期盼。于是在这胜者为王的评判中，渴望踢出鬼斧神工般的一球，来赢得梦幻般的喝彩声。有人把人生看成是一盘棋，人生的过程就是持久地对峙。在扑朔迷离中，感叹命运的不济；在峰回路转中，感悟人生的多变。所谓三十年河东，三十年河西，于是在跌宕起伏、神鬼难测中，感叹沧海桑田般的无常。有人把人生看成是一杯咖啡，人生的旅程就是细细地品尝，在其甘醇中享受浓郁的浪漫，或是在这浓厚的醇香里，追求美丽的誓言。也许他们说得都对，也许他们说得不全对。其实，对错又如何呢？

骑着马去下乡，能让我回想起童年的鸿鹄之志，渴望翱翔于蓝天，远飞万里。而今虽远程万里，但几番飞翔，几番挣扎，终于明白，每个人只是别人牵在手中的风筝。人生，因有着诸多的约束，充满着迷茫和惆怅，背负着痛苦和无奈。虽怀有征服之心，渴望奔驰在原野，而历经无数浅滩、留下累累伤痕时，倏忽懂得，人生也遵循着适者生存的法则。生命有着太多的羁绊，在伤感的迷离中，痛惜岁月的沧桑。曾幻想有指挥千军万马般的威武，有浪迹天涯般的潇洒，有随心所欲的富有，有淋漓尽致的快乐。现实的无奈让人明白，理想与追求，只是一种心存的美好，是一厢情愿的希望，是孜孜不舍的等待。以地位和金钱来衡量成功，我不是一位成功者，因为我虽人到中年，却两手空空，来去匆匆。用鲜花和荣誉来衡量胜利，我也不是一位胜利者，因为在我的生命里，并没有多少鲜花和掌声。用豪宅、名车来衡量富有，我更不是一位富有者，因为在我的生命中，从来不想这么低俗。但我不是一无所有，因为我始终满怀希望，从未停止过对梦想的追求，始终执著如初，从未放弃过自己的抱负，始终充满热情，未吝啬过自己的付出，始终执守那份真诚。

我更愿意把人生看成是一杯淡茶，人生的过程就是在慢慢地品茗。在其清香中品味人生的激情与平淡，在其润泽中感受生活的苦涩与甜蜜，在这平淡与甘苦中，追求恬淡相守的自然。不问收获，怀着感恩的心把日子来过，顺其自然，一直朝前走，不回头！

看到孩子们的欢笑就让人欣慰。在此漫长的长夜中很难入睡，就想写点儿什么。不为别的，就为熬过这寂寥的夜空与漫长的相思。不问收获，只问每一天是否爱着我的生活、我的家人、我的亲朋和好友，以及我身边的所有。有缘自会停留，无缘擦肩而过！

给老妈买鞋

母亲是上世纪出生的人，以前的鞋都是自己做的，布底软帮，穿着舒服。我记得母亲年轻的时候每天都纳鞋底，然后就自己做鞋。一家人的鞋都要做，我们都喜欢。母亲老了，做不动了，我们就买鞋穿。给妈妈买鞋不容易，因为母亲是裹脚，小脚鞋不好买。母亲是那种小家碧玉似的小脚女人，个子小，身材瘦，因此脚也格外小，只能穿20码的鞋，也就是我们成年人的一巴掌大吧。这种鞋只有老北京布鞋厂才做，但是近些年，随着这一代人即将告别历史舞台，裹脚老太太越来越少，购买的人越来越少，终于老北京布鞋厂也停产了，从此小脚鞋开始逐渐告别市场。如今小脚女人日益罕见，都是奶奶、太奶辈儿了，相信不久就会成为历史。正因为鞋难买，所以我就格外关注，无论走到哪里，我都要逛逛鞋店，看看有没有一巴掌长的裹脚鞋。最早是在北京买，十元一双。后来在沈阳和成都买，三十元左右。妈妈很喜欢，还经常在她们老年人中炫耀：这是我老儿子给我买的，肥瘦正合适，大小也合脚。有时候母亲就把鞋号大一点的送给舅妈和邻居老大妈。去年，舅妈和邻居的老大妈先后去世了，母亲也就再也不能把鞋送给别人了。因为母亲成为了远近唯一的小脚老太太。这些年经常出差，到成都、西安、重庆、昆明、甘肃，每次都不忘去看看鞋店，盼望着能有收获，也总能看到比较如意的，当然大小总不是很合适，大多都是一双两双地买，最多的一次买了三双。价格也由原来的十元涨到了一百六十元。妈妈有一个装鞋的小箱子，每次买回去就放在箱子里，轮流穿。老年人活动少，所以鞋子很省，终于箱子满了。母亲说，孩子别买了，妈够穿了，将来死了也没有办法送人了。话是这样说，但是每次买回去母亲都欣赏半天，把箱子底翻出来，逐个比量，告诉我哪双是什么时候买的，哪双颜色最好，哪双有些号大不跟脚。看到她像个孩子似的，我也就没有停下来。遗憾的是合适的鞋子越来越难买了，到后来只要是裹脚鞋，哪怕是大一号的，也就只能将就了。今年走遍了能去到的地方，都没有买到这样的鞋，心里不免有些担心，母亲还在盼着呢。我知道她盼的不是鞋，而是在远方的儿子。但是没有鞋怎能行呢？我们穿鞋大一两号无所谓，可是小脚人鞋大了穿不了，因为脚趾头在下面，走起路来前后滑动，好在前几年有准备，鞋子够穿了。谢天谢地，我竟然不经意间在拉萨买到了，难不成藏族人也裹脚？令人不如意的是鞋子大两号，而且库存只有两双，比量一下还是觉得大，但将就穿还可以，于是两双都买下来。回家后拿给母亲，母亲照常很欣喜，现在还能够买到？看来小脚人还有呢！母亲老了，走起路来颤颤巍巍的。我说我明年去重庆，还能买到这样的鞋呢。妈说，别买了，穿不动了。我知道，母亲为身体担心呢。但是我相信母亲身体会硬朗起来，因为市场上还能淘到这样的鞋呢……

为你守候

今天是周末，没有休息，工作成为我唯一的爱好。已经成为一种习惯，等待你的电话，守候你的到来，守候你的呼吸。为你守候，哪怕你今夜不再来。亲爱的，很久没有听到你的声音，很久没有再见你那熟悉的笑容。等了你很久，没有你的音信，只有在寂寞的夜晚，凭窗望月，让星星悄悄地带过去：亲爱的，最近一切还好吧?我只是想你了。就是在这样的夜晚，内心深处的记忆闸门开启了，让自己沉浸在淡淡的思念中。想起了我们第一次的约会，想起了我第一次惹你哭泣的时候，想起了你第一次给我剪指甲的时刻，想起了我们一起在外打工的日子，想起了我们手拉手在街上引得行人驻足……

开心快乐每一天，不要烦恼和忧伤。而你每一次的释然总是在听到我的声音、看到我的文字之后，因为你知道，在千里之外总有一个人在陪伴着你的喜怒哀乐。已经过十一点了，但是你没有来，你说忙完了孩子就来，我已经在网上等你五个小时，但你依然没有来，我估计你已经悄然入梦了，真想打个电话，可是我怎么忍心再去打扰你呢，你那么累了，你睡觉又是那么的轻，即使有轻微的声音，你也会醒来，就让我在这个寂静的夜晚等你吧。没有你的日子里，我只有想着你的容颜，侧耳聆听熟悉的脚步，回味着一个又一个珍藏的片段。晚风徐徐地吹来，带来了一丝丝的凉意，请把我的思念带走。你我都知道，无论是我多么渴望，无论是我多么思念，那也只是一个美丽的梦境，你我都必须承受，好在归期有望。一生一世相守，是我的福分。即便是在万里之遥，你也在我的身边，在我的心里。想到你和孩子，我的内心没有了寂寞孤独，这样的感觉宁静淡泊。因为你，我的思念之泉就不会干涸；因为你，我懂得了珍惜；因为你，我才体会到思念的味道；因为你，我才耐得住寂寞。为你守候，我心甘情愿。

家在远方

西方有一个感恩节。那一天，无论天南地北，再远的孩子也要赶回家。遗憾的是，我们的节日很多，却缺少一个感恩节。也可以千里万里赶回家，但团聚的热闹总是多于感恩。

人们常说，没有阳光，就没有日子的温暖；没有雨露，就没有五谷的丰登；没有水源，就没有生命的永恒；没有父母，就没有我们自己。我们父母给予我们的爱，常常是细小琐碎却无微不至，不仅常常被我们觉得理所应当，而且还觉得他们人老话多，树老根多，嫌烦呢。而我们自己呢，哪怕是同学的生日，都不会错过他们的Party，偏偏记不清父母的生日。今天的夜晚，没有一丝云彩，月光透过纱帘洒在脸上，温温的柔柔的，像遥远记忆中母亲的手；明明的亮亮的，像母亲那双永远呵护我的眼睛。自己离家上学、工作、结婚已经十三年了，可父母对我的爱却与日俱增。记得父亲送我上学时眼中的泪花，也记得母亲送我工作时眼中的那份不舍，更记得母亲每次分别时那双想多看我一眼而又不敢看的眼睛。

而今，爸爸离开我已经快两年了。虽说忠孝不能两全，但是临终也没有看到儿子在身边，爸爸一定是带着遗憾撒手人寰，一定不会原谅我！每当夜深人静的时候，就会想到他躺在床上的呼唤，可是我再也没有机会了，哪怕到坟头上哭喊一声，添上一锹土！爸爸，我想你了！两年了，爸爸，你在那边好吗？有人说，你很幸福，辛苦一辈子，老来衣食不缺，儿女们都很孝顺。但是我知道，你最缺的是儿孙的陪伴，这一点又恰恰是我们所做不到的。大家都在为生活而奔波，而我又远在万里之遥！身边的老陈说，想家了，就打个电话，就给父母寄点儿钱。是啊，打个电话，寄点儿钱，我们还能做什么呢？我知道有时候一百元换不来一杯开水，而今老人家一个已经离世，一个已八十四岁，白发苍苍。每次打电话那头都是匆忙挂断，我相信挂断电话后一定是长久的相思。爸爸没了，妈妈一个人怎能不孤单呢？可是她在任何一个子女家都待不过三天，宁愿守着那份孤单。

到山南藏王墓，司机扎西说，那栋不起眼的房子的后墙上有一块石头，闭上眼睛摸到前面去，如果手正好合在石头上，下辈子就能够和家人见面。大家试着走，都没有成功。我心中许愿，闭上眼睛，一步一步，手稳稳地盖在那块石头上。爸爸，是你在想我吗？我想一定是，因为我的亲人都在，就你，就你狠心地离开了我们，让我在高原无时无刻不思念。有时候我真想大声地呼喊：爸爸，我真的很想你！但是我怕惊醒梦中的人，怕自己承受不住那份孤独而当逃兵。我的选择在高原，我要走完属于自己的一千天。不期待你的原谅，只请求你的庇佑，庇佑妈妈平安，给我们一个机会，一个回家的理由。

雨润高原夜　含泪迎亲人

在藏北待久了，最奢望的就是看到拉萨路两旁的树。每次走在这条不长的路段，我就感到莫名的兴奋，有一种生命的力量在传递，有一种家乡的气息在交流。这两天，大家都非常兴奋，大连市党政代表团六月二十日要来西藏考察慰问了，我们也有机会到拉萨小住，又将见到这片久违的林荫。

代表团领导听取援藏工作汇报

连日来大家都在积极地忙碌着，定行程、旅馆、招待、汇报等工作都在有条不紊地进行中。由于受拉萨的气候等原因制约，代表团到拉萨的行程一直没有定下来，所以，我们的接待工作也处在动态之中。联系机场贵宾通道，安排住宿宾馆，整理汇报资料，做好迎接的各项工作，好在大家分工负责，一切都很顺利。志林的父亲病倒了，他赶回了大连。时进的夫人还在北京住院，他要在里书记到拉萨的当天赶回拉萨。所以很多准备工作都需要我们提前联系，免得代表团到拉萨临时慌乱。

昨夜的一场小雨给夏日的拉萨带来了清新，雨后的拉萨显得更加美丽、干净、圣洁。六月十九日，代表团顺利到达拉萨，大约中午十二点下榻宾馆。由于办公厅张芳主任高原反应严重，呼吸困难，血压急剧升高，他被安排到医院检查，后来看实在危险，只好紧急送到医院进行抢救，直到下午三点钟也没有实质性的恢复，这样的状况是不能再留在拉萨的，可能会危及生命。通过自治区政府联系下午的航班，好不容易联系到1张机票，由于张主任身体状况差，机长担心出现危险，拒绝让他登机。通过多种努力，终于把他安全地送上了下一班飞机。这个小插曲为各地代表团到拉萨带来了一个永恒的话题和永久的回忆。很多人都说拉萨艰苦，气候条件差，但是没有想到会差到这样。

亲切的关怀、巨大的鼓舞。自治区党委、地委行署对本次代表团非常重视，郝鹏同志汇报了西藏的发展情况，并欢迎代表团一行的到来。地委书记边巴扎西同志详尽地汇报了援藏干部在那曲的出色表现，对第五批援藏干部给予了高度的评价。辽宁援藏总领队、地委副书记刘自康全程陪同。工作组一行详细听取了各级领导的汇报，并且专门听取了援藏工作汇报，特别询问了大家在那曲的生活和工作情况、“维安”情况，对于援藏项目的积极推进表示高兴，同时鼓励我们再接再厉，站好最后一班岗，树立大连援藏干部的良好形象。

代表团在西藏期间，地委边巴扎西书记两次到下榻的宾馆，汇报了那曲地区在党中央和自治区的领导下，在大连市人民的无私支援和帮助下取得的辉煌成绩。那曲地区的东三县是北大门，也是西藏最为艰苦、最为复杂的地区。大连市第五批援藏干部扎根索县，不怕艰苦，以大连开放的胸襟，宽阔的视野，努力开展工作，取得了辉煌的成绩，赢得了那曲人民的普遍称赞。特别是第五批援藏干部正赶上西藏发生动乱这一特殊时期，大家经受了战斗的考验，经过了血的洗礼，坚守岗位，全面推进小康索县、平安索县的建设，援藏项目稳步推进，经济建设快速发展，积极推进“普九”进程，各项事业快速发展，索县成为西藏秩序最稳定、经济发展最快的地区之一。在整个援藏队伍中，大连援藏干部维稳任务最重，工作压力最大，在藏时间最长，也最值得敬佩。感谢大连市为西藏选派了优秀的干部，为当地干部群众

无私的援助

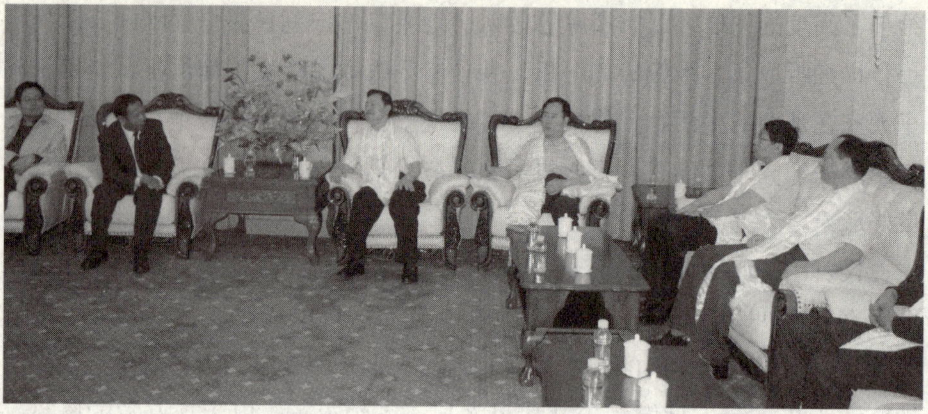
那曲地委边巴扎西书记向里景瑞副书记汇报援藏工作情况

树立了榜样。

我们都很兴奋，也很激动，在高原很难见到家乡的亲人。走在一起，哪怕一句话不说都倍感亲切。两年来我们时刻不忘家乡的嘱托，不忘肩负的使命，正如任力书记汇报的那样：凡是有损于党员干部形象的事不做、凡是违反组织纪律和法律法规的事不做、凡是违反民族宗教政策的事不做、凡是不利于发挥先锋模范作用的事不做、凡是损害援藏集体荣誉和利益的事不做、凡是违反党性原则的事不做、凡是侵害群众利益的事不做、凡是影响团结和谐的事不做。做维护祖国统一和民族团结的促进者，做踏实工作留下伟业的实干家。

看到故乡的亲人，聆听到组织的关怀和鼓励，我总有一种想流泪的冲动，这是久别的冲动，但是不能流出眼泪，这样会让大家惦念的。没有更多

大海与高原的握手

的言语，无需过多的表态，踏实工作，不辱使命，早已经是我们的承诺。在西藏还有一年多的时间，还有许多工作要完成，就把这种冲动留到工作中去，变激动为干好工作的动力和希望吧。

由于工作关系，工作组没有到那曲实地考察，也没有来得及看看拉萨周边的风景便匆匆返回了大连，留下了一点儿遗憾。三天的时间对我们来讲，真是太少了，大家还没有待够，也真想留他们在西藏多做几日停留，领略一下高原的特殊风情。可是行程已定，我们也只好万分不舍地送工作组匆匆踏上了归程。

有路还怕远吗

在西藏最震撼人心的不是雪山，不是牧场，更不是那些随处可见的牛羊，而是一路磕长头的朝拜人群。在路上时常见到三三两两去拉萨的朝拜者。他们是特殊的一群，来自不同的地域，但是都到一个地方——拉萨，朝圣者的圣地。从藏北到拉萨，一路上总能见到络绎不绝的朝圣者，一路走来，一路叩过去。有的时候去拉萨，会在半路上看到他们，半个月后回那曲看到的还是那群人，还是那套行囊，还是那样虔诚地叩首，三步一叩头，十里一歇息。不同的是身上的灰尘更多，额头上的胭子更厚，目光更虔诚。他们的目的地是圣城拉萨，到拉萨朝拜是他们一生的心愿，有的甚至会花上几年的时间才能到达拉萨。

在久远的过去，朝拜的信徒双手空空，衣粮不备，到村寨了就找个人家吃住下来，走时再带一些干粮。不必担心会有人家不接纳，他们认为朝拜是做功德，因此给朝拜者提供一些帮助也是一种功德。即便如此，他们也会经常断顿，因为各个村寨之间不可能等距离，他们也不可能背得太多，多数是苦行僧。一路上走过村寨，翻过山岭，走过了春夏秋冬。有的人中途生病死亡，后面的朝拜者就剪下他的一绺头发，带到布达拉宫，带到大昭寺，用酥油贴在大殿的柱子上，让逝者的灵魂得到安息。现在，在大昭寺大殿内仍然可以看到许多粘在柱子上的缕缕华发。

现在生活好了，不用再到牧民家去借宿了，带个给养车，搭个帐篷，吃

朝拜者

住就全部搞定。为了行程方便，大家一般结伴而行。有人专司食宿，负责大家的衣食住等方面的工作，为同伴提供方便，并且此人一路不能更换，他们认为这也是一种功德。而磕长头的信徒只管一心朝拜，一丝不苟，心无杂念，绝不想用偷懒的办法来减轻劳累。遇有车辆交错或因故暂停磕头，就画线或积石为志，就这样不折不扣，矢志不渝，靠坚强的信念，步步趋向圣城拉萨。

对于藏族人民的这种信仰、这种对佛的虔诚，不用心去体味是很难理解的。我在西藏行走久了，就和一些朝圣者成了朋友，尽管我们彼此并不相识，或者一生也就有一两面之缘。正所谓“有缘千里来相会，无缘对面不相识”。每次路上都能看到他们，少的三三两两，多的二三十人。遇到他们，我都要停下车和他们说说话，聊聊天，塞几个零用钱。语言不通，有扎西当翻译，我会感到很充实，没有他们为伴，我的行程会感到很寂寞。

朝拜者

长期在路上叩首，想必很累，注定非常苦。晴天的时候，艳阳高照，汗流浃背，口干舌燥，强烈的紫外线刺得人的皮肤火辣辣地疼；风雨雪天时，狂风暴雨，冰雪交加，无遮无拦，无处更衣，无处躲避。无论怎样的天气，他们每天都要叩完规定的十五公里，因为给养车在十五公里外的地方扎寨，生火煮酥油茶等候。有时候，过往车辆掀起滚滚浓烟，把他们紧紧地裹在中间，一辆车过去，又一辆车过来，一天不知道要过多少辆，至于吸入肺中多少粉尘，恐怕就没有人知道了。

朝拜者

朝拜者不喜欢游客给他们照相，他们认为这是对他们的不尊重。但是不介意我们照相，他们已经把我们看成自己人。我想这可能是因为我们藏族司机的缘故吧。每当成队的朝拜者过来，我们都把车子停在远远的，让他们先过去。询问一下他们是从哪里来的，从甘肃、青海、香格里、昌都的都有，有的已经朝拜了上千公里，走了接近两年。有的是从索县、巴青、定青等地方过来的，在路上刚走两个月。

因为从藏北高原到圣地拉萨，路途遥远，道路崎岖，沟壑纵横，令人生畏。车子不停地颠簸，翻肠倒胃时就想找地方发泄，可又没处可停，我便常常拿出相机随处地没有目的地不停拍照，照了删，删了照，只为打发寂寞的征程。当身体疲劳的时候，我就沉沉地睡去。自然风景都被忽略了，多数没投射在心里，只定格在了相机中。而他们，也只有他们，一路不停歇地朝拜，一心地朝拜，仿佛他们才是我的朋友，尽管我们从没有相识，甚至不曾说过一句话。但是他们坚定的目光，不避风雨的坚韧，不畏风沙的坚持，他们的举手投足都牢牢地印在了我的内心深处。雨雪交加、路面泥泞又算得了什么呢？苦是一种磨难，是一种考验，只有坚持，不改变方向，不停下脚步，就能达到目的。他们才是风景，而这每一瞬间都变化的风景直接而不断地敲击在我的灵魂深处。

记得有一次，当一群转山的藏族同胞转过身回望纳木错的时候，我被震撼得僵住了，全身在打战，眼泪在那一瞬间涌了出来。事后，我自问，这种夺眶而出的冲动源于什么？为何眼泪忍不回去？我不清楚。但那一幕始终在我的脑海盘旋：是脏脏的衣服和行囊？是站在泥泞中的赤脚？这些我早习以为常，赚不了我的眼泪，是那转身呈现在我眼前而令我无法形容的表情！是宁静，是坚定，是满足，还是从容？那悄悄爬上来的淡淡笑容，就那样轻轻一抹般地敲击着我的心，让我震颤，令我动容！

在西藏这样一种恶劣的环境中，心中如若没有一种信仰作为精神支柱，人是很难在此处坚守的，也注定会很寂寞。佛对于藏族人民来说，就是深入到灵魂最深处的精神支柱！那一刻我知道自己的心灵不再是平凡庸俗的，甚至感觉自己很伟大。记得作家范稳说过："如果你对一种信仰知之甚少，你就不要去问它的意义何在。信仰是不能用现代价值观去追问的。"我不再追问击中自己的力量究竟是什么，因为我是个有信仰的人。我知道我们的信仰各不相同，他们求来世不求今生，我努力今生，不问来世，他们想幸福，我的努力能使他们看到希望，我们修行迥异，但虔诚的心是一样的，对心灵的净化殊途同归。有人说，"道不同，不相为谋"。我们的信仰完全相反，但是至少我们都是行者。还有，我们都在追求，不记得哪位名家说过——有路，还怕远吗？

相思无语夜梦来

感情就像一阵风，在拂过的地方，只留下瑟瑟声响，却不留下任何的痕迹。周日里我百无聊赖，信步在索县寂寥的街头，看着身边正在雪地上匆匆而过的人们，仿佛有忙不完的事，逛不完的心情，只有我没有一丝的挂碍，漫无目的地做着孤独幽魂的梦。我如同大海中一叶漂泊的孤舟，却不知道什么时候能停泊在一个温馨而稳定的港口。入夜了，弟兄们已经入睡。而我依然靠在窗前，看着窗口，望着对面的亚拉山和山后面那一弯冷月，看它和我一样的孤独，看它向人间散发着冷冷的清辉。你也在望月吗？还是早已经进入了梦乡？我知道劳累一天的你应该睡去，有儿子在你身边，尽管辛苦可是不孤寂。喜欢每夜坐在窗前仰望星空，就如同我们在月光里相聚。高原的月啊，和你的眼光一样充满温柔；送来的阵阵凉风，似乎是你轻轻的抚摸。也许我的相思就是一场梦，梦醒则无痕。夜——似一个美丽的梦，无声而热烈地绽开在我的眼里。

我喜欢夜，在夜里，我可以放下伪装，展现自己的真实；在夜里，我可以尽情地抽烟，尽情地陶醉。我只是个平凡的人，我也有脆弱的心，我只想要一份如水的感情，温馨而细腻、清纯而踏实。无尽的等待也许就是我的归宿，梦中的相思也许就是我唯一的期盼。习惯中的一声响，我熟悉这种声音，打火机吐出一串长长的火焰。总是喜欢火苗飞蹿的景象，仿佛要点燃自己，手中的烟开始出现了美丽的红点，明暗开始交接。烟会给我一种颓废的感觉，在适当的时候，我却觉得这种颓废很美很美。美丽中，有谁能看懂我烟雾后面的忧伤，抽烟为的是化解心中的忧愁。看到烟圈的升腾与逝去，希望忧愁也随之变得虚无缥缈。心烦的时候，无聊的时候，总希望所有不快都随烟飘散。但似乎一切都是徒劳，往往在烟雾里，我只能找到些许颓废与放纵。喜欢在抽烟的时候思索问题，那时我会很清醒；我喜欢抽着烟度过寂寞的时间，仿佛能从黑暗中走出。烟圈中的我很孤独，很失落，点着的是烟，燃着的却是生命。不知道，为什么无情的烟会被注入感情。习惯地看着烟一圈一圈绕指燃烧，每当这时总会有种被释放的感觉。可当我每每想延续这种感觉的时候，烟却越来越短了，烟盒中的烟却越来越少了。最近烟抽得很凶，有时喜欢的只是烟，而不是抽，喜欢那种烟雾缭绕的感觉，如同解下身上所有的包袱，放出心中所有不快。喜欢在夜里上网时不停地抽，一支接一支，让短暂的晕眩变成永恒，烟是对那些美好细节的缅怀。烟是短暂的，所有销魂的东西，都是短暂的，而美丽也因为他的短暂而变得更加美丽。选择了烟，也就选择了一种绝美。幻想陪着心爱的人渐渐老去，那种感觉是很温馨的，那是一种至深的浪漫。老了，就像烟即将燃完的那一瞬间。揿灭了烟蒂，又点上一支。眼角，多了一抹潮湿的晶莹。烟，还在静静燃烧。我只想在慢慢变老之前，能做点什么，相伴我的只有那一明一暗的烟。偶尔传来的犬吠会打破夜空的宁静，还有就是这漫漫无尽的长夜和那淡淡的乡愁。

一轮明月照古今

又到中秋节了，这是我在西藏度过的第二个中秋节。据说今晚的月亮是三十年来最亮的一次，最圆的时候在深夜。在高原，是很少有人过中秋的，自然也就少了赏月的人。不知道今夜有几多人在月光之下流连忘返？有几多人在对月相思？我们常说“人有悲欢离合，月有阴晴圆缺，此事古难全。但愿人长久，千里共婵娟”。正是因为阴晴圆缺，飘浮不定，我们才会去憧憬，才会去企盼。月亮的圆满是我们的一种梦想，看见月圆就期待人全，盼望爱情美满，阖家团圆。当然，这在许多时候都是一种奢望，尤其是在异乡的夜归人。

今晚，高原的夜来得格外晚，天也格外蓝。一轮明月不知何时已经挂在了天上。一眼望见月亮，不禁想起张若虚的诗：“江天一色无纤尘，皎皎空中孤月轮。江畔何人初见月？江月何年初照人？人生代代无穷矣，江月年年只相似。不知江月待何人，但见长江送流水。”人与月的相逢是什么时候的事？人间沧桑，悲欢离合，月光什么时候最早见证？而人间什么时候一抬头，蓦然撞见天上的明月呢？其实每天都有，没有的只是我们的心。在忧愁的时候，我们看看明月，有时可以解忧。解忧的不仅仅只有杜康。李白在月下问：“今人不见古时月，今月曾经照古人。古人今人若流水，共看明月皆如此。唯愿当歌对酒时，月光长照金樽里。”金樽还在，酒香甜，但是喝不出那种明月常在金樽里的快慰！一个天大地大人格也大的人，忧愁也是很大的。李白动不动就欢畅，忧伤也是同销万古愁，但是他在月光之下乐于解忧。李白也有“花间一壶酒，独酌无乡亲”的时候，但也只有李白“举杯邀明月，对影成三人”。更多的时候是对影成三人，相思风雨中。当然，如果你有这样一份天真的寄托，你有这样一份笃诚的信任，你就可以期待终有明月，终有一天在云端重逢。

我们今天失去的是什么呢？看似失去了明月，因为城里的高楼大厦越来越多了，我们只有在高楼的缝隙间找出灰沉沉的月亮。其实我们是失去了月印人心的能力，因为我们的心不再天真。我们今天没有失去明月，但是我们失去了对明月的懂得。有一句谚语说得好：“山坡上开满了鲜花，但在牛羊的眼里，那只是饲料。”我们是少了鲜花吗？其实我们建立了一种固执的、功利的评价标准，故此，明月也不再相思，或者说变成了另外一种相思。

雨夜迟归

伴着稀落的雨声，我写完了今天的日记。现在已经是九点多了，可是我不想回去，不想回只有一个人的孤单的公寓。此时的雨已经没了白天的滂沱，细腻得很有些江南梅雨的味道，浓得化不开。县城的路上由于凸凹不平已经积攒了许多的雨水，没有下脚的地方，不知道怎么找到回去的路。

今天安排了迎接国检的电视短片，上午陪同自治区电教馆的李老师在中学进行了拍摄。由于下雨，学校的大课间暂停，学生自由活动，几乎所有的学生都在走廊里“号叫”，还有的学生在楼道里疯闹，个别的看到洁白的墙面不顺眼，把大脚印往墙上印。看到我到来一窝蜂地跑到教室中去。到德育主任室，看到几名教师在那里闲闹，忍不住把新上任的德育主任训了一顿，这是我发誓不发火以来的第二次破戒。学校领导还在求情，真不知道学校是怎样管理的，如此管理风格想提高效率、让老百姓满意，恐怕不会有希望。我今天真的很伤心，从来的时候就开始讲，但是到现在也没有明显的实效，我感觉自己很无能，没有了在大连当校长那种成就感，有的是一种耻辱感。

下午在机关拍摄档案材料，忙活了一下午，感觉很累。早就到了下班时间，看我没走，大家都不好意思先走，我赶紧催大家下班。终于偌大的大楼剩下我一个人。茶水已经凉透多时，但我还是一口气喝干了。喜欢静下心来静静地思考，或者躺在椅子上什么都不想，让自己得到片刻的轻闲。经过烟雾的熏陶，嗓子终于有了点儿乌鸦的模样，撕扯着、破碎着、沙哑着。有电话传来，是嘎美乡乡长打电话告状的。今天送十三个学生到中学，小金书记没有热情接待，说了些不该说的话，司机很委屈，乡长很不高兴于是便告状。在我的打趣下，他打消了怒气，临了说了句：“局长今天的声音很性感啊！”我说：“性感个屁，让中学气死了，我也累趴蛋了，得回家睡觉去了，累着呢。”电话那头传来惬意的笑声。

今天是十月的第一天，十月是我喜欢的月份和季节。秋天来了，“喜欢离别的人大都是过客，离别意味着新的开始”。我不知道是谁说的，因为没人是喜欢离别的，只有能否“受得了离别的痛楚和决绝”之分。但是离别是必然的，就如公寓里只有我一个人，最终这里也会空无一人，我们也是这里的过客。夜静了下来，遥远处传来阵阵狗叫，夜晚是它们的天下，尽管是在这微微的雨夜，它们也不忘记争夺地盘、争异性伴侣，并且大打出手，没有一丝羞涩，没有丝毫忍耐。空气中泛滥着潮湿的因子，泥土的腥味夹杂其中，温度降到很舒服的程度。十三摄氏度的室温让我感到惬意，尽管有丝丝的凉意。我在迷迷糊糊中就进入了梦乡。

深秋就像久违的故人，站在了我面前。打开窗，伸手接回几滴雨水，将掌心贴在身上，那雨滴倏地钻进了衣服，直奔心底，刹那间，凉意穿透了整个心房，迫使我打了个寒战。我知道，我该回家了。云，依然互相携拽着依偎在天空。温度，还是那令人舒服的低。雨却停了，风亦住了，夜便来了。“欲说还休，欲说还休，却道天凉好个秋”。不甚理解，但是秋真的来了，早晨的亚拉山上挂满了雪花，这里也许已经不再是秋了。因为感觉寒冷，我加快了脚步，为了避开水坑，只好做蛙跳了。天还是阴沉的，一轮不太明朗的冷月挂在天空为我指路，离它不远的地方有一颗星星在眨眼，似乎是在祝福迟归的远行人。

故乡的雪

总喜欢故乡的雪。飘飘洒洒，有如花开花落。喜欢“忽如一夜春风来，千树万树梨花开”的感觉。总是梦到在雪地里打雪仗、堆雪人的游戏，回忆起小时候冒着风雪上学去的童年。记得小时候的雪特别多，也特别大。那时候，家离学校远，每天要走五公里，早早就要上路。不喜欢冬天，太冷了。但是我喜欢冬天的雪，有雪的日子就快乐。一群穿着破烂衣服的孩子，在雪地上跑着，欢叫着，嬉戏着，天地是属于我们的。不走大路，沿着山路走，这样路途更近。走到树下，看别人靠近就撞树一下，大片的雪花洒落下来，落入衣领内，凉凉的，总有人被捉弄，不是别人就是自己，感觉很是惬意。离家1公里的地方有个大坡，每次大雪后这里都被风吹过去很多雪，形成一个大雪坡，整个冬天都不融化。开始在雪坡上走，在雪坡上滑行，后来上面冻硬了，就掏一条沟，在沟里面滑，像个大滑梯一样，感觉好玩极了。有时候，几个小伙伴就在那里不停地滑下去、钻上来，忘记了回家。等醒悟过来已经是日落西山了，远处传来母亲的呼唤，于是一声口哨之后，飞一般地回家了，晚了往往还要招来家长一顿教训。

远山的雪，看得见，摸不着。长大了，就离开了家乡。在大连很少见到雪，尤其是童年时那样的大雪，偶尔有大雪也是几天就化掉了。看不到雾凇，看不到雪山，更没法打雪仗。老感觉还是故乡的雪好，下雪舒服。我愿意一个人跑到山林里去，走没人走过的路，总感觉自己就是开拓者，整个大山都是白色的。只有近看，才能看到每一株松树都戴一个大大的白帽子。冷风吹过，雪花便滑落下来，落入你的脖颈。在城市里，大街上经常铲雪。我在家还要爬到房上去铲雪，一车车地推进河沟沟里去，堆成一个大大的雪人。大家都去堆，看谁家的雪人又高又大，比谁家的雪人更漂亮。

如今我的孩子已经十一岁了，皱纹也早已爬满了我的脸颊，白发不知不觉爬上了头顶，恍然间已经人到中年。多年没有堆雪人打雪仗了，也不常在有雪的日子出去散步、踏林了。但是我依然怀念那样的日子，那样的欢乐。难忘那欢乐的童年，故乡的雪。今年是一个冷冬。最近的一场大雪令北方一夜变白，我突然有了一种一夜梨花的感觉。于是和儿子跑出去铲雪路、堆雪人，看到儿子笑脸冻得通红，依然不愿意放下手中的铁锨，我感觉回到了童年。我们爷俩就在那里欢乐、打闹、嬉戏，因忘记戴手套而冻红了双手，忘记了到晚上应该回家，忘记了妻子已做好晚饭呼唤我们回去……但是儿子乐呵呵的就是不愿意走，冻得通红的小手塞进我的胸部，凉凉的却给我一种热热的幸福。我觉得他就是昨天的我，只是比我更优秀。他把我带回了童年，我想起了故乡的雪，飘飘洒洒，落地有声。一条弯弯曲曲的小路连接张家、李家，那是我们开辟出来的小路。小路边不远处，还有一个个大雪人在为我们站岗。每一片平整的大地都有我们的杰作，都留下了我们难以忘怀的笑声。

是啊，多少年没有这种心境了呀！童年的伙伴早已经各奔东西，有的已经三十年不见了。故园经过多次的搬迁，已经很难再有机会回去看看了，城里的老妈妈也经常念叨起故园的老屋。多想再回去看看，看看儿时的伙伴和村头那棵老柳树。

但是又谈何容易呢？即便是回去了，他们还在吗？到哪里去寻觅他们的身影呢？

最好的东西

有一个青年得了一种怪病：终日郁郁寡欢。一天，他去拜访一位智者以讨求良方。智者说：“只有世界上最好的东西才能救治你的病，才能使你快乐，去寻找你的快乐吧。”青年人看了看身边，没有发现自己认为最好的东西，于是他决定寻找世界上最好的东西。他收拾好行装，辞别了妻儿老小，踏上了漫漫征途。

第一天，他遇到了一位政客：“先生，您知道世界上最好的东西是什么吗？”政客官腔十足地说：“世界上最好的东西嘛，是至高无上的权力。”他想了想，觉得权力对自己并没有多大的诱惑力。于是他继续寻找。第二天，他遇到了一位乞丐，他问：“你知道世界上最好的东西是什么吗？”乞丐懒洋洋地回答：“最好的东西？当然是色香味俱全的美味佳肴啦！”青年人想了想，觉得自己衣食无忧，对食物没有什么太多的渴望，那不是自己最需要的最好的东西。于是青年人继续寻找。第三天，他遇到了一位美女，他问：“你知道世界上最好的东西是什么吗？”女人兴高采烈地脱口而出：“当然是法国巴黎的高档时装了！”青年人觉得自己对时装不感兴趣。第四天，他遇到了一位病汉，他问：“你知道世界上最好的东西是什么吗？”病人恹恹地说：“那还用问吗？是健康的体魄。”青年人想，健康怎么会是最好的东西呢？我每天都拥有，但是我不认为它就是世界上最好的东西。

接着，青年人又先后遇到了一个孩童，一个老妇人，一个商人，一个画家，一个囚徒，一个母亲和一个年轻的小伙子。孩童说：“世界上最好的东西就是很多的玩具。”老妇人说：“世界上最好的东西就是年轻。”商人说：“世界上最好的东西就是利润。”画家说：“世界上最好的东西是色彩。”囚徒说：“世界上最好的东西是自由。”母亲说：“世界上最好的东西就是我的宝贝孩子。”年轻的小伙子说：“我爱过一个姑娘，她脸上的笑容就是世界上最好的东西。”没有一个回答令他满意。

最后他带着众多的答案回到了智者那里。智者见他回来了，似乎知道了他的遭遇和失望，于是他捋着花白的胡须说：“孩子，我知道你经历了很多，先不要去追究你的问题，这永远不会有一个确切而唯一的答案。你现在考虑这样一个问题——把你最喜欢的东西和情景找出来，告诉我。”青年人经过了长途跋涉，已经是饥寒交迫、蓬头垢面。他想了想，对智者说：“我出门很多天了，我想念我亲爱的妻子和可爱的孩子，想念一家人冬夜里围着炉火谈笑聊天的情景……”说到这里，他哭了，“那是我现在最喜欢的图画呀！”智者拍了拍青年人的肩膀，说：“回去吧，你最好的东西就在你的家里，他们可以使你快乐起来。”这个人不甘心，疑惑地问：“可我就是从那里走出来的呀？！”智者笑了，说：“你出来之前，对自己喜欢什么东西还没有概念；你出来之后——比如现在，答案已经在你的心中了。”是啊，权力、欲望、健康、金钱、美食、自由、利润等等，没有一个人不需要，也没有一个不重要。但是对于一个人最最重要的到底是什么呢？十岁、二十岁、三十岁、四十岁、六十岁，随着年岁的增长，这个问题的答案肯定都不同。

三年前，我带着梦想来到了西藏，开始了我的援藏生涯。而今天，我最需要的是什么呢？物是人非，沧海桑田，能留下来的让你念念不忘的是亲情！是割舍不掉的亲情。在这个寂静的夜晚，在高原寂寞的深秋，让人感受最深的就是亲情。就是那份撕心裂肺、难割难舍的亲情，就是那份欲罢难休的思念。

滴血残阳

还在陪地区“普九”复查工作组，刚回到公寓还没有来得及吃午饭，傅二哥打来电话，说大哥可能不行了，导尿导不出来，血浆打不进去，恐怕熬不过一天了。尽管已经早有心理准备，但是还是感觉不能接受，怎么这样快，二十日还要给他儿子举行婚礼呢，这是他念念不忘的唯一愿望呀。肝癌晚期，腹水，吐血。反复多次，我们都知道大哥的时间已经所剩无几了。所以这几天大家都在准备，争取在他走前能看到儿子举行婚礼。我也盼望能回去参加一下，可是还是出现了最令人揪心的结局。我简单地收拾行装，联系送到拉萨的车辆和北京接站的车辆，联系机票，安排回家期间的主要工作。短暂的忙活后我踏上了归程——又一次的奔丧归程。

没有了眼泪，只有悲哀和心中的苦楚。车子在土路上颠簸，路况差，颠簸得比以往更厉害。天阴沉沉的，不时有阵雨，偶尔有雪花飘过，给高原的夜晚带来更多的肃杀之气。布热知道我的心情，所以一直努力地赶路，不管路况的好坏，他始终坚持以最快的速度行进。尽管道路很差，还有零星小雨，这些给夜晚高原行车带来更多的不便，我们还是不到十一点钟就赶到了那曲。屈指算来不到九个小时，二百三十多公里，基本上就是白天的速度。已经是深夜了，外面的雨越来越大，还没有来得及吃晚饭。找一家开门的小饭馆，点四个菜胡乱地吃点。到拉萨不限速大约需要5个小时能到，在六点之前赶到拉萨，就不会耽误飞机。我决定在那曲做短暂休息，布热已经连续开了九个小时的车了，况且还是夜路，很辛苦。我们在那曲亚瑟欧宾馆稍事休息，缓解一下疲劳。不到半个小时，我们俩就沉睡过去了。实在是太累了，这里的夜路走不得。一点钟时，服务员就把我们喊醒，继续赶路。尽管是深夜，但是这段路是新铺的沥青，平坦又很少有行人，车子行驶得非常顺利，于清晨六点钟赶到了拉萨。在西藏又度过了孤独寂寞的一天。

我知道家里已经乱成了一锅粥。二哥估计在后半夜三点赶回家，他回家就会好许多。我们都不在家，连个主事的人都没有，真的盼望能够一步到家。可这里距家万里之遥，就是乘飞机也要两天，到北京后还要走七个小时，不知道大哥能否等得及。只盼能够参加葬礼，能够亲手把他埋葬。半夜打电话，说日子不好，后天阴历二十七，七不埋八不葬，可能明天火化，就地埋葬，果真如此，我万里奔丧就连最后一面也看不到了。想到这里，不觉泪流满面，遗憾苦多。人生就是这么苦短，有时候就是如此的无情。当你得到的时候，也许并不觉得其宝贵，至于失去的时候，才感受到他的价值。兄弟之间由于相距远，总是聚少离多，更多的时候是为了彼此的生活而奔波。五月的时候见到病重的大哥，就担心他的时日不多了，恐怕难于治好。忙着给孩子办理婚礼，满足他最后一个愿望吧。结婚证办好了，他盼望着能够亲眼看到孩子的婚礼。婚礼定在了二十日。可是无论怎样努力，终于还是没能熬到那一天，这给他留下了一个永远的遗憾。生活总有不如意，但是这种不如意是永恒的悲哀，成为活人终生的遗憾。月上枝头，人到山头，看到坟头！大哥已经埋葬了，家人说他一直在等我们，呼唤着我和二哥的名字。但是我们都没有及时地赶到家中，没有最后的离别，只有永恒的遗憾和悲伤。就如一年前我送父亲走的时候一样。父亲的坟头还没有长草，一个新坟又埋在下边。一个是我的父亲，一个是我的大哥。再没有了什么牵挂和留恋，抛弃了一切的烦恼和忧愁，让一切归于永恒。“亲戚或余悲，他人亦已歌，死去何所道，托体同山阿。”逝者逝矣，不管悲欢如何，北风依旧，残阳依旧。

那曲夜雨总来迟

“问君归期未有期，巴山夜雨涨秋池。何当共剪西窗烛，却话巴山夜雨时。”李商隐的《夜雨寄北》因内涵的深沉朦胧，辞饰的瑰丽含蓄，色泽的凄艳，情调的迷离而备受读者的喜爱，千百年来，中国人对夜雨有着特殊的感情。

来西藏已经三年了，没有见过几场像样的雨。这里的雨大多集中在晚上。白天是万里晴空，可一到晚上，雨水总是悄然来临，天亮之后雨水又戛然而止，依然艳阳高照。我刚开始还有些不习惯，时间长了，倒是喜欢上这里的气候了。因为雨水晚上下，白天晴了，不影响工作和生活。这里的气候很干燥，半夜往往干渴而醒，口干舌燥、鼻中喷火，夜间下点雨，正是空气加湿器，可以让人舒服些。可是不知道什么原因，今年的拉萨气候有些反常。拉萨已经很久没有雨了，山上的草到六月份还没有绿起来，气温明显比往年闷热和干燥，再这样下去就快旱死了。前不久的一场大雪死了很多牲畜，还带来了灾害。但是紧跟着又是干旱，久盼的夜雨也总是姗姗来迟，也许这就是温室效应吧。在全球变暖的大背景下，地处高海拔的青藏高原升温效应比其他地区更为显著，影响更为巨大。

据自治区气象中心提供的数据表明，西藏地区1961年～2008年，平均气温大约以每十年0.32摄氏度的速度上升，高于全国和全球的增温率。季节性冻土呈现退化趋势，冻土解冻日期提前，冻土层变薄。暖冬事件频繁发生，近十年中连续出现暖冬。西藏地区已经受到全球气候变暖的明显影响：雪线上升，冰川退缩，喜马拉雅冰川今年来正以年平均十至十五米的速度退缩，积雪融水加快，导致湖泊水面上涨；草场退化，荒漠化东进，气象灾害频繁等。在我们来看，主要的是冰川和积雪越来越少，现在在藏北高原已经很少能看到雪山了。雪域高原只有到冬季才能感受到，平日常见的就是冰雹和雪雨，确实是“一天有四季，十里不同天”。这两天雨又来了，不经意地悄然来临。前天晚上一场小雨，昨天晚上一夜大雨，开始还有大约十分钟的冰雹，好在冰雹不大，不会对农作物造成什么危害。现在正是雨季，可是夜雨，今年也总是姗姗来迟，但总比没有的好。

不知道为什么这里的雨总是在夜间不经意地造访，因此，在那曲往往不是看雨，而是听雨。“夜来风雨声，花落知多少？”没有花，也就不存在什么花落了。当然草地上花是有的，矮矮的，满山遍野，可惜见不到花落了。我不是诗人也不是墨客，体味不出心在荒村听雨的空灵飘逸，也体味不出“竹斋眠听雨，梦里长青苔”、“京国多年情尽改，忽听春雨忆江南”的境界。听长了，有时也能感悟到诗人笔下那刻骨铭心的记忆，给人以深深的启迪，使浮躁的心情变得沉静而安然。我喜欢那种迟到的夜来风雨声，它在高原也总是来得很迟，睡觉变得很艰难，经常半夜才迷迷糊糊地睡去，而不经意地拍打窗子的雨滴和冰雹，倒是给人带来无穷的快乐。喜欢听雨时的孤独和沉静。我静静地坐在窗前，一杯清水陪伴，期待来日的天明，我将身子探出窗外，拍摄亚拉神山的雪花，惬意地迎接早晨的第一缕阳光。有雨的夜是孤独的，有雨的夜是宁静的，迟来的雨更是一种期待。

儿子对爸爸的牵挂

来援藏已经三个年头了，三年来的种种物是人非，三年的辛酸坎坷，三年的风雨历程，让每一个来到这里的人都有很多感慨、很多感动。但是今天，儿子的一句问候却让我泪流满面。2009年7月5日，新疆发生了严重的暴力事件，一时间全国人民震惊了，暴力事件给人民的生命财产带来了重大损失，也给人民的正常生活带来了极大的影响。

六日晚正在看新闻联播，儿子打来电话，问候我平安！以往都是我往家里打电话，儿子总是三言两语把我打发掉，把电话递给他的妈妈，很少和我聊上几句。但是今天他却和我谈了很多，汇报了在电视上看到的新疆发生的暴力事件，并且说和西藏的暴力事件很像，很恐怖，也很可怕，家中都很担心。儿子劝我快点儿回家躲一躲，他很害怕，担心我有危险。我告诉他爸爸的岗位在这里，即便这里有危险也不能离开，这里需要我。年幼的儿子懵懵懂懂的，不是很理解，但他还是说，理解爸爸，爸爸是英雄，是不能退缩的，只是盼望爸爸能平安，早日回来。说着说着，孩子在电话那头呜咽了起来，他盼着爸爸早些归来呀！

是啊，怎么不想早点回去呢，我的家在那里呀，但是又怎能说回去就回去。使命在西藏，还有很多的事情等待着自己去完成呢。大连的天气开始热了，孩子说他们很快就要进行期末考试，然后就要放假了，我已经答应他假期出去走走，孩子说想到西藏看爸爸。这样的时节和气候拉萨倒是真好，可是工作太忙了，很难有时间陪他。儿子听后有些失望，但还是很乐观的样子，淡淡地说：那就算了，只要爸爸平安。再有三天儿子就满十一周岁了，这是我来西藏以来，他第一次这么正规地、认真地和我说话，并且说这么严肃的话题，他让我非常感动，眼泪不由自主地往下流。怕孩子知道我流泪，我匆忙挂断了电话。但我知道这是幸福的眼泪，感动的泪珠，因为我的儿子长大了。

儿子很快就要过生日了，可是我这个粗心的爸爸却没有给他准备任何礼物。往年也没有，在家的时候都不给孩子买些小纪念品，来西藏以后也没有买，觉得邮寄很麻烦，所以就省略了，只是电话里祝贺一下。骁骁是个心很细的孩子，想来他一定盼望爸爸在遥远的边疆给他带礼物，他肯定会很在意，可惜我没有……我突然感到自己的自私，很不合格，现在寄送礼物已经来不及了，等骁骁来时，我一定给他准备一个大大的礼物，让孩子高兴。

第二次搬家

来西藏就住进了大连援藏公寓。一切都是安排好的，毕竟是一个临时的居所，谁也没有会想到搬家的问题。可是半年不到就搬了一次家，这不又要搬家了。

光秃秃的棚顶，上面还有一个哗哗作响的水箱。第一次搬家是主动的，从东屋到西屋，都属于我自己的房间。东屋较大，但是房子很冷，经常停电，感觉冷风飕飕。顺着方形的天窗到上面一看，到处都是洞，有的达到半尺宽，难怪那么冷。隔壁的房间小一些，矮一些，地板也是用剩下的板材钉上去的。和其他房间相比，很矮小、破旧、憋闷，但是总比冻着好。所以2008年的冬天我就搬过去住了，感觉很不错。可是好景不长，今年夏天，屋顶漏了，大片大片的灰从棚上往下掉，终于有一天屋顶全部坍塌下来。上面就是水箱，哗哗的水声让人心烦，尤其是半夜，没法入睡。这样坚持了半个月，实在顶不住了。花钱维修又觉得没有必要，再说花费也较高。

干脆搬家吧，和刘县长商量，他也建议我搬家。一楼有一个空房间，遗憾的是厕所漏水，需要维修。二楼的库房没有水，我找维修工把水通过去，热水器安装上就可以用了。说干就干，挪备品、通水管3天结束。可是床搬不进去，原来放床的地方，地板返潮形成了一个大包，床放不稳。一切都难不倒我们，把床腿加高半尺，呵呵，成了！就是感觉和家里的床不一样，高出很多嘛。但是毕竟没有了流水的哗哗声，可以睡安稳觉了。于是我开始惬意于自己的聪明！可是第一个晚上就没有睡好，总感觉心里憋闷，做噩梦。我知道这是由于睡觉的空间太小、氧气不够导致的。一个小套间，睡觉的房间刚好放1张床，白天感觉很舒服，但是睡觉就不一样了，所以睡着了就会感觉很憋闷。初次感觉不适应，我知道这是因为还不习惯，睡习惯了就好了。为此在西藏大家给我起了一个外号——折腾大王，没事净折腾。其实谁愿意没事折腾呢？

幸福在路上

2009年8月19日，大连市旅顺口区委组织部和财政局的部分同志到拉萨培训、考察和探望。我由于参加培训，所以没有到机场迎接。等待的日子是漫长的，在遥远的高原能见到家乡的亲人，无疑是一件最为兴奋也是幸福的事情。

培训终于结束了。洁白的哈达代表了高原的热情，把祝福和吉祥送给远方的客人。高广凡和小刘他们很兴奋，第一次来西藏，尽管有一些高原反应，但他们还是很有兴致地到处走走看看。他们和会务组的同志一起到纳木错，那里迷人的风光给他们留下了深刻的印象。迷人的雪山、圣洁的湖水，还有5300米的海拔都是一种难忘的回忆。布达拉宫的巍峨壮观、山南厚重的历史都让大家流连忘返。林芝的迷人风景、雅鲁藏布大峡谷，还有鲁郎石锅鸡、藏香猪、巴河鱼等特色名小吃，确实味道独特，不同凡响，当然价格也很昂贵。一锅石锅鸡里面含有松茸等地方特产，价格不菲。最贵的还是巴河鱼，个头非常大，肉质肥嫩，味道鲜美。当地人一般不吃这种鱼，胆小的人也尝不到这种美味了。

由于扎西临时要送局长到山南考察，我请政府的任青扎巴为大家做司机兼向导。这是一个非常热情又开朗的小伙子，一路上欢声笑语，不时地唱起歌来，他给我们的行程带来了很多欢乐。在大峡谷，我们坐旅游公司的大巴前往雅鲁藏布自然保护区的峡谷深处，近距离地观赏了大峡谷奇观。这也是我在西藏3年唯一的一次深入峡谷的机会。幸运的是我看见了南迦巴瓦峰的全部。在走完山南、林芝后，我们对拉萨进行了一次环游。看看雪顿节中的拉萨，到处是欢乐的人群，尤其是罗布林卡、布达拉宫和八廓街的游客是平日的几倍，这乐坏了旅店老板、出租车司机、人力车司机。我最为感兴趣的还是吃的，可能是在那曲太艰苦了吧，我到拉萨最为重要的是两件事——吃和洗。吃主要还是吃水果蔬菜，迎接初到拉萨的朋友，雄巴拉是必不可少的，或者是档次更高一些的雅鲁藏布大酒店。但是雅鲁藏布大酒店一般没有民族表演，所以雄巴拉是最为适宜的。

与朋友在山南的著名的桑耶寺留影，吃藏餐，看表演，献哈达和听歌曲，是很惬意的事情，不知不觉地把你的兴趣引到高潮，和他们一起跳锅庄舞，三杯一口的喝酒方式也会让你尽兴而归。洗澡是另一大乐事，在索县条件有限，不能洗澡，最多是冲个澡而已。所以到拉萨来，一定要痛痛快快地洗个澡。拉萨尽管是高原城市，但洗澡还是很方便的，只是找一个比较好的干净的浴池还是要费一些力气的，好在已经来三年了，对拉萨已经熟悉。前两天，大家刚到，所以行动很有限，我也不敢邀他们洗澡，毕竟在高原洗澡是很耗费体力的，不小心感冒也会发生危险。领导来毕竟主要是来探望和慰问，顺便参观高原的风景。乐在相见，幸福在路上，留恋于山水间。

快意地看待自己的付出

努力做好自己的工作、办好交给我办的事情，一直是我的追求。有人说，任何时候都需要有坚定的自信心，不要妄自菲薄，谨小慎微不足以成事。但是我觉得，过度的自信就会妄自尊大，妄自尊大就会对自己缺乏一个清醒的认识，好高骛远只能在残酷的现实面前碰得头破血流。

参加工作十年来，我一直习惯于早睡早起，早起早到单位。你可以在更加清醒的时候，把一天要处理的问题理出头绪，这样工作起来更有秩序，不慌不乱，不紧不慢。把领导交给我的事情尽早地处理完，把要安排的事情详细地落实下去。因为不管你拥有多么高远的抱负、多么强的工作能力，只要在一个集体中，你就要全身心地融入它。

一个团队有一个团队的精神，不同的工作性质有不同的要求，但是提倡团结、讲求奉献是不变的灵魂。只要你在这个团队生存，就要遵守这个团队的规则。如果你只是一个想求得丰衣足食的人，那么这个集体发展壮大了，你个人自然会跟着享受成功的果实；如果你是一个希望将来成就一番事业的人，那么，只要在这个集体一天，你就要全心全力为它着想一天，而且你的努力程度要大大超过那些只求安稳的人。在现实社会中，你只有具备了率领团队的能力，你的理想抱负才有得以实现的可能。否则，即便你浑身是铁，又打得了几根钉呢？

有人说在西藏很苦，确实很苦，这种苦楚不经历没法理解，但正是因为艰苦，才更需要年轻人的到来。有人说无论怎样干也就是三年，没有人会看到，到时候就回来了，差不多就行了。我倒是觉得正是因为只有三年，所以三年就是一种工作、生活和精力的全部。每一件事从一开始就可能是永恒，所以应该倍加珍惜。也正是如此，不论天气好坏，不管身体如何，三年来我一直坚持下乡，跑过的乡镇比当地的干部要多出几倍，因为做教育工作来不得虚伪和等待。据统计，我也是这一批在西藏的所有援藏干部中在藏率、在岗率非常高的一个。把上级交给我的事情办好，把自己职责内的事情办好。组织考核的事情努力去办。组织没有考核的内容，例如成立基层党支部、组织省级科研课题、出版地方性教育刊物、出版教育画册、制作电视片等工作，也都是职责范围内的事情。尽管当地还没有这种意识，我还是要做。也只有这样做，才能培养队伍，凝聚人心，做出成绩。三年来我得到自治区政府、地委行署的表彰，这让我感到喜悦与惶恐。喜悦的是，我感到，无论在内地还是在高原，只要一心一意地做好自己的工作，就会赢得尊重和肯定。这是一种莫大的幸福。三年的高原生活，让我感受到一种文化、一种精神、一种境界、一种理念、一种思维、一种考验。高原的洗礼，使我增强了自信、提升了意识、升华了人格。促使个人不断挑战自我，突破自我，也引发了我对教育管理的更多的深入思考。作为一把手，体验到“军井未凿，将不言渴；军灶未开，将不言饿；雨不披蓑，雪不穿裘；将士冷暖永记心中”的责任和使命。惶恐的是，我感觉自己做的工作并不多，只是做了自己应该做的，还有许多想到了没有做到的事情，还有一些自己没有想到而出现失误的事情。

项目建设

科学筹划出精品

第五批援藏工作组2007年7月进驻那曲索县以后，按照西藏区地、辽宁省及大连市各级党政工作指示和部署，建立了索县四大班子、主要职能部门参与的援藏项目建设领导小组，实行科学、民主的项目建设调研及决策，将援藏项目与县域经济发展紧密结合，统筹兼顾，在全力开展维护稳定、反对分裂工作的同时，坚持发展为第一要务的核心思路，凝聚深情厚谊，积极开展对口支援建设工作。

为了落实好援建工作，第五批援藏团队经过认真研究，参考了前四批援建的项目，结合国家投资的规划，最后确定了项目投资“五不选”、“两加强”的指导原则：国家、区、地已列投建项目，原则上不予援投或只作配套建设项目投入；县乡行政、事业机关楼堂管所建设、车辆购置等资金需求不予援助；任期内不能预期完工的项目、不符合县域经济发展规划的项目不予援投；历史遗留烂尾工程、重复投资项目，奢侈超标、违规用地项目不予援建；投资主要用于索县境内项目建设，直接拉动经济，县域以外项目不予考虑；加强对农牧区民生工作援藏项目资金投入或援助建设比例；集中资金加强援藏重点项目建设，确保建设资金投入实效。

在这个原则的指导下，大家经过一个多月的调研走访，和地方党政干部多次研究，最后确定第五批援藏项目主要开展索县农牧民安居工程；廉租房建设配套项目；索县大连卫生医疗服务区项目；索县大连综合教育培训工程（含广电中心办公楼改造、职业教育中心、教体局办公楼改造、干部教育培训中心等建设）项目；索县大连商业中心建设项目；扶贫援助工作等项目，报请大连市人民政府批准。这些项目都事关当地重大民生，受到了区地各级领导的高度肯定，一经公布立即在县城引起强烈的反响，博得了索县广大党员干部和农牧民群众的广泛赞誉和好评。

项目一经确定，立即进入实质的建设阶段。根据建设部建标[1996]28号文件《市政工程可行性研究投资估算编制办法（试行）》、辽建发[2006]29号文件《关于印发〈辽宁省建设工程费用参考标准〉的通知》、大连市大建价发[2004]133号《关于进一步贯彻〈大连市建设工程工程量清单计价规范实施细则（试行）〉的通知》，对所有项目进行评估预算。土方工程、路基附属等市政工程，地上房屋建筑、装饰工程、设备安装等工程，依据辽建价发[2003]81号《建设工程工程量清单计价规范辽宁省实施细则》，采用辽宁省参考价目表及建筑工程、建筑装饰装修工程消耗量定额参考价目表定额等等，把项目的各项工作推向深入。同时，本着援智与援资结合、固定资产投资与扶持产业结合、公益投资与市场运营结合、短期实效与长期受益结合的原则，对作为社会公益事业的索县教师培训中心（职业教育培训中心）、索县大连医疗卫生服务专区，向基层农牧区倾斜项目的索县农牧民安居工程，商业及城建项目的索县老商业区改造工程等进行归类编制，按照援藏建设项目的审批程序、质量要求，落实工程项目法人，对工程项目进行公开招投标。

从制定规划、项目考察到规划编制、招标确定施工单位，所有这些工作都是在大家克服高原缺氧、尚未适应索县的气候的环境中完成的。任力书记、刘志林副县长和时进主任更是比我们多跑了很多地方，实地考察，走访座谈，动迁交流等等，紧锣密鼓，稳步推进，确保了所有工程能够在2008年全面动工，为2009年的投入使用奠定了良好的基础。大家勤勉高效的工作作风、不辞辛苦的实干精神和奔波拼搏的干劲，赢得了当地干部群众的广泛好评，也正是这种忘我的工作热情，感动了周围的商铺，很多涉及到动迁的问题都顺利解决，这为工程的顺利推进赢得了时间。

按照《西藏自治区对口支援建设项目管理办法》的规定和西藏自治区、辽宁省、大连市相关援藏工作指示精神的要求，经市政府批准，第五批援藏资金为1200万元，按照“321”指导原则，2008年、2009年两个年度的援建工程全部竣工，投入使用。根据大连市援藏投资批复，援藏工作领导小组及时调整计划，召开项目征求意见会，通报情况。责成发改委等主管部门对各援藏项目的基建场地进行勘查，依法有序做好土地征用、涉及迁移、拆除旧建筑物的群众工作。由于调研充分，布置严谨，规划科学，在征地、拆迁等过程中没有出现任何不和谐音符。考虑到西藏建设的实际情况、工作生活规律和节气特点，为科学规划增强项目建设实用性，更加符合当地中长期发展的战略，决定由西藏地方建筑设计院承担建设规划设计，从建筑选址、建筑实用性、朝向、布局等各方面统筹考虑，完成主要援建项目的设计规划，规划

与县委书记任力（中）、发改委任邵阳（左）在工程会议上

成本比往年下降15%。按照工程招投标管理规定的要求，经县委研究决定，由县发改委负责组织实施，向社会公开发布建设项目，组织竞标。由于各种招投标文本规范，严格履行程序，竞标过程依法有序，招标工作进行得很顺利。对于五十万元以下工程，根据索县政府推荐的建设单位红黑名单，选择确定，要求凡承建单位必须具备相应资质等级，规范合同文本，严格规定质量、工期。

受高原交通运输条件、建材资源和节气等影响，索县建筑行业存在如施工队伍混杂、管理混乱、建材以次充好、行业主管部门工作不规范等问题，建筑质量问题或重大隐患较多。援藏工作组聘请专业资质监理公司，严把监理人员的技术关，责成监理单位选派优秀人员担当监理，以确保工程质量的全程监督。

截至目前，工程的前期工作已经全部就绪，只等开春化冻各项工程就要全面上马。这四个月，大家都很辛苦，但是都很快乐。援藏工程是我们工作的一个重要方面，只有依靠科学的规划、严格的管理，才能创建一流的工程，才能经得起历史的考验。我们的目标是所有援建工程都要成为索县标志性建筑，要成为索县建筑工程的样板。

项目协调会

2008年4月13日上午，由教体局牵头，召开由政府办、发改委、监察局、劳保局等领导参加的联合办公会议，共同商讨解决教育工程款拖欠问题的对策办法。

索县地处偏远，交通不便，各乡镇学校和县城的运费差距很大，一车货物拉到乡镇，路费要3000元。而教育工程普遍存在工程造价低、各学校的工程造价基本上一样的问题。运输费上涨导致工程造价提高的现象在县城很普遍，其他部门的工程也出现了这样的问题，但是由于教育工程招标价格低，就容易出现开发商克扣或拖欠农民工工资的问题。

2007年11月，就曾出现过一起农民工集体上访的事件。大雪封山，我已经登上了飞往内地的飞机，接到教育厅督导室白玛次仁主任的电话，告知我有几个农民工上访，建议我暂缓回家，先把农民工的问题处理好再说。我感到很惊愕，他们没有和我打过招呼，也没有来要钱呀，尽管尚欠历史遗留的工程款，但是已经交代得很清楚了呀，怎么会出现这样的问题呢？因为上级拨付我们的工程款已经全部下拨，并没有拖欠现象。经过了解，得知有一个工程老板拿到工程款后没有立即把工人的工资兑现。后来通过多方努力、积极协调，才把拖欠的农民工工资补上，让大家回家过了一个好年。

2008年我接手财务工作后开始全面梳理工程问题。其中感觉比较棘手的问题是，如何让农民工顺利拿到他们本就挣得非常艰难的血汗钱。这在内地也很常见，但是不能在高原也出现这种情况。在这里生活很困难，环境差，挣点儿钱十分不容易，决不能让那些农民工干一年活儿回家拿不到钱！就这个问题，我多次调研，征求开发商、农民工和机关干部的意见。主要还是我们工程款拨付得不及时，其次是缺乏必要的监管机制，很多承包商和工人之间没有正规的用工合同，他们之间的雇佣关系缺少正规的法律保障。一旦承包商这个环节出现问题，必然出现劳资纠纷。而如何建立一整套监管机制、避免出现这种劳资纠纷，就需要政府部门加以规范。在目前尚无完善的管理制度和监管机制的时候，我们亟待解决的就是制定新的管理办法。

会上，我就近年来教体工程的基本情况、工程款拨付情况及下一步的清欠工作作了详细汇报。与会领导在听完工作汇报后，均对我们的工作给予了肯定，他们也非常赞同我们的做法。发改委时进主任提出，必须由工程公司出具承诺书，以确保民工工资的发放；劳保局桑琴局长表示，由工程公司提供相应的民工工资证明，劳保局和教育局联合办公，确保资金落实到民工手中；监察局拉珍局长提出，发放民工工资时，监察局将协同参与；政府办杨建成同志强调，一定要把民工工资作为第一保证。会议决定，由施工方对运输费、民工工资进行汇总、确认，在劳动、监察部门的监督下，由教体局直接把民工工资、老百姓运输费拨付到个人账户上。

我知道这种办法肯定会主要触动到开发商的利益。如果每项工程都能做到先交纳30%的保证金，工人的工资由甲方直接兑现，肯定不会造成工资拖欠。我相信，我能想到的问题，各个工程方一定也能够想到。但为什么很难推行呢？说起来很简单，这里的工程队资质不高，资金不够雄厚，不可能提前交纳保证金。在这里只能因陋就简了，选择是相对的，比较大的工程队也不会到如此偏远的地方承包点点小利的工程。所以很多方面都是一种无奈的选择。但是无论如何也要多做这方面的研究和探索工作。工人在烈日和暴雨下辛苦地工作，到头来由于工资拖欠回不了家，过不了年，如果工程款被开发商卷走，那么我们都有不可推卸的责任。学习和落实科学发展观，开展主题教育活动，开展争先创优活动，说白了就是要一心一意为人民服务，为老百姓服务。心正才有行为正。如果心不正，必然会被个别别有用心的开发商利用，导致工程质量下降，百姓利益受损失，其结果是害人害己。

经过这次多方会商，我们达成了一致的意见：开发商定期把工人的工资表上报，经过劳动局和发改委审核，工人代表和开发商一起到教体局领取工程款，确保每笔工程款都到位，避免出现挪用和卷款的现象发生。可以想象得到，当农民工拿到拖欠已久的工程款，并且看到我们出台的措施，今后再也不会为拿不到工资回不了家闹心，肯定会高兴得奔走相告。当然，我们的这种决定也会传到开发商的耳中，相信他们肯定会有另外的反应，但恐怕不会是正面的欢迎，这一切都在我的预料之中，我觉得这是一个正确的决定，是一个预防漏洞、避免出现偏差的重大举措。

每当出台一项重大的决定，我们都在局务会上讨论通过之后放置1周，这是我对自己提出的一个要求。参加工作以来，尽管我一直都在教育系统工作，但是先后经历了多种岗位，从主任到校长，从普教科长到教育局长，我知道任何一个决定都会有其正确的一面，也必然会出现受影响的另一面。什么时候出台，定位到什么程度，内涵和外延都是什么，一定要想清楚。尤其是负面的影响更要加以考虑，匆忙的决定往往是经不起历史的考验的。搁置1周，给自己一个再征求意见的机会，也给自己一个思考的时间。相信失误就会减少。但是，这也是一个人最为难熬的时间。多少个夜晚一个人在孤独的房间来回地踱步，反复地思考，反复地论证，从多方面考虑一件事的前因后果，直到认为再没有纰漏时，才能够拿定主意、满意地睡下。也正是如此，两年来的各项规章制度基本没有偏差，且具有一定的预测性和很强的操作性。很多人都说我的头发白得很快，他们哪里知道决定的艰难。在民情社情均比较复杂的西藏，任何一点失误都可能带来不可弥补的损失。

防拖欠民工工资会议

2009年4月26日，召开教育工程所有施工队负责人和民工代表会议，就支付农民工工资问题进行了专门通报。这是我到索县召开的第一个关于工程整改工作会议，也是我没想到的第一次以如此身份召开的会议。

接手教育工作时间不长，但是对工程队拖欠工人工资的情况已经有了比较全面的了解。主要原因是源于工程款拨付较晚，有些属于历史遗留，例如附属工程已经完工很久，但是工程没有立项，导致工程款没有来源，必然出现循环拖欠，形成三角债。由于工程款拖欠时间较久，工人与教体局的矛盾很深，出现了多起工人到教体局闹事的事情，工程队运输队都是当地老百姓，拖欠的资金多年都没有兑现清楚。我到索县不到两个月，出现了工人要对我动手的情况，硬说工程款让教体局挪用了，我才到索县还没有接手财务呢。由于语言不通，大家交流起来很不方便，每次谈话都需要有翻译。通过几次详细的交流，我基本上摸清了情况，给工人一个明确的回答，这件事我们要立即着手调查解决。同时向上级反映我们在校舍维修方面的困难，争取一部分资金，把以往拖欠的工程款尽快兑现。

在多方争取下，我们争取到第一笔维修资金，但是资金很有限，不能一下子把以往拖欠的工程款一次性付清。大家都知道我们争取了部分资金，都想尽快兑现自己的那一部分，于是这几天门庭若市，工程老板软磨硬泡，甚至做出种种承诺、找领导说情。如何处理这些遗留问题成了烫手山芋，我决定召开一次工程专题会议，听取发改委、政府办、劳动局和财政局的意见，如何既保证承包商的利益，同时又能保证农民工的利益。大家提出了以往的做法和存在的种种弊病，也提出了一些建设性意见。工程拖欠现象在全国各地都很普遍，几乎是拖着走，谁跑的紧就多拨付一些。我觉得这种做法弊病很大，也容易造成腐败和矛盾，便决定调整工作机制。经班子例会研究，工程工作由阿珠局长负责，工程款的拨付要经历几道手续，避免工程款拨付后开发商卷款的问题出现。最好的办法就是由劳动局负责监察，推选工人代表，每次拨款必须经过工人代表签字，优先解决工人的工资。决定后立即召开了由工程开发商和工人代表参加的协调会，讲清楚工程款的来源和去处，要求开发商尽可能地兑现工人的工资。我们的科学做法和真诚态度赢得了开发商的认可和工人的好评，拖欠几年的工资能够一朝解决，这是多少工人的企盼呀！

由于上级拨付的工程款有限，先解决急需工程款的施工队，先期按工程总造价的18%进行拨付。我要求所拨工程款首先要发放民工工资，工资是他们的活命钱。农民工为工程建设出大力、流大汗，现在年关将至，他们即将返乡，不能让他们没有回家路费，不能让他们家中过不好年。在协调会上，我提出两个原则：一是如果不发放工人工资，以后不能参加教育工程的投标，并不予拨付下次的工程款；二是按正常渠道领款，必须经过主管县长、县财政局、发改委、劳保局领导签字，开具正规税务发票，工人代表必须签字，我局才支付工程款，这样做避免了教体局长一支笔的现象。有人说我自己降低了自己的权力，我倒觉得当官须以尽义务、担责任为前提。官员的威信靠什么建立？靠的是凡事民为先，靠脚踏实地去奋斗，靠全心全意地奉献。为官者的尊严，不在于职位的高低、权力的大小、学问的多寡、能力的强弱，而在于官念、官德、官风、官纪和官魂。在大连市旅顺口区，我们强调政府要提倡勤政爱民，多年来坚持反对乱作为、不作为、慢作为，在这里同样适用。只有每一笔款项都合理公正地拨付下去，才能提高政府的公信力。要在保证工程质量和施工进度的同时，优先保证工人工资如期拨付。在高原打工本就不易，抛家舍业，高寒缺氧，克服了很多困难。我们要感受他们的艰辛，尽可能地为他们分忧解难，决不能无故地克扣，决不能让他们的家人望眼欲穿。

多部门研究工程问题，共同参与预防拖欠工资问题，在索县还是第一次。过去也正是因为工作的不正规、操作环节有很多漏洞，才会有各种矛盾发生。当工人代表向工人们传达了我的决定，并于三日后顺利拿到盼望已久的工资的时候，可以想象到他们激动的心情。工作中的不规范和不完善的地方，不能指望一次两次就能解决所有的问题。这毕竟还是一个长期存在的问题，也许我的工作也会给后人留下不规范之处，但是要尽量避免这种失误的出现。

到索县后，我注重用科学的理念、规范的管理、热情的服务，来培训和指导一批人，以期这里的教育者和管理者更快地成长起来。在工作中，我也接触到了很多以前不曾涉及的问题，藏族干部和多年进藏干部、教师都热情地帮助我，让我在很短的时间内补上了这一课。多干好事，少干错事，不干坏事，这只是愿望。如何把愿望变成现实，首要的一点是学习政策法规，不犯政策错误，防止由于政策把握不准出现决策失误，否则就可能出现好心办成坏事的现象。其次是向当地干部学习。尤其是当地干部坚韧不拔的意志、在艰苦而繁重的工作面前表现出无怨无悔的老黄牛作风，都是我们应该学习和发扬的。

争取中学二期工程

按照“实用，够用，填平，补齐”的原则，我们在政府领导下多次召开研讨会，反复论证，广泛听取意见，确定了中学二期工程项目，并在多方努力争取下一次性得到地区教体局的批准。

五月二十日，地区教体局项目办领导杨嘉黎、嘎日、阿美、林工，会同我县基建领导小组部分成员、单位领导、县发改委副主任王军，财政局局长格桑罗布，监察局副局长拉珍，建设局干部尼玛顿珠，教体局副局长阿珠，县中学书记小金以及施工方代表，一道对县中学二期工程中的教工宿舍和学生宿舍项目进行现场放线。

县委副书记、政府县长，县基建领导小组组长、县中学项目法人代表嘎松美郎同志在百忙中抽出时间，全程参与了工程放线工作并作出重要讲话。他要求贯彻科学发展观，结合那曲地区开展的具有中国特色社会主义主题教育的精神，把察民情、知民意、解民困作为第一要务，抓好教育工程。提高

中学学生宿舍工程

教育质量是最大的民生工程，各级政府、教育主管部门要高度重视，要把党中央关爱西藏的特殊政策落实建成民生工程，早日造福人民。因中学的现有空地不够学生宿舍工程占地所用，县政府领导现场办公，本着特事特办的原则，现场决定无偿向县中学划拨了750平方米的建设用地。

这次建设的教工宿舍建筑面积为1400平方米、学生宿舍的建筑面积为1800平方米，两项工程总投资460多万元。近些年，随着招生和劝学力度的不断加大，教育质量稳步提升，得到了家长和学生的认可。一些流失在外的学生在政府的劝说下纷纷返回了学校，给本就十分紧张的住宿工作带来了极大的压力。而工程竣工后无疑将极大地缓解师生住宿严重不足的局面。施工单位已经由地区教体局统一招标产生，放线后施工队将进驻工地，开始为期四个月的施工，从而也拉开了中学二期工程的序幕。工程竣工后将极大地改善中学的教育教学环境，对于打造高原教育强县具有十分重要的意义。

打造高原精品工程

为确实落实好嘎松美郎县长在索县中学二期工程开工仪式上的讲话精神，切实加大工程的管理，早日造福人民，我们多次到工地进行现场办公，协调工程施工中出现的各种问题。通过半年的工作，我深感机关工作人员数量严重不足，懂专业能独当一面的人更是凤毛麟角。教育工程，工程量不大但责任大，学校人员密集，一旦出现安全问题就是大事情。

前不久的汶川大地震中，当地有的学校出现了重大伤亡，其中就暴露出工程质量问题。加强工程监管，派人在施工现场监管非常必要。考虑到教育系统没有基建专业的管理人员，我们从中学调入一名今年新毕业的基建专业毕业生为教育系统专职管理员，同时制定九条管理规定：一是成立工程管理领导小组，负责协调、管理工程问题。二是对中学的附属工程进行政府招标，选择重信誉的、有实力的工程队。三是定期召开现场会，对发现的问题立即整改，把隐患消灭在萌芽之中。四是加强施工材料的检验工作，坚决把不合格材料拒之门外。五是协同县基建领导小组，定期检查工程质量，每道工序都有人签字负责。六是加强工程的档案建设，特别是对隐蔽工程，都要进行拍照存档。七是及时拨付工程款，按照工程进度向施工队拨付工程款，优先保证工人工资。八是向工地派驻监督员。九是加大校园工程的安全防范，严防学生入工地造成伤害。由于加大了工程管理力度，注重工程的过程管理，严把材料质量关，施工进度明显加快，质量有保证。在地区和县政府组织的检查中，得到了充分的肯定，大家普遍认为今年的教育工程场地干净、材质优良，工程进度、质量都有明显的提高。

视察中学教工宿舍隐蔽工程

处理透水事件

雨季来临了。高原的雨总是姗姗来迟，每次都像不听话的男孩子，脾气暴躁不安，有时带有极强的破坏欲。还有就是这里的雨多集中在晚上，白天总是艳阳高照，而夜晚则淅沥不停。

已经连续几天下雨，荣布、嘎美等学校出现了房屋渗水的情况。昨夜大风，把刚建成尚未投入使用的青少年活动中心体育馆的遮阳瓦掀掉了。刚处理完这边的事情，那边中学来电话，说楼道出现了透水。赶忙驱车去中学，看到那里有十几个教师正在往外排水。由于建筑紧靠山根，连日的大雨导致山体渗水严重，教学楼地基的防水不达标。现在，渗水从两个教学楼之间的楼道蹿了出来，水柱有1米多远，离地近一米高，就像一个水龙头在那里往外喷水。听小金书记说，昨晚他值夜班，半夜听到响声，发现了这里漏水，就赶紧组织教师往外排水，以免渗水顺着楼道进入学生教室。尽管外面的雨小了，但是渗水丝毫没有减少，反而有增大的迹象。由于没有流水沟，污水没处流，都积攒在教学楼的前面，一片汪洋，雨水正顺着墙壁的漏缝往教室渗，个别教室已经积了一层的水。必须马上进行清理，从源头上把水引出去，否则这样泡下去容易出现倒塌事故。但是后面的墙根全部埋在沙石下面，表面上根本看不到什么地方渗水。

赶紧联系施工队，顺着墙角把房子地基扒开。地方太窄，工具无法施展，工人只好一镐一镐地刨开地基，挖出一尺宽、二米深、四十米长的一条沟，终于把渗水的区域全部找出来，但是水没有办法引出去。无奈继续往一侧挖，直到房子的尽头，由于中间渗水的部分地势低，而两侧的地势高，所以渗出来的水还是不能全部排放出去。楼房四周没有排水沟，渗出的水没处流，校园没有下水系统。看来尽管是刚刚投入使用，但是在施工过程中对这种情况还是忽略了，造成了很大的安全隐患，而现在则成了明患。没有办法，大家一起动手，水桶、脸盆全上阵，靠人工把渗出来的水倒出去。好在雨终于停下来，流到教室内的水也都及时清理了出去，没有影响学生上课。

趁这次挖开地基的机会，对教学楼四周墙角进行一次全面的维修。做出一个宽度和深度达标的排水沟和蓄水池，缺水季节可以作为学校灌溉的备用水，雨季也可以缓解对墙体的冲击。由于整个县城还没有完善的污水处理系统，学校的污水管道尽管已经开始建设，但是还没有和主管道连接。中学的地址是原来的污水塘，下面是接近两米深的污泥，没有一个完善的下水管网，将是一个永远的隐患。这次透水事件也反映出在设计和施工等方面尽管考虑得比较周全，但是还是没有兼顾到山水的冲击和渗水的情况。雨量小的年份还可以，若是赶上雨量充沛或是洪涝灾害天气，这样的排水设施是远远不能应付的，校园的排水系统也必须尽早和城市管网相通，这样才能确保校园的安全。

泥石流冲进了学校

就在我们处理中学漏水事情的同时，赤多乡小学顿珠多吉校长打来电话，汇报了这两天连续下雨，小学校园遭遇泥石流，出现房体裂缝的问题。由于在中学和大家一起倾倒污水受凉，感冒发烧了，告急电话打来吓了我一跳，询问有没有人员伤亡等情况。顿珠校长汇报说夜间出现的泥石流，学校有值班教师，看到雨水比较大，就组织教师在墙外进行了加固处理，学生也得到妥善安置。但是墙体出现了裂缝，需要维修。

接到电话后，当即指示顿珠校长立即做好几项工作：第一，立即组织学生疏散到比较安全的房屋，把学校闲置的库房等全部清理出来，教室不够可以两个班集中上课；第二，把受损房暂列为危房，搬出室内的所有东西，这些事情全部要由教师们进行，不得组织学生搬运，如果实在危险就暂时搁置，拉好警戒线，派教师在旁边看护，以免学生跑回班级，等待工作组验收处理；第三，召开师生大会，通报灾情，安排好学生的食宿和学习，确保学校正常秩序，稳定师生的情绪，避免出现意外事故；第四，立即向乡镇政府领导汇报，请求乡镇派出人员协助上述工作；第五，拍摄灾害影像资料，通过网络传送过来，请政府先行做一个评估；第六，在县政府、教体局工作组尚未到达的时候，一定要高度负责，确保师生平安。由于赤多乡停电，通讯不畅，顿珠校长

冰雹过后的校园一角

是通过乡政府的卫星电话打过来的，好在信号还比较好，但是无法传寄影像资料，所以单从他的汇报看无法做出准确估计。

赤多乡是距离索县比较近的乡镇，要比荣布镇、江达乡、若达乡近得多，距离也不过八十余公里。但就是这八十公里却成了索县第一危险地段，成为远近闻名的天路。在索县，季节性通车的三个乡镇有噶木、赤多、江达。赤多乡位于怒江的上游，学校下面不远处就是骇人的沟壑，下面就是滔滔的怒江。款款的江面在上面看来不过是一条弯弯曲曲的曲线，看不见水流，听不到涛声，就像一条彩带镶嵌在远方。所有的司机都害怕去赤多，工作组也尽量不安排去赤多，因为道路实在太差了，危险时时存在。在这个山上开辟的道路崎岖不平，上面是爬不上去的陡坡，下面就是万丈深渊，车子有多宽路就有多宽，车子倾斜着在这样的道路上爬，每小时只能走十多公里，其险峻可想而知。最怕的就是错车，两辆车也会堵车，并且谁都不愿意让车，因为让车必然有一方退回去找一个略微宽敞的地方，在如此险峻的地方往前开还心跳呢，倒车无疑更危险。雨雪天泥滑路、冰雪路就更加危险。每年在这条路上出现的交通事故也比较频繁。据说前四批援藏干部中只有第三批的车民书记去过赤多乡，有许多当地的干部都没有去过。办公室老陈讲，他在索县二十多年了，只去过一次赤多，几乎是步行去的，不敢坐车。车子在前面走，几个人在后面走。现在道路经过一些维修，已经比以前有所改进。由于人口少，又处在高山旷野，修路的成本特别高，多年来一直没有进行大规模的维修。听刘仁军副县长介绍，新的热赤公路（热瓦乡到赤多乡）明年就要上马。

和吾金才塔副县长进行了电话汇报，同时和地区教体局进行了汇报，请求拨付维修资金。由于情况不明，具体怎样处理必须现场办公。在召集局务会研究后，我决定和扎西塔杰现场查看。吾金才塔副县长高低不同意我去，他和我一起在中学干了半天，知道我病了，发烧没退，还有吊瓶要打。更为重要的是雨还没有完全停，也许还有学校会出现险情，要我留在单位处理突发事件。我去现场情况不熟，人员不熟，道路又塌方堵塞，协调起来很不方便。吾金才塔副县长最后决定，由他亲自带队，水利局罗布任青局长、扎西塔杰副局长他们一起现场办公，以便一次性把出现的问题解决完。吾金才塔县长安排赤多乡政府派几个人骑摩托车在塌方处等待，县里这边车辆送到半路，停在塌方处等待他们归来。参会的人都知道这注定是一次艰难而又危险的旅程，所以都抢着去。会后吾金才塔县长等人冒雨出发了，没有坐汽车，而是找几个摩托车手骑摩托车前往，以免遇到大面积塌方汽车过不去。

焦急的等待

雨依然下得很大。县长他们走一个多小时还有联系，他们说遇到了几处小的泥石流，道路被堵死了，大家把摩托车抬过去继续走呢。后来一个电话让我更加担心不已：吾金才塔县长被摩托车发动机烫伤！由于雨一直没停，两个人骑车，后面的人腿恰好放在发动机处，雨水冲刷使人感觉不到温度，待发觉已经晚了，皮肤已经烫坏了。我知道县长是为我才受的伤，感觉很难受，让他们先回来。可扎西说很快就要到赤多了，吾金才塔县长坚持要走，他们正往学校赶，估计再有一个小时就可以到达。

等待是漫长的、焦急的。可是手机再也打不通了，学校也联系不上了。只有乡政府值班室联系可以畅通，他们说已经派出人员到学校去处理了，还派三个人去半路迎接县长他们了，让我放心。这个时候怎么能放心得下，但是没有任何办法，只有耐心等待了。到晚上终于等到了电话，是扎西塔杰用卫星电话打来的。扎西塔杰局长在电话中详细地汇报了灾害的损失和处理结果。吾金才塔县长和乡镇领导一行对中心校进行了现场查看，原来是连日的大雨导致学校上面的泥土松动，出现了小型泥石流，恰好冲进了学校，受冲击的是教学楼而不是学生和教师宿舍，加上泥石流的量不大，所以没有造成人员受伤。教学楼后楼部分墙体受损，出现了裂缝。据现场查看，大家一致认为整个房体没有损害，经过维修完全可以使用。于是决定进行维修，把教学楼后面新冲刷出来的河沟改道，墙体进行维修加固，全部维修下来需要四万元。考虑到赤多乡道路的艰难，这么小的维修很难找到大工程队，所以就委托乡镇政府和学校负责联系当地的包工队进行维修，由乡镇政府和学校共同验收，教体局负责维修费用。

没有人员的伤亡，泥石流破坏力也不大，这是最为欣慰的事情。询问吾金才塔县长的伤势，由于一路上被泥水浸泡，伤口表面已经发炎，尽管在乡卫生所进行了包扎，但不容乐观，恐怕要过一阵子才能好。我知道吾金才塔县长是考虑我的身体，加上突发事件需要协调，大家不熟悉，协调起来肯定不如他这个老县长顺利。由于其平易近人，与各乡镇政府、老百姓都很熟悉，在协调虫草纠纷、草场纠纷等很多问题上都做了大量的协调工作，深得地方百姓的信任和好评。他的这种冲锋在前、勇担重担的牺牲精神，严谨细致、高度负责的工作态度，脚踏实地、深入现场的工作作风和心系群众、关怀属下、事事为同志着想的品德非常值得敬佩，他和我们之间合作得特别默契。我心里总觉得有些歉意，毕竟这本该自己去努力解决的，却给领导增添了麻烦，害得领导挂了彩。

我很尊敬他，他也特别支持我的工作，给了我很多帮助。他多次说，我和其他援藏干部不一样，真正把自己当成当地人。懂得教育工作，敢于负责，一心为工作着想，工作很有起色。但是我知道，其实我还有很多工作没有深入下去，还有许多矛盾和问题需要面对和解决。有信心是一方面，多向当地干部群众学习，学习他们的工作方式、学习当地的风土人情，更好地和当地干部群众融为一体，更是一个重要的课题。通过一段时间的努力，当地干部群众对我由观望已经转为好评了，但与完全信任和结成朋友关系还差得很远。我相信，再给我一段时间，他们一定会对我有一个新的评价，我也会成为他们的好朋友、好同事。

严把工程质量关

工程质量是实现和谐校园、平安校园、文明校园的重要保证。为狠抓工程质量，确保教育工程如期、高质量地完工，早日投入使用，我们出台了一系列管理规定，派入了驻中学的管理人员。每半个月由发改、教育、纪检部门组成的工程巡查小组进行一次巡查，协调解决在施工中出现的问题，保证了工程的进度和质量。

七月十四日，我再次组织阿珠副局长、县发改委韦蛟副主任及县中学主要领导，对县中学所有在建工程的质量、安全、进度进行大检查。在检查过程中，看到所有工程进展顺利，未出现大的安全、质量问题。上次我来工地检查时所发现的警戒线拉得不封闭、施工车辆进出工地鸣喇叭、材料堆放不合理等问题有了较大改进，没有按照图纸施工的学生宿舍门已经扒掉重建。本次检查发现仍然存在材料不符合规格、砌砖不细心导致个别地方出现掉灰的现象。

针对这些情况，现场召集施工方开会并提出以下要求：材料进场时应及时向建设单位及发改委申请报检；要加强对建筑工程质量通病的整治力度，严格操作规程，不断改进施工工艺，努力减少开裂、渗漏等质量通病的发生；施工单位、监理单位要确保工程质量，并对施工现场各类危险源及危险性较大作业点，进行认真梳理排查，采取针对性的防范措施，深入开展隐患排查整治工作，避免发生重大安全事故；四川盛源建筑安装工程公司承建的彩砖广场工程，未按图纸要求购买彩砖，出现严重不符合图纸要求的材料进场现象，工作组现场作出“该公司拉运的彩砖不能在本工程中使用，需重新购买”的决定，今后若再次出现类似现象，将取消合同，同时取消该公司从事教育系统工程的招标资格；监理单位在施工过程中应认真履行职责，切实提高履行监理能力和水平，推行监理报告制度；强化安全防范意识，在施工场地周围设立警示牌，严禁学生进入施工场地。

这些措施一经公布，尤其是对于不合格的材料坚决予以清退，引起了施工方的强烈反响，他们本以为批评一下、顶多罚点儿款就过去了，希望疏通一下留下这批材料，若拉走，损失大了。我是一个认真的人，对这样的原则问题自然绝不让步，这是一个大是大非问题。受气候和材质影响，高原地区工程质量本来就很难达标，如果进料出现问题就会出现劣质工程，这是任何人都负不起的责任。

经过这次整肃后，县中学的两个主体工程和四个附属工程就再也没有出现让我担心的问题，到工地上听负责监管的干部汇报说，再也没有出现不听从管理的现象，各个工地的建筑秩序都很好，工程进展很快，当然也传出了一些说我不讲情面的话。努力办事，可以把事情办完；用心办事，一定可以把事情办好。抛开社会上的各种羁绊，每个人都是一个优秀的人。从建筑工地的风波中让我认识到，有些问题盘根错节，有些问题不好一下子理清头绪。办事情还是要抓住源头，不一定每一件事都要去面对，事必躬亲。有时候抓住典型，以点带面，比什么事情都要亲自处理要好得多。

搬　家

教体局机关又要搬家了。从平房搬到青少年活动中心，从活动中心借用福利院，现在又要从福利院搬迁到广电中心了。

由于政府机关办公楼不够用，我们一直在县完小院内办公。和主管教育的副县长联系，争取解决我们办公地点的问题。经过多方协调，可以调出3间办公室，这在一般的局可以对付了，但是对于教体局这样队伍庞大的单位根本没有办法解决。局领导在政府楼办公，而办公人员在县完小办公，这对开展工作多有不便。在多方努力下，我们终于决定搬迁到广电中心三楼去。

广电中心是大连市第四批援助项目，整个建筑共三层，为广电局使用。拨给我们的是三楼和一楼的库房、二楼的会议室。争取了援藏资金对广电中心进行了全面维护和装修。

广电中心的建筑很现代化，也很时尚，完全不同于藏北高原的风格。内部的装修也借鉴了大连模式，除了局领导、办公室外，其余人员均在一个综合办公室内办公。这样有利于提高工作效率，也节省空间和装修费用。

利用这次装修的机会，我们一次性地更换了办公设备，房间安装了空调，有点现代化的味道了。地区局的领导来索县视察，首次看到我们搬迁

多功能会议室

教体局综合办公室

到新办公楼。听取汇报可以不再拥挤在局长办公室了，我们有自己的会议室了。听取汇报也可以采用ppt文件的形式，他们说，地区教体局还没有这样一流的办公环境呢。看起来很是羡慕的样子，说还是有援藏干部的单位好，可以争取很多资金来，环境改善了，可以更好地进行工作。

大连华仁电脑公司孙彦华先生为索县教体局捐助了五万元，我们全部用来购买了办公设备，大家看到装饰一新的办公室和新电脑，再想到只要有电就可以随时上网都分外兴奋。教体局办公室维修改造项目是援藏工程中首个竣工的项目，引起了很多人的关注。县长们也非常关心，因为教体局终于可以不用再打游击了。

搬迁后，我们举行了一次专门汇报会，邀请政府主要领导考察教育工作，参观我们新搬迁的办公室，顺便汇报中小学考试情况。这两年教育工作牵涉了政府很多精力，在2008年通过自治区“普九”验收后，今年在初升高和进内地西藏班选拔考试中，我县以优异的成绩夺得那曲地区第一名，重塑了形象，得到了全县上下的普遍好评。八月份即将迎来自治区农牧区远程教育现场会，这又是一件喜事、盛事，因为在西藏的历史上，从来没有在地域如此偏远、交通非常不便的索县召开这样规模的现场会，这无疑是巨大的光荣。听完我的汇报后，前来的地区工作组主要领导在现场会上高度肯定了我们的工作，提出在新的环境里，要有新的干劲、新的业绩，办公环境现代化，还要推进教育现代化，在一流的环境中要创造一流的业绩。

心在高原

援藏诗篇

昨夜下了急雨，雨大风急，是到索县来的第一场大雨。书记到那曲开“维稳”会议，计划今天回来，半夜惊醒，担心书记安全，又担心耽误行期。天明时分，雨渐渐小了，但是窗外的涛声却明显地大了起来，好似洪水泛滥的声音。打开窗子向外探望，由于天还未明，尽管戴着眼镜但仍看不清楚，我把高高的白墙当成了宽宽的河面。不知何时下的雪，正好堆积在亚拉山的山顶上，恰似戴上了一顶帽子。帽子的下面有一条白色的雾带，就像给亚拉山披上一条洁白的哈达，非常美丽，壮观，也非常迷人。赶紧拿出相机，就在窗上进行拍照，留下了难得的回忆。当时景象变化万千，不到十分钟，我就在同一个角度照了很多不同景色的照片，令人心旷神怡，并草书了下面的小诗。

羌塘畅想

羌塘的微风
轻柔、温暖、浪漫
琼花碎玉
抬望眼，漫山碧
藏曲悠扬

接天的青藏
山高、水急、路险
与雪山共舞
迎接高原的极限
壮篇正谱

难觅的乡音
梦里阑珊依旧
风沙雪花飘零
野鸭、秃鹫飞翔
泥石断路

人生的磨蚀
伸出凹陷的指甲
张开干裂发紫的唇
肌肉萎缩心增厚
年轻不再

青春的年华
藏北羌塘
希望、盼望、回望
甘洒不退色的草原
成新故乡

多情的草原

——那曲的深秋

朝霞编织的千丝万缕
披挂在亚拉神山上
宛如出浴的少女
高原红泛起了涟漪
粗犷嘹亮的歌声
回荡在清晨的牧场

背水的妇女
身边雀跃着幼儿
转经的老者
手捻那长长的念珠
翻转共享着幸福
燃起明天的希望

夕阳下的灯火
点亮了星罗棋布的帐篷
晚风轻拂着高原
微笑洋溢在脸颊
古老的神话升传天宫
悠扬的夜曲飘向远方

秋　思

——望索县秋景有感

凝望浮云遮蔽眼，
远近依旧是羌塘。
三五牛羊如苍点，
不觉已是暮苍茫。
索河滔滔如狮吼，
牧歌声声伴夕阳。
金稞片片如毡补，
车来牛往粮满仓。

登　高

万里相拥终是客，
归期有望我独行。
今日登高遥望天，
须知他日夜无眠。

登高送别

——送妻儿离藏

一只孤鹰飞头转，
两片白云相思浓。
草枯牛饿翻山岭，
遥望九天伴君行。

梦回西藏

每早都抬头仰望
遥远最高的山峰
目光总能攀上天堂
再贴圣山的脸庞

夜　雨

又是夜雨
淅淅地不停
没有闪电雷鸣
都是悄然来临

一盏灯

在雨夜中静默
一种悲凉
从心头到脚底

没有了喧嚣
没有了追逐
更没有了犬吠
心也静了

打开窗子
让水滴飘进来
轻柔地
沾在我的身上
滴在脸上
凉在心里
一种宁静
一种淡雅
带去了浮华
心已洗净
坐在窗前看雨
没有遐思没有纷争
有的是
清凉和雨声
时缓时急
雨声
雨夜
心已沉睡

永远也走不出你的心

——怀念我的父亲

大海之滨
藏北高原

一个在东一个在西
思念把我们连在一起
从家乡的小北沟
跨越了万里风云
到巍峨的念青唐古拉

为什么
到了天边依然没有尽头
为什么
长河流淌永远没有停歇
人的一辈子
有时发现很短
有时却觉得真的好漫长

鸟飞离了险峰
还有无尽的原野
河摆脱了堤岸
还有迷茫的海洋
万里之遥挣脱不断
你对我的牵挂
你说我是你永远的希望

没有比脚更长的路
没有比人更高的山
想走出大山
必须一步不停地努力
依然记得你的话
而今走出了童年
登上了世界屋脊的羌塘

你走了
睁着眼睛离开
你说等不到我的归来
真该听你的话别走得太远
有时感到很累很孤单
我才知道无论走多远
永远也走不出你的心

装在钱包里的思念

细心的你把你和孩子的照片
悄悄地贴到我的钱包内
从告别大连的那天
就无时无刻不想念你
对你的思念日夜不停歇
每天都期盼与你的团圆

每当凝视着钱包里的相片
风雨荆棘阻挡不了我的想念
把手离别的那一瞬间
想忍住泪水不说再见
直到飞机消失在蓝天
才诉说我的思念!
回忆在身边的点点滴滴
让我感动让我开心
你纯真的笑脸
已永久占据我心海
离开了你我十分孤寂
才道出我的眷恋!

平素你就站在我的身边
行上高原你贴在我的胸口
你和孩儿都不能离开视野
只有你们才能让我感到温暖
看见你，你在我的眼里
看不见你，你在我的心田

菩萨蛮

——又走高原

潇潇雨歇寒风冷，
千峰万壑凌云爽。
壮年儿女本情长，
高原今日草又黄。
薄雾轻云横雪岭，
草低石露马蹄扬。
雨后轻骑走长龙，
两地相思心惆怅。
金稞片片如毡补，
夜归一醉奶茶香。

回望高原

一条彩练当空舞，
万里羌塘走长龙。
藏北一天有四季，

高原十里不同天。
草肥牛壮歌悠扬，
铁骑奔流致富忙。
二月赴藏朔风紧，
归来已是雪连峰。

带着希望飞向远方

——欢送内地西藏班学子

袅袅的炊烟
飘摇在亚拉神山的脚下
吹动了多彩的经幡
摇醒了梦中的少年
活动中心的墙角下
高原红泛起了笑脸
把嘱托变成誓言
琅琅的读书声
在雨后的清晨清脆传扬

随手拾起的小木棒
舞动着人生的加减乘除
求学内地是多少青春的梦想
承载了几多幸福和希望
六十个高原孩子的名字
在今天写进了历史
珍惜机会成才报国
展翅吧雄鹰
带着希望飞向远方

依依惜别

告别前夕

身负重托离桑梓，万里羌塘注深情。
山高缺氧何所惧，高天厚土谱新篇。
最爱牧家青稞酒，乡归一醉奶茶香。
斗转星移三年整，此生无悔高原行。

连日来，大家都在忙碌着手中的工作，就快告别了，要赶在告别前期把手中的工作告一段落，让自己的援藏工作有一个圆满的结局。

2007年，我们弟兄六人在大连市委、市政府的殷切关怀下，在家乡父老的祝福声中，奔赴了高原那曲，接过了第四批援藏工作队郑重交来的接力棒，开始了为期三年的援藏工作。那曲地区号称“世界屋脊的屋脊”，与内地相比，海拔、气候、环境有着天壤之别，高原反应和恶劣的生存环境，对每一位援藏干部来说都是一种严峻的考验。但是我们没有被困难吓倒，“艰苦不怕吃苦，缺氧不缺精神”的老西藏精神在我们这里得到了很好的传递。“热爱索县、奉献索县、发展索县”成为我们在藏的工作目标。三年来大家以实际行动树立了援藏干部的形象和精神风貌，用智慧、汗水、青春、热血架起了辽宁与那曲的友谊桥梁。

“进藏为了什么、在藏干了什么、离藏留下什么”是我们经常议论的问题。带队的任力书记常说：“只有特殊的环境，没有特殊的干部。”他是县委书记，更多的时候我们不把他当成书记，而是老大哥。每年进藏，他总是第一个先到，把公寓收拾好，水电供应好，为的就是弟兄们到位后免受寒冷之苦。每次离藏他都是最后一个，让大家早日与亲人团聚，他自己坚持到最后。听说从第六批起，县委书记要进行为期三个月的集中培训，原县委书记要留守三个月。大家都说要留下来，我们最后一起离藏。老大哥笑了，你们的老婆孩子在家等着你们呢！而他的父亲身体一直不好，孩子读高中，这份牵挂，我们都是一样的沉重。特殊的环境，特殊地苛刻自己，为的就是带好团队，为地方的发展、为家乡的荣誉。特殊的身份，一样的要求，不做特殊分子，冷了多穿件衣服，饿了嚼点儿方便面，累了咬紧牙关，想家了看看邮件、打个电话，从不叫苦、喊累。在那曲援藏，这里虽不是战场，但对来自大连的我们来说，三年中，经受了情感的洗礼、心灵的净化和意志的磨炼，有时甚至面对着威胁生命的挑战。三年过去了，脸，晒黑了；手，冻裂了；体重，减轻了；身体，不太好用了。但是我们自豪的是，我们没有停下一步。艰苦的环境练就了坚强的个性和伟大的人格，我们体验到了很多从未有过的人生意义。

刘志林副县长是我们中年龄最小的一位，孩子还不满三周岁。身兼副领队的他更多的是默默无闻地工作，在工作上他是常务县长，担负着协助书记、县长管理和发展全县的重任。在索县勤勤恳恳工作，踏踏实实办事，在援藏的道路上不断升华着自己的党性。“老老实实为人民多办事、办好事，才无愧于心中的天平”——他在日记中写道。有过多个工作岗位经历的他看到索县落后的面貌非常着急，身体还没有完全适应高原气候，便立即投入到了工作之中。三年来深入乡镇，走村串户，搞调研，风餐露宿。访贫问计，召开各种形式的座谈会，听取他们的意见，了解他们目前在想什么，需要党和政府为他们做什么、解决什么。不仅掌握了大量的第一手资料，而且很快了解了索县的概况、风土人情和经济社会发展的潜力所在，这为今后工作的开展打下了良好的基础，同时也进一步明确了他的援藏观念：援藏是全方位的，不仅要从资金上援藏，还要从智力、观念、制度等方面援藏。在公寓，他坚持通过自己的努力为大家服务。每到周末或节假日，他都要在厨房里忙碌半天，为的就是让大家能够改善一下伙食，减少对家乡的思恋。用他自己的话来说：“要求别人做到的，自己一定要第一个做到，这是作为一名领导最基本的标准和要求。”

县委办主任乔文新身体状况差，胆囊炎和痛风常年折磨着他，经常性地尿血导致他的身体状况急转直下，但是他依然坚持在一线。发改委时进主任三年中和我一样遇到了很多不幸的事情，他的爸爸去世，不久爱人患上了脑胶质瘤，两次在北京手术，最终不幸于去年病逝，中年丧父、丧妻，何其不幸和艰难，但是坚强的他咬紧了牙关，不说苦，不叫痛，一个人默默地忍受，努力在藏坚持，把思念和孤独留给自己，留给那寂寞的黑夜。三年的坚持不能没有王利的努力，身为卫生服务中心主任的他还担任着大家的保健医生，这里的医疗条件差，大家的保健工作尤其重要，头痛脑热、身体异常，他就成了大家的主心骨。

加强项目推进，通过大项目的建设推进经济的快速发展和民生工程的逐步完善。深入基层，走访民众，把项目建设作为最重要的工程来抓，援藏工程也最终成为了地方标志性建筑。通过研究我们确定了援藏项目投资“五不选”“两加强”指导原则，集中资金加强援藏重点项目建设，确保建设资金投入见实效。

但是到底确定哪些项目，这是我们思考最多的问题，如何做才能保证援智与援资相结合、固定资产投资与扶持产业相结合、公益投资与市场运营相结合、短期实效与长期受益相结合。经过两年的紧张施工，这些项目已经顺利竣工并投入使用，并成为高原的又一道靓丽的风景。不搞竣工仪式，不留大连援藏的牌匾，把省下的钱更多地投入到建设中去，我们深知大连已经根植于当地老百姓的心中。

就要告别了，心中有万分的不舍。到昔日的建筑工地再走走看看，到曾经魂牵梦绕的乡镇学校再转转，到中学小学的操场、食堂、教室再巡视一下，到医疗服务中心宽敞的大楼看看，这些很快就成为永恒的回忆了。为了不惊动领导和老师们，我们决定悄悄地走，悄悄地看，带走的是记忆，留下的是永恒。志林县长拿着摄像机到每个人的房间，想留下点视频的资料，留下一个永恒的回忆。但是走一圈没有摄录一点内容。他说，大家没有一个人说话，都把头瞄向了窗外，眼中满含着泪水，我知道我们都深爱着这片土地，马上就要告别了，怎能不留恋呢？后山的草已经返青，新栽种的树苗已经抽绿，在微风中摇曳，用不了多久这里就会是一片森林。我们要挥手作别了，想多看几眼，把他们带走，带到梦中的大连。

把你珍藏

给你我的全部

你是我今生唯一的赌注

只留下一段岁月

让我无怨无悔
全心的付出
怕你忧伤怕你哭
怕你孤单怕你糊涂
红尘千山万里路
我可以朝朝暮暮
给你一条我的路
你是我一生不停的脚步
让我走出一片天空
让你尽情飞舞
放心的追逐
爱是漫长的旅途
梦有快乐梦有痛苦
悲欢离合人间路
我可以缝缝补补
提着昨日种种千辛万苦
向明天换一些美满和幸福
……

是周华健那略显嘶哑的《风雨无阻》，从王利的房间中传出，听起来感觉特别的亲切，也特别的有味道，感动得要让你掉眼泪。他在整理他的行囊，我在打包我的思念。

有很多单位和朋友要为我们送别，都被书记婉言谢绝了，不想搞得哭天抹泪的，就想平静地挥挥手。晚上县委、县政府为我们举行送别晚宴。县四大班子和科级以上干部参加。会上嘎松美郎县长讲话，任力书记讲话，剩下的就是喝酒话别，大家都喝了酒，由于身体原因，我很少喝酒，尽管今天有些激动但还是控制住了没有动酒。但是喝的混合饮料多，所以也感觉迷迷糊糊的，好在结束得早，八点多欢送会就结束了。半夜睡不着觉，跑到单位，找老陈等几个人“斗地主”，借以度过这最后的时光。两点多回到公寓时，不知道他们什么时候已经睡着了。被子等都送人了，半夜感觉下了小雨，房间很冷。不敢喝酒，恐怕那份不舍会偷偷地溜出来影响到大家的情绪，尽管如此还是有人喝多了。

这是一个难过而又难熬的夜晚。没有星星，是一个雨夜。我喜欢没有星星和月光的夜晚。可以把我整个的身心都浸在水一样柔软的夜色里，就这样开始默默地祈祷。行囊已经打包，再没有任何的牵挂，让心事穿过水一样柔软的夜色，一波一波地荡向遥远的异乡，于无边的寂静中悄声歌唱，明天我就会离开这个梦绕的故乡。在你望断天涯似的耗用青春时，我也许正寂寥地走向陌生的城市。四野静寂，只有思念在淙淙流淌，就像呜咽的声音从隔壁门缝中挤出一样，时断时续，时短时长……往昔的岁月在头脑中不停地闪现，在这寂寞而又悠长的夜晚，还有这即将到来的雨季！就那么坐着，旁若无人似的，不过也确实没有人，大家都睡去了，明天还要赶早奔赴那曲，劳累一天了。但是我还是无法入睡，这是我在索县的最后一个夜晚，我愿就这样守候到天亮……

我听到传来谁的声音，
像那梦中呜咽的小河。
我看到远去谁的步伐，
像这天际南飞的归雁。
遮住辞别哀伤的眼神，
锁紧分离失落的话语，
就像早已忘情的世界，
曾经拥有你的名字我的声音。

我听到每日里快乐蝉鸣，
像那首要到终点的挽歌。
我看到夜归的靠岸轻舟，
放下高傲时自由的风帆。
不明白的是为何我情愿，
让思念镌写你的名字，
就像早已过去的岁月，

曾经拥有你的名字我的声音。

我听到夜雨时我的声音，
我看到窗棂上你的名字。
因为划着，划着……
我对自己说，
把你藏好，
一直留在记忆中。

离别索县

早晨六点，大家开始起来装车。我们要赶在机关欢送的人到来前把所有的东西收拾完毕。房间和走廊等已经在昨天清理了，所有的钥匙也都穿在了一起，就如三年前我们到来时一般。其实大家也都没有什么东西要带，所有的生活用品该留下的都留下了，该送人的也早已经送人。剩下的就是随身的

告别前夕

衣物了，一个小小的包裹就是全部了。

七点钟，机关的人开始陆续地往公寓集中，外面的锣鼓声也此起彼伏，我们知道，送别的人都在政府大门外等待。天气不好，小雨淅淅沥沥地下个不停，预示着离别的时刻即将来临。教体局的同志们来得最多，也来得最早，但是他们没有进公寓打扰大家这最后的时光，就在外面寒冷的风中等待，等待着我们出来。看到我们的大门打开，他们都跑过来，七手八脚地帮助我们往车子上搬东西。

县委、县政府的领导们都来了，鼓乐声也奏起来了。同样的话已经说得很多，但是依然在不停地诉说。一条条洁白的哈达，一句句祝福的话语，还有老阿妈不停的叮咛。政府大门两侧，站满了送别的人群，一眼望不到尽头。他们挥舞着哈达，由于人太多，大家就排队敬献哈达，有序地挥舞着手，就在大家的祝福声中，我们一行登上了告别的汽车。沿途看到局机关好多人在抹眼泪，我没有和他们多说话，怕自己坚持不住。政府部门、部队指战员代表、机关代表、师生代表还有就是自发聚集的老百姓了。

老阿妈来了，在女儿的搀扶下，哆嗦着挥舞着哈达；曾经多次交流和资助过的退养教师来了，他说我是他见过的最没有架子的干部，每次去教体局都和我聊半天，很多教育上的问题我都是通过他了解到的；给工地送沙石的车队司机来了，记得当年由于拖欠他们的运输费，工程老板跑掉，他们没有得到应得的工钱，就找到教体局揪着我的脖领跟我要工资，当时我到位还不到一周……长长的队伍，不舍地挥手，也许这不是永恒，也许若干年后我们还会登上这片热土。

别了，索县！别了，我的第二故乡！

为了及早让大家回去，书记挥手让我们尽快上车，在众人的祝福声中，我们的车队缓缓地离开了县城，这条不足两公里的油路记载了我们五批援藏人的梦想和脚步，而今我们又要迈出告别的这一步了。回头望望，众人依然在街道上挥手，我的学生还跟随在车队的后面，鼓乐队的声音时缓时急，时高时低地延续，这是送别的锣鼓，更是祝福的锣鼓。希望我的学生们能够珍惜机会，努力学习，报效祖国和人民。高原需要知识和人才，外派的援助者毕竟有限，西藏需要千千万万的有知识、有能力、爱西藏的建设者和接班人。今天的好学生就是明天的好干部、好领导、好工人，西藏的明天最终将属于青年，正所谓少年智则国智。

四台车子、卡车和医院的救护车，一个在内地看来不太协调的车队，把我们载往拉萨。车子很快就奔上了317国道。在赞丹寺下，书记提议大家照一张告别照，六位兄弟聚集在一起，但是没有谁露出欢快的笑容，所以连续几张相都不理想，这是我们最后的告别了。

在扎拉沟，由于正在修路，道路更加狭窄难行，看到我们的车队，看到车上的横幅，工人们纷纷停下手中的锹镐，站在路边和我们挥手告别。我们曾经奋斗在一起，曾经在一起吃饭、闲叙家常。也许再过一年，这条天堑将变成通途，进出索县的人们将不再惊叹、恐惧这条道路的艰险。这是索县人多少年的期盼，而今就要成为现实了。我们欣慰，因为我们曾走在这条大路上！

踏上了那曲到拉萨的油路，车子开快了起来，我们一路奔赴拉萨，做最后的停留。

泪洒羌塘

六月十六日赶赴那曲。下午，在地区党政会议中心举行隆重的告别仪式。浙江和辽宁两地共八十二名援藏干部参加了告别仪式。地区四大班子和区直部门领导参加了送别大会。辽宁、浙江两省的领队分别进行了汇报讲

欢送会场

沿路相送的藏族老乡

话，援藏干部代表讲话，最后，那曲行署专员谭永寿同志、地委书记边巴扎西同志先后分别代表行署和地委讲话，高度评价了两省的援藏工作，惜别之情溢于言表。考虑到整个行程的因素，送别大会举办的隆重热烈又简短高效。

为了留下一个美好的会议，也给未来留下一个永恒的记忆，两省援藏干部和地委主要领导在党政会议中心门前合影留念，这是我们在西藏三年留下的最为珍贵的一张照片。就在我们进行拍照的时候，我看到身边的许多人流下了眼泪。拍完这张照片，也就预示着我们的援藏生涯将彻底结束。羌塘从不相信眼泪，也从不拒绝眼泪。明天我们就要告别这熟悉得不能再熟悉的高原，回到家乡。再想看看这里的天空、这里的人们，也许更多的是在梦中的回望。

六月十七日，告别那曲。一个简短的告别仪式后，大家分乘两辆大客车奔赴拉萨。沿途有那曲的各界人士、单位和老百姓挥动着哈达与大家作最后的告别。刚开始大家还有说有笑，但是很快就静了下来，站立起来，挥手的，抹泪的，大家都很激动。“门外若无南北路，人间始免别离愁”。杜牧在千年之前的一声喟叹突然涌现在眼前，让你不禁再次流下了眼泪。

十多分钟，一支烟的工夫。但是我们觉得今天的道路格外漫长，六月的那曲天气依然很寒冷，但是沿途的老阿妈们依然在不舍地等待，等待着我们的到来，在淅淅沥沥的雨中不停地挥舞着手中的哈达，她们的衣服早已经湿透了，挥出的哈达已经不再飘逸，低垂着、滴答着水珠，还有老阿妈的泪珠。听不清她们在说些什么，她们的声音已经被车内的嘈杂声所掩盖。

大家站立在车窗的两边，向送别的人群不停地挥舞手臂。地区的干部和当地的人很熟，看见了熟悉的面孔就大声呼喊着他们的名字，没有了往日的斯文，任凭激动的泪水流淌。车队在慢慢地行进，欢送的队伍在我们挥舞的手臂前慢慢地向后退去，逐渐地消失在我们的视野中。大家依然在挥手，与群山挥手，与大地挥手，与魂牵梦绕的羌塘做最后的惜别。

别了，羌塘！别了，我的朋友！祝福你们，高原的人们！祝福你们，藏族的同胞！你们的每一点变化都令我欢呼，你们的每一天都会融入我的内心深处！

为了打破这种沉闷，司机打开了电视，一曲《送别》留在了藏北高原："长亭外，古道边，芳草碧连天。晚风拂柳，笛声残，夕阳山外山。天之涯，海之角，知交半零落。一斛浊酒尽余欢，今宵别梦寒……"在你拥有的时候，你也许并不一定感受它的珍贵，只有你将要失去的时候，才能体会到它的价值。正是如此，才会让人感觉到这种离别的苦楚，才会感觉到这种挥手的弥足珍贵，因为一转身，这一切就会成为历史，就会成为我们心中的永恒。

再见　拉萨

告别那曲后，我们就和省援藏团会合了，大家再次住进了西藏大厦。当初聚首就在这里，三年前的一幕幕依稀就在昨天，但是一切已经发生了变化。回想来时，我们带着希望和忐忑的憧憬，而今，我们带着不舍的泪水、深挚的眷恋和实在的业绩。大家的收获在心里而不是略显干瘪的行囊。

和来时一样，我和王利住进了一个房间。也许是领导精心的筹备，为的就是让我们留下一个永恒的回忆。三年，弹指一挥间；三年，一切如昨天。但是我们知道，这不是梦，我们已经传递了手中的接力棒，耕种了昨天，收获了友谊，升华了人生，和来时一样的是行囊，和来时不一样的是祝福！

中央第五次西藏工作座谈会给西藏的发展带来了新的机遇，也对援藏工作提出了更高的要求。从第六批援藏干部开始，要对县委书记进行全面培训，和前几批不同，培训的时间更长、内容更充分具体。第六批的纪书记已经

刘自康书记代表辽宁援藏团做工作汇报

到拉萨培训，从机场相见到培训交流，大家已经是朋友了。在告别的时刻，纪书记和嘎松美郎县长赶来话别，哈达献了一次又一次，祝福的话语一遍又一遍，总有说不完的话、道不完的亲情。在高原，我们曾奋斗在一起，留下了深厚的友谊，不知何日才能再相见，也许永生难有重逢的机会！但是我们相信，有缘就会再相见！

在拉萨，我们有半天的自由时间，可以到八廓街看看，到购物中心购买一些纪念品。和巴青县的魏局长陪同胡局长到几个摊铺前买些送朋友的小东西。由于时间很有限，买完东西顺便要打包邮寄走，所以大家都显得十分匆忙。好在没有什么东西要购买的，现在的物流已经十分发达。以前在内地买不到的东西，所谓的纯高原的纪念品，现在在很多内地的城市已经比比皆是了，再说，在物资还不是特别丰富的西藏，也真的没有太多什么可以买的了。但是还是要多少带一点儿，好送给身边的朋友。所以在几个人的联合参谋下，大家很快都买到了中意的纪念品。

陪同他们买东西结束，我决定利用这短暂的两个小时到布达拉宫广场上小坐片刻，再到拉萨也许是几年甚至是几十年后的事情了。三年中由于工作忙，即便到拉萨也很少一个人在广场上休闲。现在已经是一个闲人，我知道这是难得的机会。

在广场西侧的大屏幕上，播放着西藏的宣传片，布达拉宫、大峡谷、纳木错，播放着历史的今昔巨变，展现着现代西藏的文明，引得路人驻足观看。

一首《真心英雄》从遥远的地方传来，亲切、悦耳，不由得引起了我的注意，顺着声音找去，是一对青年恋人在拍结婚照，录音机就在旁边，不停地哼唱。橄榄绿，高原红，在蔚蓝的天空下，在神圣的布达拉宫前，汉族的小伙子和美丽的藏族新娘，这不正是最美的风景吗？我驻足了小半天，看着他们在不同的角度，摆着各种身姿，把最美的微笑、最幸福的眼神留住。不忍打扰他们，刚才还有些伤感的歌曲，此时是已经变得那样的动听："但愿人间处处都有爱的影踪，用我们的歌换你真心笑容，祝福你的人生从此与众不同。把握生命里的每一分钟，全力以赴我们心中的梦。不经历风雨怎么见彩虹，没有人能随随便便成功。把握生命里每一次感动，和心爱的朋友热情相拥，让真心的话和开心的泪，在你我的心底流动。"祝福你！美丽的高原红……

与地委边巴扎西书记握别

回归大连

飞机巨大的轰鸣声撕破了浓云，在一阵盘旋和颠簸过后，飞机终于平稳地降落在沈阳桃仙机场。

待乘客们都走光了，我们才陆续地步出旋梯。在欢迎的通道内，早已前来等候的省政府的工作人员向我们每人送上一束鲜花，省委、省政府领导在机场正等待着我们的归来。考虑到我们归家心切，在征求意见的时候，大家一致表示，欢迎仪式要尽可能地简短些，好尽快回到家中休整。在机场候机大厅，省委举行了一个简洁而隆重的欢迎仪式，亲切的问候，热烈的欢迎，让大家的心再次激动起来，回家的感觉真好！为了及时赶回大连，我们和省援藏团的领导、同事们握手告别，互道珍重！

省委组织部马辉副部长他们已经在机场等候我们很久了。三年前，也是在这里，马辉副部长代表辽宁省陪送团的领导一路相送到那曲，而今我们又

再见了！老阿妈！

在这里拥抱——我们回家了！

在沈阳，我们吃到了热乎乎、美滋滋的家乡饭，东北大拉皮、大丰收等，感觉是如此的亲切。这是许久没有闻到的家的味道，大家的胃口大开，很快就把满桌的饭菜一扫而光。最近不停的告别晚宴上，基本是喝得多、吃得少，就想吃一口家乡的饭菜，喝一碗家里的小米粥。饭后我们立即奔赴大连，区委组织部领导、单位领导，还有妻儿正在高速公路路口等待着我们归来，所以司机在沈大高速公路上行驶得很快。没有了那曲的颠簸，我很快就靠在椅背上睡了过去……

我们搭班子

在西藏你最不容易做到的是猜对年龄。当然，你不会往小了猜，你的猜测往往比实际年龄会大至少五岁，很多时候会超过十岁。

头一次到单位报到，看到未来的同事，不小心问了一位女同事的年龄，以为人家是大嫂呢，该有四十几岁了吧，哪知道人家才二十八岁，还没有对象呢！从那以后，我再没有问过别人的年龄，免得人家不好意思，也给自己带来尴尬。在高原风沙大，水分少，紫外线强烈，导致人的皮肤非常干燥，青少年不抗日晒，往往出现红晕，就是人们习惯上所说的“高原红”。正是因为如此，在高原久了，外表年龄与实际年龄往往相差很大。

与扎西在嘴木乡

在我们四人中，老陈最大，扎西塔杰次之，阿珠最小，刚刚三十岁。我们在西藏应该说是最年轻的班子。考虑到老陈在西藏工作了近二十年，是阿珠的老师，对索县的各个乡镇、学校都非常熟悉，对国家的民族政策也知晓得非常详细，是个不可多得的帮手。经过局务会议研究决定，吸收老陈为局长助理，同时仍然兼任办公室主任一职。

老陈是个人才，组织部门多次要调他到组织部工作，都被我们婉言谢绝了，索县的教育离不开他。尽管他不是什么干部，至今仍然是教师的事业编，但是他对于索县教育工作了解的程度和对教育工作的专注程度，是得到基层学校和几位局长高度认可的。面对一些比较复杂的事情和学校的管理情况，老大哥的意见往往是我们重点考虑的，二十年的在藏经历无疑是一本活字典，也是丰富的参考书。由于历史和教育的多种原因，很多藏族干部工作能力很强，但是文字功底相对不足，教育工作需要大量的文字资料，各种文件、报告众多，需要准备的材料经常是从早忙到晚。有时候，我交给扎西塔杰和阿珠的任务，需要动笔的时候，他们就偷偷地跑去让老大哥帮忙。所以大家的感情都处得非常好，工作起来非常愉快，很多很复杂的问题也在我们的共同努力下迎刃而解。也正是如此，大家才彼此更加珍惜这份来之不易的默契和真诚。

援藏干部每年到深冬都要回家休整，一方面调整疲惫不堪的身躯，另一方面也是要回到内地跑项目争取援助资金。而每当这个时候，就要把大量的工作委托给扎西塔杰和阿珠他们。冬季来临，学校取暖困难，学生求学压力大，往往也是学生失学比较多的季节。这时候加强对各个学校的管理，加强学校的后勤保障是极为重要的事情。这时候他们往往要蹲在学校几天，直到确保学校的食宿、供暖等万无一失才能返回。一次整体下乡下来就要半个月。冬季带的干粮往往都冻在了一起，放在后备箱中的矿泉水也冻成了冰疙瘩，根本倒不出来。雪路难行，无处打尖，就在车上吃午饭。凉馒头就是个冰坨子，矿泉水冻住了，有时就捧一口雪倒入口中，两口下去，凉到心脏。一次下乡返回，人就会掉一层皮。但也正是在这种环境下才锻炼了人的品行，才让大家的感情紧紧地凝聚在一起。因为大家的情是经过血雨考验的，彼此都十分珍惜这份来之不易的情分。和他们搭班子，开始你会担心，语言是不是相同？思维是不是对路？但是当你深入进去之后，就会发现这种顾虑完全是多余的，彼此尊重、信任、支持就是最大的幸福。

扎西塔杰和阿珠都乐于吃苦，不怕困难，乐于面对每一件事。每次下乡我们都分成三个小组，扎西塔杰一组，阿珠一组，我和老陈一组，因为我对乡镇不熟悉，所以他们都让我走比较近的乡镇，比较远和路途较危险的则由他们去。在我们的努力下，不到半年我们走完了所有的乡镇，我也对各个乡镇的教育基础有了全面的了解，这对于我三年的援藏工作带来了极大的好处。这里面包含了他们三人对我的关心和爱护。我们大家工作有分工，但是几乎这种分工是交叉的，因为索县各乡镇路途遥远，路况又差，下一次乡不容易，必须把面对的所有问题一次性解决完。感情也是在这种互相理解、互相体谅、互相帮助中产生的。如果没有这种体谅就很难团结，很难取得成功，哪怕是最为微小的一个问题、一项决定。

您也许要问，藏族和汉族干部由于思维不一样，接受的教育不同，地方政策的了解和把握也不一样，是如何协调在一起的呢？其实说起来很简单，我的做法就是“三多三少”，多走，多看，多问，少做决定，少反驳他们的建议，少异想天开。多走走，多看看，多问问，就把当地的风土人情、教育基础搞清楚了，做起决策就不会出现错误。庆幸的是在藏三年，我有幸走完了各个乡镇学校，也跑完了绝大多数的教学点，这对我能够顺利完成三年的援藏工作起到了奠基的作用。多征求他们的意见建议，在做决策之前一定要广泛征求意见，听取汇报的过程也往往是思路集中的过程。也许我们的想法更前卫但也可能是异想天开，在内地行之有效的途径，但是在这里不一定更科学、更适合。正所谓适合的就是最好的。一切为了大家，一切依靠大家，正是如此，才能更好地和当地的藏族干部、在藏干部打成一片。向他们学习，把个人的努力和团队的意见更好地结合起来，工作才会有落实，才会赢得更大的进步。

由于气候恶劣，援藏干部在藏期间先后都患过病。而我由于体质较弱，加上家中多事，因此多次病倒。每当我生病，大家都主动到医院或公寓陪护。老陈更是不离左右，他说我们都很不容易，身边也没有个亲人。其实他们都是我的亲人，有时候连续几天的陪护，扎西塔杰、阿珠、老陈、扎西等等，让在异域的我们感受到家庭般的温暖。因为医院没有床位，主要在公寓打吊瓶。不论什么时候，医生随叫随到，单位的兄弟把饭准备好了，没有更多的话语，都是默默地替你分担，就盼着你赶紧好起来。这种真诚会让你动容，也鼓励你更快地战胜病魔，因为大家都在等着你，祝福你呢！

为了推进远程教育，让更多的孩子了解外面的世界，让高原的孩子也能共享内地的发展资源、提高教育质量，就必须坚持走远程教育的道路。但是在用电不足、资源严重落后的索县推进远程教育谈何容易。开始大家也有疑虑，也有担心，但是一旦形成了决策，就要不遗余力地去努力。调动各方面力量，争取自治区和地区的支持，我申请了远程教育试点县。邀请区市专家驻县培训、利用假期时间进行全面培训、考核。普通话不过关，就进行普通话培训。没有电教室，就争取资金筹建电教室。教师水平不达标，不会做课件，甚至光盘课都不熟练，我们就组织分片培训。记得那段时间几位局长都忙在乡下，一个月都难得回一趟家。经过一年的努力，终于成功地举办了自治区远程教育现场会，收到与会专家的高度赞扬。

他们说我干事太认真，死脑筋。跟我干活累，但也很充实，学校收获很大，因为看到了学校的变化，大粗都很高兴。这几年索县教育获奖不断，普九、远程教育、特色创建、教育质量年等等，确实得到了大发展。但是只有我们自己清楚，大发展的背后必然是巨大的付出，而这里面付出最多的是我们的藏族同胞，是藏族干部群众。包括多年在藏的老党员、老干部和进藏干部。能够有幸和他们并肩战斗三载，无疑是幸福的，也是值得珍惜的。如今回到内地已经半年了，但是梦里依旧。我知道这段历史已经融入了骨髓，成为生命中不可分割的一部分。那景、那事、那话也许会随着岁月的推移而淡化，但是那人、那情、那爱只能是历久弥新，成为支边干部一生不会磨灭的永恒记忆。

到西藏认识的第一个藏族兄弟叫扎西，一个四十多岁的康巴汉子。说起来也是一种缘分，扎西是我的司机。布热和扎西是和援藏干部接触最多、感情最融洽的藏族同志。当然这里面更多的是工作的缘故，但是也有兄弟之间的深厚感情的原因。

县政府派车子到那曲迎接我们，其中就有扎西。我们之前就已经通过电话了，因此算是相熟，彼此也感到很亲切。七月三日，我们从那曲奔赴索县。王利和我坐扎西的车子，其他人坐另外三辆车子。清楚地记得当时天气很差，从那曲出发就下雨。一路的泥泞，一路的风雪。险路不断，有时候天气骤然变化，雷鸣电闪，大雨倾盆，我们感受到了高原的“十里不同天”的境况，好像特意给我们一个下马威！教体局的车子是一台破车，走走停停，停停走走。尽管扎西尽量保持和前面车子的距离，努力跟上车队，但是在这个没有信号的沟壑地带、山路蜿蜒不断的地方，想跟上车队谈何容易。

终于我们还是和整个车队拉开了距离，扎西有些着急，我一直劝他不着急，他也自嘲地说，等新局长给他换一个新车吧，这部车子实在太烂了，弄不好会出现危险的。在虫草沟一带，车子出现了故障，感觉是刹车皮子出现了故障，刹车不太好用，在路上车胎还不时出现“嚓嚓”的声音。扎西不断停车下去查看，由于是雨天，道路泥泞，他不久就变成了一个泥人。这让我很感动，同时也很佩服这个藏族小伙，话不多但是很朴实，尤其是他的车技，让我非常放心。在西藏最危险的就是行车，有这样经验非常丰富且性格稳重的司机，这三年我放心了！在我们漫长的煎熬中终于和前面的车队汇合了——他们在前面焦急地等待了将近一个小时。

在西藏生活很苦，吃饭不容易，想改善一下生活更不容易，这对常年生长在海边、吃惯了海鲜和蔬菜的人来说，过饮食关是一个大问题。扎西看我在公寓吃得不好，就经常带我到他家吃饭，改善一下伙食，无非是牛肉馅饺子，还有就是大块的牦牛肉了。当然，酸奶和酥油茶也是我喜欢的，我也乐于到这位藏族大哥家蹭饭吃。衣物坏了，他也让嫂子帮我缝补。尽管这些是很小的事情，但是也是我最感动的，也是最让公寓中兄弟羡慕的事情。因为在索县只有书记和我有专职的司机。在高海拔的那曲，即使什么也不干，也要付出相当于内地负重二十公斤的体力。所以在索县，所有的重体力活都是扎西代劳了。

扎西不善言语，但是为人非常热情，和所有的藏族兄弟一样，待人一团火。让我们这些远离家乡的干部有一种家的感觉。每次下乡，他都提前把车子检测好，把该准备的备品带好。所有的事情、物品都安排准备得那么认真仔细，让你感到很放心。他给我开车三年，尽管我们也出现过车子侧翻、板轴跑断等一些小事情，但是从没有出现任何事故，这是我最为庆幸的事情，应该说是他保证了我的绝对平安。每次下乡，他都要给我当兼职翻译，尽管他的汉语并不好，甚至也出现过送我上飞机，他给我的祝福往往是“马局，一路走好！”这样“不动听”的语言，但是我非常高兴，他说的话是真诚的，语言往往不能表达出他的本意，更何况他的汉语水平并不好呢。

我和扎西经常一起下乡，到那曲，跑拉萨。在路上时间多了，了解也就多了，他的话也就多一些。谈到近些年的变化，他的话匣子就打开了，感受最多的是生活好了，国家的政策好，西藏发生的变化大。

我问他变化最大的是什么，他说是生活，以前他小时候家里吃不饱，穿衣服都是破破烂烂的，根本没有鞋和袜子，那时候天气比现在冷多了，自己都不知道怎么熬过来的。现在他们家盖上了楼房，是索县少有的几个富裕户。在20世纪90年代，他刚到教体局开车的时候是东风大卡车，经常从拉萨往索县运送办公设备，一走就是半个月。有一次赶上那曲的大雪，他被风雪堵在路上近两周，当时没有吃的，路上又没有人烟，渴了就喝雪水，困了就在驾驶室里睡觉，幸好车上带了足够的柴油！他说到家的时候自己的手脚、耳朵都冻坏了，家里人都不认识他了。现在那曲到索县的路尽管仍然不好，但是一天的时间足够了。这是变化最大的，从他的话语中我看出他的满足。

在藏三年也是我的家庭变故最多的三年。自己身体不好，家庭屡遭变故，先后有四位亲人离世，每次都是哭喊着往家飞奔，而扎西就是我的翅膀。很多时候，我们俩都是连夜飞奔。要知道西藏自古不走夜路，这是比蜀道还难的天路呀，有多少人魂断天涯！但是扎西每次都是默默地以最快的速度把我送到拉萨，给我最好的鼓励。

离藏前夕，我问他有什么困难，他憨憨一笑，没有什么，真的没有什么。让我们都很高兴的是他的孩子很出色，顺利地考入了辽阳班。能够考入内地西藏班学习是一个家庭甚至是一个村子的光荣，很多人都引以为自豪。扎西的孩子很争气，基本不用父母担心。2009年，当时正值维稳期间，扎西的孩子在内地患上了盲肠炎，需要手术，小小的年纪硬是自己坚持没让父母

夜幕下的布达拉广场

来回奔波，要知道他才十四岁呀，我知道我的孩子都做不到。

告别的时候，我把三年来自己能使用的东西，包括被褥、衣服、床铺等所有用品分成了两份，一份送给了扎西，一份送给了老陈。不值几个钱，纯当是份纪念。因为在西藏，我实在拿不出什么值得送出手的东西，他们本民族的东西是不需要我们送的，而内地的东西我手中真的很匮乏，没有什么可以作为纪念的，觉得很内疚，好在他们在意的是友谊，是藏汉一家的情感，这让我不觉也有几分欣慰。其实我知道这就是最大的收获，我们亲如兄弟，藏汉就团结一家，祖国就和平安定。平凡见真情，我们的使命是支边，实质上我们自己也收获了许多，包括友谊。

志在藏北高原　情系辽宁大地

家乡的父老乡亲：

我们怀着离别的感慨，战斗的情怀，用笔蘸着泪水，将辽宁首批四十六名援藏干部初到西藏的情况写给你们：

光荣的使命

当我们庄重地递交申请书的时候，当我们欣喜地得到党组织批准的时候，当省委、政府领导为我们披戴“进藏工作光荣”绶带的时候，当踏上西藏这片神奇、美丽而又亟待开发建设的土地的时候，我们感到无上的光荣!

1995年5月27日，辽宁的四十六名援藏干部到达西藏那曲地区，拉开了辽宁、浙江两省十年对口援藏第一个三年计划的序幕。那曲地区素称“羌塘”，即北方高原的意思，与同处藏北高原的阿里地区同属西藏自治区的贫困地区。全地区面积四十二万平方公里，占自治区总面积的三分之一。与藏南相对应，这里海拔高、气候恶劣、经济发展水平低下。那曲地区平均海拔4500米以上，所辖十个县，除东部的比如、索县和嘉黎三县有部分森林资源和极少数乡属于半农半牧区外，绝大部分是纯牧区。气候以高寒缺氧、干燥为特征，有大风沙，年平均气温为零下二至三摄氏度，最暖月平均气温7摄氏度，年降水量仅为427.3毫米。今年年初，这里发生了数年不遇的大雪灾，数十万头牲畜死亡，全地区三十二万户有十万人口属困难户和特困户。地区已经做出规划，通过藏汉民族的共同奋斗，力争到2000年基本完成脱贫任务。

那曲，我们来了

乍到西藏的人，第一感觉就是天离人很近，而在蓝天白云下，祖祖辈辈生活的西藏人民的淳朴和热情更叫人感动。一曲人们熟悉的《翻身农奴把歌唱》随处都可听到，共产党、毛主席的恩情深深扎根于翻身农奴的心中。五十年代的进藏人员是背着背包修着路进藏的；六十年代是坐车进藏的。如今，航线通达，我们从成都登机，只用两个小时就降落在拉萨贡嘎机场。欢迎我们的西藏自治区、那曲地区的领导和众多的藏族同胞穿着节日的服装载歌载舞，我们队伍中的每一位都接受献哈达、敬糌粑青稞、饮青稞酒的仪式。

从那时起，直到那曲的目的地，我们接受了许多条圣洁的哈达。藏族人民的理解、友好、真诚，瞬间即埋入我们的心田。沿路所见的是光秃秃的褐色的山峦，所见的藏族同胞总是热情地向我们频频挥手，我们也总是忘情地无数次地向他们挥手致意。在拉萨市，由自治区党委、政府主要领导出席的欢迎大会上，郭金龙副书记代表自治区党委、政府向辽宁省委、政府和辽宁4000万人民的无私援助深表谢意，对辽宁援藏干部的奉献精神深表钦佩。

离开拉萨，送行车队载着志愿和追求，载着四十六颗滚烫的心，疾速向北，向藏北高原驰去。硕大的藏北高原几乎没有人烟，绵长的青藏公路，掠过雪峰，掠过高原草场，掠过成群的牛羊，驶向白云，驶向蓝天。完成了三百二十公里的行程，期盼的高原那曲终于映入眼帘。那是一座方圆两平方公里的居民群。车队缓缓地驶入那曲镇，驶入沸腾的人群。地区机关、那曲县、那曲镇的干部，全镇两万多藏族同胞，聚集在这唯一的过镇公路两旁，挥动着鲜花，挥动着手臂。

那曲，我们来了！

辽宁汉子是坚强的

内地数万援藏干部向高原汇集，向缺氧、高寒、干燥的地域汇集，首先面临着生存的考验。海拔每升高1000米，大气中氧气含量就减少10%。

拉萨市，海拔3680米。一下飞机，我们就归属医护人员来看护。从零度海拔到半空，因缺氧而产生的各种症状是我们原来所想象不到的。从贡嘎机场到拉萨市的两小时路途中，气喘、胸闷、头痛、晕厥、嘴唇青紫干裂，随着体内氧气的消耗，症状愈加明显。到拉萨市，自治区的接待人员立即安排我们卧床休息。自治区党委、政府的领导同志和医务人员逐屋逐人走访慰问，叮嘱的话只有一句，就是“不能动”。一些反应严重的同志被安排住进了医院。去那曲的日期将近，住院的最后一位同志躺不住了，他找到带队领导说：“不能把我留在拉萨，就是爬，我也一定要跟上队伍。”

那曲镇，海拔4530米。在那曲，绝大多数同志发生了严重的高原反应。白天大口大口地喘气，晕昏无力，脸色青白。到了夜间，刚入睡，就因缺氧而憋醒，多数同志整夜不能入睡，只能靠吸氧来调节睡眠。八位护送人员忙前忙后，可他们也力不能支，其中的几位同志呕吐严重，更多的同志住进了医院。那曲地委、行署、组织部的领导为我们组织了最好的医护人员，洛桑江村专员深夜端来他亲手烧制的鱼汤，自治区党委第二书记热地同志在百忙之中前来探望。那曲地区人民医院院长徐永辉是鞍山市人，在藏工作已经是第十六个年头了。以徐院长为首的全院医护人员为我们倾注了大量的心血，在这缺医少药的地区，从库中取出最好的药品为辽宁的亲人诊治。靠信念、靠意志、靠治疗，这支队伍重新在藏北高原站了起来。

目前，住院的同志已痊愈出院，省直二十二名同志已分赴地委、行署和地直机关到岗就位。因身体条件，有的被安排到海拔较低的那曲行署在拉萨市的办事部门工作。沈阳、大连、鞍山市的二十三名同志已分别落户到安多、索县、巴青三县。大家用事实证明，辽宁汉子是坚强的，高原反应是可以战胜的。共画蓝图、加快那曲地区经济发展具有诸多有利条件：这里有好的群众基础。这里的群众勤劳、智慧、善良、通情达理、顾全大局。这里地处自治区腹地，青藏公路、黑昌公路、安狮公路贯穿全境，构成四通八达的交通网络，这里有得天独厚的资源优势。有可用草场三亿多亩，各类牲畜704万头（只、匹），是生活在这块土地上藏族人民赖以生存的物质基础。矿产资源主要有石油、沙金、白银、铬矿、铅锌等四十多种，还有多种野生动物资源、野生药物资源和丰富的水资源、旅游资源。

根据中共中央、国务院第三次西藏工作座谈会提出的指导方针和西藏自治区扩大会议精神，那曲地委、行署结合当地实际，群策群力，已经确立了今后一个时期经济和社会发展的总体思路：充分发挥资源和政策优势；积极调整和优化产业结构，稳定发展第一产业，有重点地发展第二产业，大力发展第三产业；加快基础设施建设；加强精神文明建设，优先发展教育科技；因地制宜，确立三个区域经济发展重点；打好扶贫攻坚战；强化畜牧业基础地位，促进藏北地区经济持续、快速、健康发展和社会事业全面进步。总的目标，即确保到2000年，国民生产总值年均增长10%，力争达到11%。

围绕上述目标，我们将高举老西藏“特别能吃苦、特别能战斗、特别能忍耐、特别能奉献”的旗帜，调查研究，实事求是，向孔繁森同志学习，向藏族干部学习，向浙江省的援藏干部学习，在那曲地委、行署的领导下，少说多做，扎扎实实为藏北人民办实事。

写给父母、妻子和儿女

首先感谢父母、妻子、儿女们的理解、支持。没有你们的理解和支持，就没有我们迈向西藏的第一步。我们的光荣就是你们的光荣。我们在今后三年为藏北高原所做的奉献，有一半归功于你们。离家已半月有余，我们也想念你们。因为电话线路少，只能在半夜才能碰巧挂通你们的电话。特别在电话中听到孩子们的声音，我们落泪了，说不下去了。

请放心吧！尽管我们还在作适应性的调整，但我们能够闯过这一关。质朴、善良的藏族同胞与我们情同手足，我们已经把藏北高原认作第二故乡。

尊敬的父母：好男儿志在四方，到最艰苦的地方去，到祖国最需要的地方去，是我们的志向，也是你们的骄傲和光荣。古人云，忠孝不能两全。你们年事已高，望多保重身体，注重生活规律性。现在让我们来共同奉献，待三年后，我们将加倍补偿你们给予我们的养育之恩。

亲爱的妻子：你受累了！在做好本职工作的同时，还要照顾老人和孩子。既然我们共同选择了奉献的道路，就要坚定地走到底。望珍重身体。三年的时间并不很长，屈指算来只1000多个日夜，“弹指一挥间”；三年的时间并不算短，这边的工作要一步步开展，那边的事你要一件件去操作，我们都要把担子担起来，把事情办好。

可爱的孩子：从爸爸离开你那一天起，你就该学着像大人一样去做事。三年中，爸爸不能辅导你学习了，你自身更要加倍努力、立志成才。要孝敬老人，听大人的话，平日学着帮助妈妈干些家务。祝身体好、学业有成。

此次赴藏，我们深知肩上担子的分量。十年后看三年，三批看首批。还是走前那句话：我们一定站好第一班岗，交上一份合格满意的答卷，健康地回到辽宁。请省委、省政府和全省人民放心！

辽宁省首批四十六名援藏干部（李晓辉代笔）

1995年6月8日

草原深处写忠诚

——辽宁省第五批援藏工作纪实

辽宁省第五批四十六名援藏干部，于2007年7月来到那曲地区开展对口支援工作。三年来，援藏干部切实履行保稳定、促发展、带队伍的职责，为那曲经济发展、社会稳定和民族团结进步做出了应有的贡献，谱写了一曲曲华美的乐章。

为维护社会稳定尽职尽责

维护稳定，是西藏各族人民的共同心愿，是促进西藏改革发展的重要前提，也是援藏干部的首要政治责任。

在进藏前的培训动员会上，辽宁省委领导明确要求，援藏干部要清醒认识在藏工作的特殊职责，自觉履行促进发展、维护稳定的双重使命。进藏后，辽宁省第五批援藏干部及时组织大家学习中央关于做好新时期西藏工作的方针政策，始终把讲政治、保稳定、重团结作为第一位的政治责任和高度的自觉行为。

在实际工作和生活中，辽宁省第五批援藏干部把维护稳定作为讲政治和检验工作的重要标准，努力做维护社会稳定、促进民族团结的模范。拉萨“3•14”事件发生后，辽宁省第五批援藏干部按照那曲地委、行署的统一部署，认真做好维护社会稳定各项工作。各县援藏干部切实履行确保一方平安的职责，精心组织，靠前指挥；公安、司法和民宗战线的援藏干部始终坚守在维稳工作第一线，他们和当地干部一起，积极参与到护路、巡逻、内保等维稳工作中。同时，根据中组部和自治区党委的要求，辽宁省援藏工作队在全体援藏干部中深入开展了“反对分裂、维护稳定、促进发展”主题教育活动，切实把大家的思想和认识统一到中央关于西藏反分裂斗争的一系列重要指示精神上来，统一到自治区党委关于维护稳定的决策部署上来，为维护那曲社会稳定尽职尽责。

为推进经济发展尽心尽力

辽宁省第五批援藏干部到达工作岗位后，立即组织地直单位和安多、索县、巴青三个县的援藏干部，以工作调研的形式考察了辽宁省重点援藏项目建设、应用和管理情况，并把关于援藏项目建设的意见和建议及时反馈给辽宁省有关部门。

同时，在制定援藏干部派出单位对受援单位援助计划的过程中，辽宁省第五批援藏干部确定了突出重点、关注民生、立足长远、倾向基层的指导原则，积极推动援藏项目向基层延伸，向农牧区倾斜。经过努力，辽宁省确定的第五批援藏资金计划总额为1.42亿元左右，其中省级财政3年计划投入8000万元，沈阳、大连和鞍山3市计划分别向安多、索县、巴青县投入1500万元、1300万元和800万元，二十六家省直单位预计向受援单位共援助2600多万元。

围绕强基固本出力献策

加大人才援藏力度。从2007年开始，辽宁省每年都从那曲选派一批干部，到辽宁省党（干）校和省属高校学习，接受培训。目前，已从地区公安处等6家单位选派二十多名优秀干部到辽宁省相关单位进行挂职锻炼和学习培训；已安排地区政协等七个单位和团体的一百五十余人赴辽宁考察学习，实现了人才培养与解放思想的有机结合。党的十七届四中全会召开后，辽宁省第五批援藏干部结合会议提出的关于加强基层党组织建设的要求，及时整合援藏资源，进一步加大对基层建设的投入力度。今年，援藏工作队分四批选派那曲地直单位领导干部、专业技术人员和致富带头人等七十五人赴辽宁省接受相关专业技术知识培训，为那曲地区培养了一批用得上、留得住的基层实用型人才。

此外，辽宁省第五批援藏干部还首次组织那曲地区有关部门领导干部到辽宁省对口支援的新疆、四川、青海等省考察学习，拓展了他们积极利用对口支援资源、加快推进受援地发展的工作思路。

辽宁省第五批援藏干部以"中国特色社会主义主题教育"和深入学习实践科学发展观活动为契机，积极深入基层开展调查研究，推进基层各项工作的开展。活动期间，援藏干部以参加主题教育工作组、学习实践活动督导组和专题调研等形式，考察基层党组织八十多个、寺庙三十多个，走访农牧民、老党员、老干部五十多人次，主持或参与撰写调查报告四十多篇。所到之处，他们都面对面地向基层群众宣传党的政策，积极帮助困难群众解决生产生活中的困难，用实际行动揭露达赖集团祸藏乱教的反动本质，对加强基层基础工作做出了积极贡献。辽宁省民宗局援藏干部孙浩洋，在参加那曲地区民族宗教调研过程中，先后五次下乡，走访寺庙三十多个。每次下乡，他都与寺庙僧侣同吃同住。他还从个人工资中拿出5000多元，对困难群众进行了资助。

引导援藏项目向基层倾斜。经过充分调研，辽宁省第五批援藏项目加大向基层倾斜的力度。其中，农牧民安居工程项目总投资1580万元，分别在安多县建设农牧民安居住房十九万平方米，在索县建设农牧民安居住房十九万平方米，在巴青建设农牧民安居住房二十一万平方米，解决了7661户农牧民的住房问题。此外，援藏工作总投资1300万元，在安多、索县、巴青三县建设了光伏电站并安装电视卫星接收设备1300套，解决了农牧民用电难的问题。

从严要求管好带好队伍

多年的援藏工作实践证明，只有高素质的援藏干部队伍，才会有高水平的援藏工作。因此，辽宁省第五批援藏干部把管好带好队伍作为干好援藏工作的前提和保障来抓。

第五批援藏干部充分借鉴前四批援藏工作的管理经验，制定和完善了定期学习、工作例会、生活保障、医疗服务、安全保卫等五大类九十多条内部管理制度，对干部管理、项目建设、资金监管、经费使用、交通安全等各个环节都逐一提出了具体要求。

艰苦地区需要干部，更能锻炼干部。辽宁省第五批援藏干部把到那曲工作作为磨炼革命意志、锻炼吃苦耐劳精神、提高处理复杂事务能力和增长才干的重要平台，认真学习“老西藏精神”，以过硬的政治素质、饱满的精神状态、务实的工作作风树立了援藏干部的良好形象。

——《西藏日报》记者　谢伟

这两篇文章是我最近看到的。第一篇是首批援藏干部写给家乡的长信，据说辗转三个月才转到家乡，表达了援藏干部坚定的信心和豪迈情怀。第二篇是第五批援藏干部告别西藏后，《西藏日报》记者谢伟同志满怀深情写下的文章，全面回顾了辽宁第五批四十六名援藏干部在西藏的所思、所想、所为、所盼，全面总结了辽宁省委、政府和辽宁人民对西藏的无私援助和美好祝愿！作为四十六名援藏干部之一，在荣归故里的时候收到了远在高原的朋友寄来的油迹未干的报纸，让我的心又一次回到了那朝思暮想的西藏。我爱西藏！爱西藏的水清天蓝，爱西藏的淳朴情真！祝愿西藏的明天更加美好！祝愿祖国更加繁荣富强！

作为辽宁援藏干部的一个纪念，感谢他们给我们一份美好的回忆和祝福！向曾经奋斗在西藏的老工作者致敬，向至今仍奋斗在西藏的包括谢伟同志在内的所有干部致敬！你们才是民族的脊梁！

2010年11月

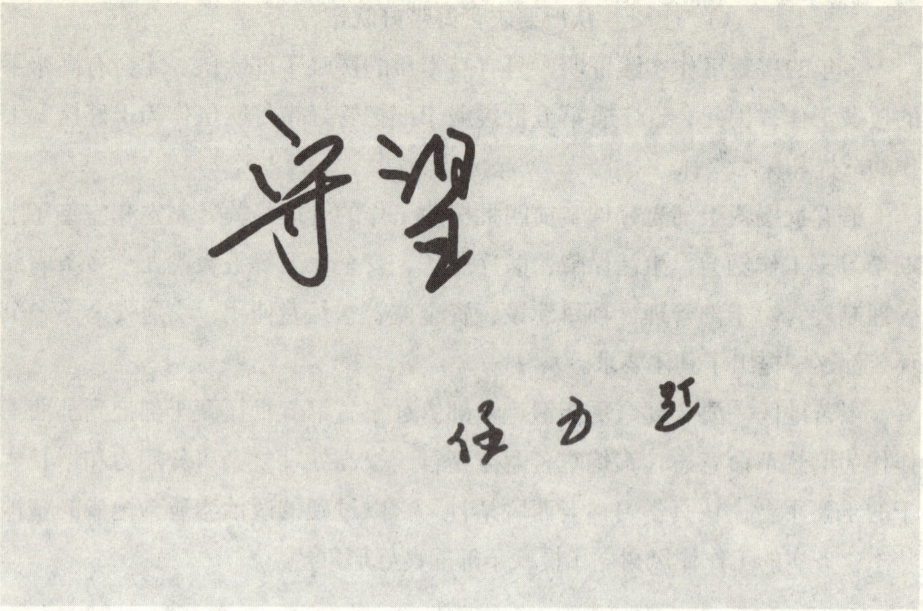

任力，大连市交通局副局长、大连市第五批援藏领队

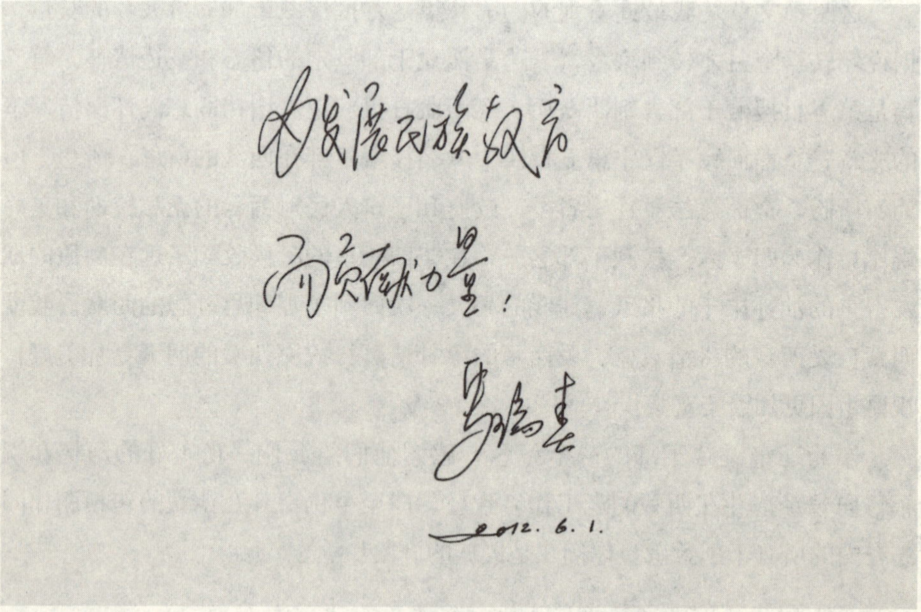

马瑞春，大连市高校工委副书记、大连市教育局党委书记、局长

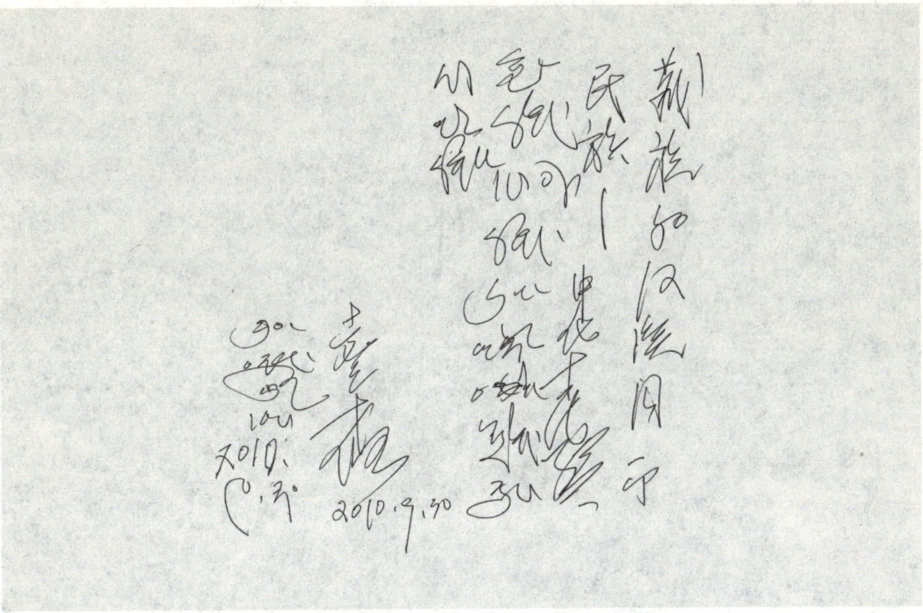

土登才旺，西藏自治区人大常委会副主任

珠康，西藏自治区政协副主席、辽宁省援藏工作促进会名誉会长

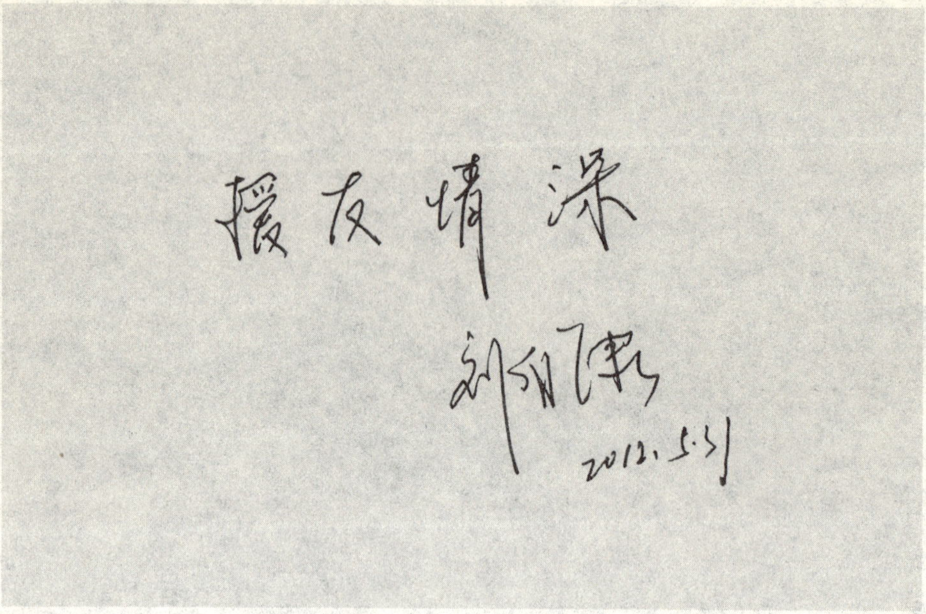

刘自康，辽宁省编办副主任、第五批援藏总领队、那曲地委原副书记

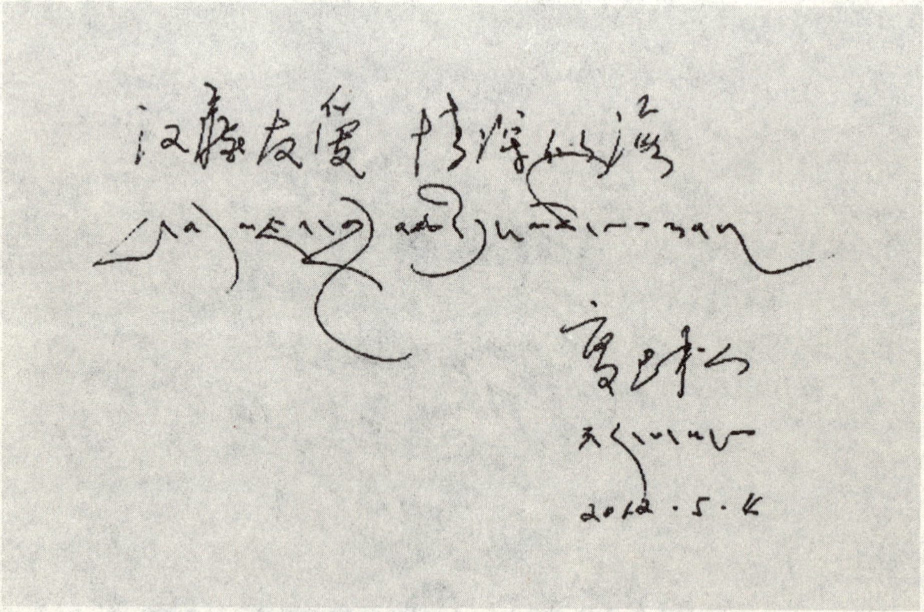

高巴松，西藏自治区阿里行署副专员、那曲地区索县原县长

青稞酒、酥油茶献给远方的亲人

大连市党政代表团在拉萨会见那曲地委领导和援藏干部

大连市第五批援藏干部在索县
（左起：时进、乔文新、任力、马殿文、王利、刘志林
领队：任力　援藏时间：2007—2010年）

六人同行

文成远嫁暖雪原，松赞风流联大唐。
藏汉万里如血乳，华夏一家骨肉情。
坚定紧握接力棒，发展维安吾辈忙。
任重道远登天路，力透汗尽洒忠诚。
掉皮掉肉不掉队，流血流汗不流浪。
援藏精神命诠释，行者无疆遍羌塘。
山高路险何所惧，无限大爱传荣光。
三载坚守终不悔，一朝凯旋饱沧桑。

大连市第一批援藏干部在沈阳

（左起：孙斌、肖怀柱、林乐毅、郝传海、郭旗、曹鼎文、冷连兵

领队：肖怀柱　援藏时间：1995—1998年）

爱在远方

今朝敬阅大唐史，佛经古来多藏出。

无畏先锋爱高原，振兴中华展宏图。

西行步量藏北路，华夏一家同民族。

大连援藏君首发，先行可敬留后福。

大连市第二批援藏干部在拉萨
（左起：张世凯、王军、王维安、姜文奇、王万里、穆文江
领队：王维安　援藏时间：1998—2001年）

高原情思

离妻别母赴藏北，大爱无疆同胞情。
路险氧缺苦为乐，梦中颠簸冰雪迎。
前赴后继为一统，回望羌塘泪凝冰。
聚首高原一团火，飞回家乡满天星。

大连市第三批援藏干部在索县（2001—2004）
（左起：崔仲明、郭卫、孙慧民、车民、王立军、史良
领队：车民　援藏时间：2001—2004年）

哈达盛赞

为民佳话传藏北，最是难忘战友情。
十载助学自君始，爱心热捧高原红。
铺路架桥谋发展，早起晚归惠黎民。
援建校园成风景，哈达披肩赞吉祥。
三口一杯甜歌美，百姓常念德高崇。
日灼氧薄锻钢骨，唐古拉山耸苍穹。

大连市第四批援藏干部在索县
(左起：刘俊、马振凯、李云生、倪金飞、顾正兴、邢政
领队：倪金飞　援藏时间：2004—2007年)

仰望羌塘

志同道合藏北行，朝夕相处手足情。
寒天冰野献青春，楷模又添六先锋。
普六扫盲不言苦，安居建校不停歇。
归来逢君心钦佩，双鬓斑白展雄风。

与辽宁省第五批援藏干部总领队刘自康书记在那曲

与同批浙江援藏干部、鞍山援藏干部在那曲

与西藏自治区原第一书记阴法唐夫妇合影

参加《雪山的眷恋》系列丛书北京座谈会

后记（一）

“大漠沙如雪，燕山月似钩。何当金络脑，快走踏清秋。”喜欢李贺的《马诗》，也许因为姓氏的缘故吧，我常自比为一匹马，永远奔跑在大路旁，行走在高原上。2007年，我有幸成为中央援藏团的一员，参加了辽宁省大连市第五批援藏工作。高原的一千多个日日夜夜给我留下了永生难忘的回忆，难忘那高原美，难忘那高原寒，最难忘那高原情！

西藏，一座座古老的雪山，珍藏着无数久远的故事；一块块迷人的草场，承载着人们对未来的希望；一条条奔涌流淌的河流，传承着生生不息的精神；一方神奇的圣地，讲述着勤劳勇敢的藏族人民悠久的历史，见证了西藏快速发展的辉煌。青藏铁路、阿里机场的建成，使西藏再次向人们伸出了热情的双手。中央第五次西藏座谈会的召开，吹响了新一轮大开发的号角。共享发展成果，全民共奔小康。人民城市大家建，建好家园惠人民。西藏的又一个春天已经来临！在这样一个光辉时刻，走进高原、奉献高原是每一个有志青年的正确选择。

难忘离别的撕心裂肺，难忘分手告别的无奈，难忘老大哥任由泪水打湿的脸庞，难忘孩子们稚嫩的呼唤！回望高原，双肩低垂扛不完祝福声声，身子挺起担不动哈达情重！难忘老阿妈一遍遍的叮咛，难舍刚分开又紧紧拥抱的无奈！眼中为什么满含着泪水？因为难以割舍那深爱的土地！难以告别那亲爱的同胞兄弟！松开了的是双手，拥抱的却是心灵！车外，哈达挥舞，昔日的同事、兄弟、学生，相识和不相识的人追逐着渐行渐远的车队。车内，趴窗凝望的双双泪眼，擦亮又模糊的视线……

回到故乡，回到了海滨，在享受与妻儿团聚的天伦之乐的日子里，我的心却时有惆怅，因为我的梦仍徘徊在高原，那份魂牵梦绕的牵挂仍紧锁心头！

2010年，接到西藏自治区党委直属工委宣传部张彦丽老师的电话，邀我代表援藏干部，写一部反映援藏干部克服困难、奉献西藏、建设第二故乡事迹的书籍。在兴奋之余，我真的惴惴不安，我只是援藏干部中极为普通的一员，既没有建立丰功伟业，也没有感天动地的故事，有时感到很惭愧，还有很多事情没有办好。

在这个光荣的群体中，昔有孔繁森那样的千秋英烈，现有李素芝这样的时代楷模。他们中的每一个人都有离妻别母的相守，都有亲人患病离世的生死相隔。万里为家不是客，奉献高原无限情。因为我们有一种共同的信念叫坚守！幸运的是我和他们站在了一起，走在同一条路上；幸福的是我和他们一样也曾在高原上守望，守望边陲安宁，守望民族进步，守望人民幸福，守望生命升华。尽管水平有限，文笔平平，但还是希望用这支朴素的笔记下难忘的记忆。

向给予我大力支持的西藏自治区组织部、宣传部和那曲地委的领导表示感谢，向索县县委、县政府的领导表示感谢。本书在撰写过程中得到了大连市委领导和组织部门的关怀和鼓励，得到了前四批援藏大哥和我所在的第五批援藏兄弟们的无私帮助。特别感谢中共大连市委副书记宋善云为本书作序；大连市交通局副局长、大连市第五批援藏干部领队任力为本书题写书名；西藏自治区人大常委会副主任土登才旺，西藏自治区政协副主席珠康活佛，辽宁省第五批援藏总领队、原那曲地委副书记、辽宁省编办副主任刘自康，原西藏自治区那曲地区索县县长、现阿里行署高巴松副专员等为本书热情题词。张彦丽老师在本书撰写过程中给予了精心指导，在此一并表示谢意。由于时间关系和文笔所限，没能全面反映出大连援藏干部在西藏的经历和奉献的每一天，也不可能全面展示出援藏干部的风貌。本书只是从一个侧面反映广大援藏干部对“特别能吃苦，特别能忍耐，特别能战斗，特别能奉献”的“老西藏精神”的传承和大连对西藏友谊的传递。

我愿从一名普通干部的视角，以在藏期间的所见所闻、所思所悟，领略援藏战略的伟大，剖析援藏工作的辉煌，折射援藏生命的光华。

愿把此书献给关心西藏、热爱西藏、曾经和正奋斗在西藏的人们！

作　者

2012年6月2日于大连

后 记(二)

近年来，以反映社会主义新西藏为主旋律的文学作品,一直深受海内外读者的青睐与关注。向世人宣传西藏，介绍西藏，正确定位西藏在中华民族大家庭中的成长历程，是我们每一个西藏人的责任。

《西藏岁月系列丛书》以“老西藏”们的亲身经历，真实地记录了西藏解放和建设进程中那些不寻常的峥嵘岁月。有进藏路上的艰苦卓绝，有解放西藏的悲惨壮烈，有建设西藏的忠诚无畏，有守卫西藏的执着奉献……那些真实的故事，虽已成为历史，但仍感人肺腑，耐人寻味。

这套丛书作为历史发展的载体，无处不体现着党中央和全国各族人民对西藏物质文明和精神文明建设的关怀与支持，无处不彰显着“一不怕苦，二不怕死”，“特别能吃苦，特别能战斗，特别能忍耐，特别能团结，特别能奉献”的“老西藏精神”。这些，雄鹰可以见证，雪山可以见证。

此套丛书组稿及筹备出版几经周折，历时三年，工作千头万绪。西藏岁月文学艺术工作者协会的策划与主创人员，用“老西藏精神”宣传“老西藏”，记录为西藏和平解放牺牲的英烈和健在的昔日英雄。他们用身体铺就了进军西藏的“天路”，把鲜血滴洒在建设西藏的白雪中，把生命镌刻在维护祖国统一和民族大团结的史册上。书中的每一段故事都在向我们昭示：他们与西藏人民手挽手、心连心，团结一致，努力奋斗、拼搏，以鲜血和正义铸就了整个人生轨迹！

为了那些逝去的英灵和活着的英雄，丛书编辑委员会困难再大也要坚持！在藏工作多年的洋滔、张彦丽、冰融、李敏、闫振中等同志，分别联系离退休老作家，十八军老干部、老战士，向他们征集进藏、建藏的回忆录，组织编写那段感人肺腑、催人奋进的历史篇章。

在拉萨、成都、北京三地组稿座谈会上，与会的116名离退休老干部，谈起当年的经历仍是热泪盈眶，激情满怀。他们对出版系列丛书的现实意义给予肯定，纷纷表示要积极参与，热情支持。老干部们的行动使大家倍受鼓舞，深感自己肩上的担子分量很重。

做书如做人。我们不知道其他编辑是怎么做到最好和完美的，但我们编辑的工作过程，却让人读懂了什么是最好和完美。

由于年代关系，一些书稿的原创人已是八九十岁高龄，提供的全部是手写稿。整理这部分书稿的难度，远远超出当初的想象。尤其是当年十八军分三路进藏，整个过程既有共性又有个性，待书稿集中后，内容冲突和史实矛盾等问题凸显出来。即便如此，这些都是老人们的亲身经历之作，弥足珍贵。工作人员视稿如金，没有一丝马虎和大意，生怕丢掉一字一页，对不住那些颤抖着的手写下的一笔一画。因为他们懂得，这些书稿对于高龄老人来说，其意义不是简单几句话就能说清楚的，这是他们一生中最珍贵的东西。

大量组稿，靠正常的工作时间是无法完成的，编辑们吃住在办公室，抢时间、赶任务；制订好的工作计划不得不打破，确定的工作方案随时要更改。为了确保史料翔实，协会同志除了对手中的初稿进行整理和比对外，还要随时处理意想不到的新问题。他们与原创作者不定时、不间断地联系与沟通，有的老人需要辗转几次才能找到，一些老人只言片语的表述需要几经询问，同志们都表现出极大的耐力和爱心。通过无数次的核对、甄别、印证，这些基础资料得到最后的确认。先遣连勇士和十八军将士绝境坚守、极地永生的气概，鼓舞着丛书编辑人员为这项有别于正常写作、具有特殊意义的工作竭尽全力。

现代都市生活浪漫而多彩。但《西藏岁月系列丛书》的编辑过程，让那些编辑远离了这个多彩而喧嚣的世界。三年的编辑工作，人脑变成了电脑，离开书稿后的大脑，几乎是一片空白，连正常生活也变得丢三落四。大家多是在夜以继日、废寝忘食中度过了三个春秋。特别是在最后统稿期间，春节、藏历年都是在电脑前度过的。什么“三十饺子初一面，初二出门去拜年”等风俗，全然忘记。直到一个清晨，清脆的爆竹声催醒一位编辑的记忆，猛然想起藏历年该到了，于是，临时决定放假一小时，给远在拉萨的朋友发短信拜年。没想到刚给两位朋友发完拜年的信息，回复的铃声便接连不断。她索性先暂停拜年，打开信息想一睹为快，没想到一看却把自己惊住了：

“你是喝醉了还是睡迷糊了？藏历年都过去一个月了，还拜年呀？”

“难道，你真的忘记哪天过年了？”

……

藏族朋友的反问，令我们的编辑从机械思维中清醒过来，跑去翻日历，2013年过去三个月了！这一天是二月初二，民俗中“龙抬头”的日子。她无奈地摇摇头，苦笑。

还有一种难耐，也是对我们编辑的考验。为了这套丛书，有的同志一年内要进出西藏两三次。严重的高山缺氧反应，试炼的不仅是身体，还有毅力。长期在藏的人，到了内地因醉氧而多眠，昏眊难耐，头晕腿软；常人日进三餐足矣，而他们则要饱受饥肠辘辘的折磨。返回高原的情景与内地醉氧相比，可谓有过之而无不及，头痛耳鸣，夜不能寐，腿脚发软，食欲全无。三周时间过去，人仍头如灌铅，四肢麻木，身体如腾云驾雾，提不起精神。尽管这样，他们仍坚持工作，无一退却，三年的付出可想而知。

确实，将一部自己没有亲身感受的、他人的作品做到最好，是一件难事。尤其是这套丛书，面对工作量大、组编困难、经费难筹等问题的困扰，编辑部人员曾产生过动摇。但“老西藏”们对丛书的渴望和期待之情，始终萦绕在他们心头，挥之不去：84岁高龄的十八军老前辈赵先前先生，骑着自行车到处寻找资料，不厌其烦地向自己的孙子学习电脑打字；党史专家焦东海先生患病期间也不忘电话询问丛书进展情况，帮忙联系在京的十八军前辈；著名诗人、作家杨从彪、闫振中两位老师的热忱可与重庆的高温相提并论，而且从来“报喜不报忧”；西藏第一位女作家、优秀的藏族领导干部、西藏自治区党委原常委、西藏自治区政协副主席，德高望重的德吉措姆女士，为了筹措出版经费煞费苦心，辗转奔波，多方求援，如一尊秉烛女神，让大家在黯淡中又见光明，她身上的正能量时刻感染着每一个人；还有因心脏病住院的“老西藏”刘源老师，在病榻上笔耕不辍……他们这种发自内心、视如生命般热爱西藏的情结令人惊叹，令读到与见到的每个人的心灵不止一次地受到震撼和洗礼！

雪莲花绽放的地方本没有路，英雄先遣连壮士用他们的生命，蹚出一条“天路”；十八军将士们踏着他们非凡的足迹，向着雪山顶上的五星红旗奔去……那些让人想起就肃然起敬、长期在藏工作的各民族干部、人民子弟兵，默默无闻、坚韧不拔的品格和意志，铸就了祖国西南边陲的钢铁长城，让民族大团结之花在雪域高原绽放，让富强民主的新西藏在珠穆朗玛崛起！

上世纪70年代那令人抹不去记忆的岁月，知识青年炽烈的激情燃烧在雅鲁藏布江畔，他们背负那个特殊年代民族的希望，辗转半个中国，聚集在世界最高点。如今，这些“老西藏精神”的继承人也已两鬓霜花，他们付出的是热血，收获的是意志；逝去的是青春，留住的是品格。还有一批批援藏干部，承受思乡之苦，忍耐高原之寒，以只争朝夕的干劲实践着“老西藏精神”，为民族富强搭建人才之梯。那些远去的和这些现在的他们，都以不同方式谱写着对西藏的热爱，对祖国的忠诚，对“老西藏精神”的崇尚。

面对莽莽高原，生命显得那般脆弱渺小，如一滴水、一粒沙。也正是这一水一沙，把青春、时光、血汗凝聚成“老西藏精神”，积淀成荡气回肠的西藏岁月，没有半点虚伪和空洞。

三年来，丛书编辑部的同志们，就是在这种精神的感召和激励下，一次次直面困难，一步步在艰难中前行……垫付的数万元编辑费，至今还不知由谁偿还，但从未有人提起。想想这些，算不算是做书和做人的一种境界呢？

在西藏生活和工作，是大自然与人格和意志的较量；为西藏做事，是战胜自我、提升境界、净化灵魂的历程。一代又一代“老西藏”和西藏各族人民，抱着这种理想信念和政治情感，以鲜血和生命及子孙后代的幸福为代价，在得与失、荣与辱、生与死、苦与乐的考验面前，不改初衷，默默奉献，在世界屋脊上构筑了一个英雄群体。应该说，“老西藏精神”同“井冈山精神”、“长征精神”、“延安精神”、“西柏坡精神”一样，都是中国革命精神的重要组成部分，是中华民族精神的具体体现。

掩卷深思，作为一名读者、作者、编者，除了对“老西藏精神”的种种感慨，还有更多的感动无法忘怀。

《西藏岁月系列丛书》欣然面世，首先应感谢西藏自治区原党委书记阴法唐和夫人李国柱（首批进藏女兵之一）一直以来的关心，感谢在北京七月的酷暑下，老书记为丛书题写序言；感谢丛书编委会顾问、西藏自治区原党委常务副书记、自治区人大常委会主任、党组书记、第十一届全国人大常委会民族委员会副主任委员列确一直以来的关心；感谢西藏自治区党委常委、拉萨市委书记齐扎拉的支持；感谢1976年进藏大学生、时任西藏自治区人大常委会副主任张跃平给予我们的热情鼓励；感谢中国文联副主席丁荫楠、中国少数民族文物保护协会秘书长杨华山、中国音像出版社常务副社长丁涛等领导同志的大力支持与指导，他们同是这套丛书的奠基者，也是西藏人民的好朋友。

这套丛书的完成，离不开北京市对口支援和经济合作工作领导小组西藏拉萨指挥部领导在经费协调方面给予的大力帮助；离不开西藏自治区党委直属机关工委常务副书记林清海、原常务副书记高文庭、副书记彭宏（中央国家机关工委第五批援藏干部）等领导的厚爱和关怀；离不开时任工委宣传部部长唐荣科在方案策划、工作实施、人力安排等方面给予的全力支持与帮助。

中共大连市委组织部、宣传部的领导甘为西藏办好事，成为丛书编辑工作的精神后盾。第五批援藏干部、现大连市旅顺口区教育局副局长马殿文同志虔诚的西藏情愫令人感动，他为丛书后期制作排忧解难，为丛书出版起到了重要的助推作用。

还有丛书的合作伙伴——大连出版社的领导、同志们，表现出孜孜不倦、爱岗敬业的职业精神，是我们永远学习的榜样！

在此，丛书编辑部及丛书作者、广大读者对所有给予丛书以关注、支持、帮助的各位领导、各位同仁，表示衷心的感谢！

西藏，神圣的世界屋脊，离太阳最近的地方，我们的西藏岁月记载着沧桑，刻录着风华。西藏岁月，是无数西藏人环境与精神、磨砺与意志互相较量的历程。但西藏岁月的与众不同，不只是环境的恶劣、磨砺的艰难，更是一种人心向善的精神信仰。任云卷云舒，花开花落，“老西藏精神”同美丽的高原一样，将永远成为人们向往的香巴拉。

编　者

2013年5月